FOLIO SCIENCE-FICTION

Graham Joyce

AU CŒUR DU SILENCE

Traduit de l'anglais par Louise Malagoli

Gallimard

Titre original :
THE SILENT LAND

Graham Joyce (1954-2014) a grandi en Angleterre, dans un village proche de Coventry. Après des études de lettres à l'université, il travaille pendant huit ans dans une association caritative pour la jeunesse puis décide de se consacrer pleinement à l'écriture. Il est l'auteur d'une vingtaine de romans dont la plupart ont été traduits en France. Il a reçu de nombreux prix dont le British Fantasy Award – à cinq reprises ! –, le prix Imaginales, le World Fantasy Award, le prix Masterton, et le Grand Prix de l'Imaginaire (les trois derniers ont récompensé *Lignes de vie*).

À Sue, sauveteur

Souviens-toi de moi lorsque je serai partie,
Partie loin, au cœur du silence ;
Lorsque tu ne pourras plus me prendre la main,
Ni moi faire mine de m'éloigner, et puis rester.
Souviens-toi de moi lorsque jour après jour,
Tu ne pourras plus nous peindre un avenir :
Souviens-toi seulement ; tu comprends bien
Qu'il ne sera plus l'heure des conseils ni des prières.
Si tu devais pourtant m'oublier un moment
Puis te souvenir de nouveau, ne pleure pas :
Car si les ténèbres et la corruption laissent
Un vestige des pensées qui furent un jour les miennes,
Il vaudra mieux, de loin, oublier et sourire
Que te souvenir, et avoir de la peine.

CHRISTINA ROSSETTI
Souviens-toi

1

Il neigeait de nouveau. Des flocons délicats, à six branches comme dans les livres d'images, se posèrent sur la manche de son blouson. L'air piquant de la montagne sentait la glace et la sève de pin. Zoe en remplit ses poumons et s'imprégna un instant de ce froid mordant avant de le relâcher. Et quand le pic neigeux parut acquiescer et lui rendre son soupir, elle ne fut pas loin de penser qu'elle pourrait mourir ici, avec joie.

Il existe peu de moments, dans la vie, aussi purs et limpides que la glace. Mais lorsque la montagne souffla avec elle, Zoe sut qu'elle avait eu droit à un de ces moments-là et que rien ne pourrait jamais le lui reprendre. Il n'y avait rien, tout autour, que neige et silence. Neige et silence ; l'arrêt complet de la vie ; la répétition générale et l'écho annonciateur de la mort.

Pourtant, son souffle tiède démentait cette idée. Elle fit pointer ses skis en direction de la vallée. Ils ressemblaient à de singulières serres rouges et dorées dans la poudreuse tandis que Zoe attendait, prête à plonger. *Je suis vivante. Je suis un aigle.* Des centaines de mètres en contrebas se dessinaient les contours sombres de Saint-Bernard-en-Haut, leur station de ski dans les Pyrénées ; et de l'autre côté, à l'ouest, les reliefs irréguliers de la chaîne montagneuse. Le soleil s'était levé, à présent. Dans quelques minutes, d'autres skieurs viendraient briser la magie troublante du petit matin. Mais pour l'instant, ils avaient l'aube et la poudreuse pour eux tout seuls.

Un murmure se fit entendre derrière elle. Il s'agissait du glissement maîtrisé des skis de Jake, dépassant la crête pour la rejoindre.

D'un mouvement fluide et élégant, il fit halte à côté d'elle. En contraste avec la combinaison chic de Zoe, blanche et lilas, il était entièrement vêtu de noir, jusqu'à ses lunettes bombées où le soleil du matin explosait en un flamboiement irisé. Il se tint immobile, partageant cet instant avec elle. Il sembla à Zoe qu'elle pouvait voir son souffle le quitter sous la forme d'une brume gris perle, presque imperceptible. Jake retira ses lunettes de soleil et lui adressa un clin d'œil. Il avait les cheveux noirs coupés très court et des mirettes bleu ciel dont elle était tombée amoureuse instantanément, même si ses grandes oreilles lui avaient demandé un peu plus de temps. Un énorme flocon se posa sur les cils de Jake.

Il brisa le silence d'un hurlement de pur plaisir.

— Wouuuuhouuuu !!!

Brandissant ses bâtons de ski, il remua les fesses

en direction de la montagne. Son cri se répercuta sur les rochers, célébrant et profanant la nature tout à la fois.

— T'as pas à faire ça, protesta Zoe. On ne montre pas son cul à la montagne, connard.

— Et pourquoi pas, connasse ?

— Je sais pas pourquoi, connard. Je te le dis, c'est tout.

— Je n'ai pas pu m'en empêcher. Tout ça, c'est… parfait.

Ça l'était. C'était absolument idéal. Un idéal encore sous cellophane, immaculé sous leurs bâtons.

— On y va, t'es prêt ? demanda-t-elle.

— Ouais. C'est parti.

Zoe était la skieuse la plus expérimentée des deux. Jake était capable d'aller plus vite, mais avec une témérité qui l'amenait à skier sur le fil, à l'extrême limite de ses capacités. Elle le battait toujours sur les longues distances. En skiant sans s'arrêter, il ne leur faudrait pas plus de quinze minutes pour descendre jusqu'au village. Une heure et demie pour monter, à l'aide d'une suite de télésièges et de téléskis, et quinze minutes pour redescendre. Ils s'étaient levés tôt pour souffler la première descente du matin aux hordes de vacanciers. Car tout cela, le calme, le silence, la poudreuse vierge et ce sentiment troublant de proximité avec un aigle en vol… C'était tout ce qui comptait, au fond.

Jake amorça la descente à l'ouest de cette piste

raide mais large, et elle la prit à l'est, leur passage gravant des traces parallèles dans la neige fraîchement tombée. Les skis de Zoe glissaient sur la poudreuse dans un murmure délicieusement intime tandis qu'elle filait le long de la pente. Rien qu'à entendre le son de ses propres skis, il lui semblait que quelque créature surnaturelle s'était lancée à sa poursuite pour lui susurrer une histoire à l'oreille.

Mais au bord de la piste, près du rideau des arbres, elle sentit une petite plaque de neige glisser et se dérober sous elle. Presque désarçonnée, Zoe se mit à skier en ligne droite pour recouvrer son équilibre. Elle n'avait pas parcouru trois cents mètres lorsqu'un grondement éclipsa le murmure de ses skis.

Zoe s'aperçut que Jake, à la limite de son champ de vision, s'était arrêté sur le côté de la piste et regardait en arrière, en direction du sommet. Irritée par le faux départ qu'ils venaient de prendre, elle esquissa quelques virages supplémentaires avant de déraper pour s'arrêter et se retourner vers son mari. Le grondement se fit plus fort. Un pilier constitué d'une sorte de fumée grise déployait des bannières soyeuses en haut de la piste, comme les étendards d'une armée de neige. C'était magnifique. Cela la fit sourire.

Puis son sourire se glaça. Jake filait droit sur elle, comme une fusée. Son visage était bizarrement déformé, et il articulait visiblement quelque chose tout en se ruant dans sa direction.

— Mets-toi sur le côté ! Sur le côté !

Elle avait compris, à présent, que c'était une avalanche. Jake ralentit en agitant vers elle son bâton de ski.

— Dans les arbres ! Accroche-toi à un arbre !

Le grondement s'était mué en un rugissement à ses oreilles, noyant les paroles de Jake. Elle poussa sur ses bâtons pour descendre de nouveau le long de la pente, luttant pour se propulser, pour aller plus vite que le nuage mugissant qui se déchaînait derrière elle comme un tsunami sur l'océan. Des fissures noires et dentelées apparurent dans la neige devant elle. Elle orienta ses skis vers le bord de la piste, en direction des arbres, mais il était trop tard. La combinaison noire de Jake tournoya sous ses yeux, comme le linge dans une machine au Lavomatic, tandis que la masse énorme de fumée et de neige emportait son mari. Puis elle fut à son tour renversée et soulevée dans les airs, secouée, retournée, ballottée par le tourbillon blanc. Elle se souvint d'avoir entendu dire qu'il fallait envelopper sa tête de ses bras. Pendant un moment, ce fut comme si elle tournait dans une machine à laver, culbutant plusieurs fois la tête la première, jusqu'à ce qu'enfin elle se sente lourdement rejetée dans une chute à lui briser les côtes. Elle entendit ensuite une sorte de babillage, comme le son amplifié des mâchoires d'un million de termites déchiquetant du bois. Ce bruit lui emplit les oreilles, assourdissant tout le reste, et puis ce fut le silence, la blancheur qui l'entourait virant au gris, et enfin au noir.

Le silence était complet, l'obscurité absolue.

Zoe tenta de bouger mais en fut incapable. Elle se sentit étouffer, car sa bouche et ses narines étaient obstruées par la neige. Elle réussit en toussant à en évacuer une partie. Elle sentit la neige s'écouler, glacée, à l'arrière de ses fosses nasales. Elle toussa de nouveau et parvint à avaler une goulée d'air.

Si elle s'était attendue à revenir à elle au cœur d'une blancheur neigeuse, au contraire, tout était noir. Elle pouvait respirer, mais à peine bouger. Elle fit jouer les muscles de ses doigts à l'intérieur de ses gants de ski en cuir. Le mouvement était presque inexistant. Elle sentait que ses mains étaient emprisonnées à vingt ou trente centimètres environ de son visage. Ses doigts étaient largement écartés dans leurs gants. Elle tenta de les agiter, mais fut incapable de produire tout autre mouvement que ce minuscule frisson de ses doigts sous le cuir. Elle tira la langue et sentit de l'air froid.

Elle tenta de soulever son corps, sans succès ; et elle fut instantanément envahie par une panique qui la fit entrer en hyperventilation. Elle pouvait sentir son cœur marteler sa poitrine. Puis elle songea que sa survie ne tenait peut-être qu'à une petite poche d'air piégée sous la neige, aussi ralentit-elle aussitôt sa respiration.

Tu es dans une tombe de neige, reste calme, s'ordonna-t-elle.

Elle respira doucement. Son cœur cessa de tambouriner.

Une tombe de neige? C'est une bonne nouvelle d'après toi?

C'était presque comme si elle s'était séparée en deux, et que la partie d'elle-même qui menaçait de céder à la panique se disputait avec celle qui savait qu'elle devait garder son sang-froid, si elle voulait survivre.

Tu es calme, maintenant? Tu es calme? C'est bon? D'accord, alors quand tu seras calme, appelle ton mari. Il va venir.

— Jake!

Elle hurla son nom, deux fois. Sa voix lui paraissait distante, étouffée, étrangère, comme si elle lui parvenait à travers une ligne téléphonique endommagée. Elle se figura que ses oreilles devaient être remplies de neige compacte.

Elle actionna de nouveau les muscles de ses doigts, sans plus de succès que précédemment. Elle essaya chacune de ses articulations, comme pour un exercice d'échauffement à la salle de sport, commençant par les orteils, puis passant aux chevilles et aux genoux, hanches, coudes et épaules. Rien ne bougea. La neige était durement tassée tout autour d'elle.

Son cou semblait vaguement plus mobile que le reste. Cela, ainsi que l'espace libre devant sa bouche, l'amena à penser que son réflexe d'envelopper sa tête de ses bras lui avait permis de survivre jusque-là. Elle supposa qu'elle avait créé une poche d'air.

Appelle-le encore. Il va venir.

— Jake !

Tu vas mourir. Dans une tombe de neige.

Elle ne savait même pas dans quel pays elle s'apprêtait à mourir. Ils se trouvaient juste sur la frontière montagneuse entre la France et l'Espagne, et les gens du coin parlaient une langue qui n'était ni le français ni l'espagnol. Elle se souvint que les Grecs de l'Antiquité avaient donné aux Pyrénées le nom d'un tombeau.

Non, tu n'es pas dans une tombe. Tu vas t'en sortir. Appelle-le encore.

Au lieu de crier, Zoe tenta de bouger les doigts de sa main gauche, un par un. Son pouce et son index étaient paralysés, de même que son majeur, mais en appuyant avec son annulaire, elle sentit un infime émiettement dans la neige, et un léger mouvement de sa dernière phalange. Quelque chose d'infinitésimal céda, et elle put alors reculer son doigt, d'un centimètre peut-être. Ce mouvement fut accompagné d'une explosion de feu rouge sur ses rétines. Puis un arc-en-ciel d'étincelles. Puis de nouveau l'obscurité.

Mais le message de ce petit mouvement jaillit des nerfs de son doigt pour venir affoler les battements de son cœur.

Du calme. Du calme.

Elle continua à remuer son annulaire, et après

un certain temps, elle s'aperçut qu'elle pouvait le rapprocher de son majeur, à la manière d'une paire de ciseaux. Elle exerça ce mouvement de ciseaux entre ses deux doigts. *Voilà : tu te découpes un passage vers la sortie. Coupe-coupe-coupe. C'est bien, ma grande. Tu vas te délivrer.*

Elle n'avait aucune idée du temps qu'il lui restait à respirer, des réserves d'oxygène dont elle disposait exactement. Elle tenta d'économiser son souffle, de ne pas inspirer trop profondément, sirotant l'air ambiant. Une douleur lancinante lui pilonnait le crâne.

Elle continua à cisailler jusqu'à en avoir des crampes, espérant dégager la neige autour de ses doigts. Elle reposa ses muscles un moment, puis les fit jouer de nouveau et se remit au travail. *Coupe-coupe-coupe. C'est bien.*

Enfin, sans indice préalable, quelque chose s'affaissa soudain et ses autres doigts furent libres. Elle put tous les plier et les déplier à sa guise. Puis elle sentit les doigts qu'elle remuait lui frôler la joue.

Dès lors, elle se mit à faire de petits gestes du plat de sa main mobile, comme au karaté, afin de dénicher l'autre. Elle espérait la trouver non loin de son visage. Elle parvenait désormais à plonger la main dans le petit espace qu'elle avait créé, et à l'en retirer. Enfin, sa main libre rencontra l'autre. Elle s'acharna jusqu'à pouvoir poser la paume de son gant libre sur le dos de son gant piégé. Puis elle repoussa la neige de toutes ses forces. Sa première hypothèse était correcte : elle avait créé une petite poche d'air devant elle. Elle n'avait toujours aucune idée du temps dont elle disposait. Une minute ? Trois minutes ? Dix minutes ?

Ne pense pas à ça. Voilà, c'est bien.

En secouant les doigts, elle tenta d'extraire une de ses mains de son gant, sachant que ses ongles seraient les meilleurs outils à sa disposition pour creuser jusqu'à la surface. Mais les gants étaient solidement attachés au poignet, pour empêcher la neige de s'infiltrer. Dans les ténèbres immuables, elle essaya de détacher le scratch qui sanglait son gant droit, mais les doigts gantés de sa main gauche n'étaient pas assez sensibles pour lui permettre d'attraper la bande.

Peut-être Jake viendrait-il. À moins qu'il ne soit piégé lui aussi. Peut-être quelqu'un d'autre allait-il la secourir. Peut-être des hélicoptères les survolaient-ils en ce moment même, alors que Zoe entretenait ces pensées. Mais il n'y avait personne d'autre qu'eux sur la piste. Si l'avalanche n'avait pas été très importante, il était probable que personne ne se doute jamais qu'elle avait eu lieu.

Tombeau. Grecs. Pyr veut dire feu. Tu le sais. Tu le sais. Pyrénées. Tais-toi, tais-toi.

— Jake !

Sa voix retentit un peu plus fort à ses propres oreilles, cette fois ; mais elle avait aussi un accent désespéré.

Elle lutta de nouveau pour attraper le scratch dans l'obscurité. Elle entendit le son du Velcro qui se détachait, et le gant se fit plus lâche. En l'attrapant au bout des doigts avec sa main gauche, elle réussit à s'en dégager. Le gant lui grattait le visage, mais elle le lâcha tout de même et se mit à griffer la neige juste au-dessus de sa tête.

Son souffle se faisait de plus en plus court. Elle avait beau racler la neige compacte, ses efforts ne portaient pas leurs fruits. La neige se détachait mais ne bougeait pas, semblant n'avoir nulle part où aller. Elle gratta plus fort.

Zoe toussa une nouvelle fois. Quelque chose dégoulinait au fond de sa gorge, déclenchant cette envie de tousser. Elle s'arrêta alors de gratter pour se concentrer sur ce fluide qui la gênait. Ce dernier – neige fondue, salive ou autre liquide – coulait vers l'intérieur. La morve, au lieu de goutter de son nez, coulait dans l'autre sens.

Tu es à l'envers.

Elle savait désormais avec une certitude absolue qu'elle avait été enterrée à l'envers, et verticalement. Ses pieds étaient les plus proches de la surface, et non sa tête. Ça voulait dire qu'en grattant la neige, elle avait creusé vers le bas, plus profondément, et non vers le haut et la sortie. C'était pour ça que la neige ne se dispersait pas. Elle creusait dans le mauvais sens.

Elle tenta de plier un orteil dans sa botte. L'orteil bougea imperceptiblement, mais la neige était trop dense autour de sa jambe pour qu'elle puisse la remuer. Elle porta sa main nue à son cou et s'aperçut qu'elle pouvait la passer sous la neige, jusqu'à sa poitrine. En grattant, elle parvint à l'introduire jusqu'à son bassin, et la neige tomba en mottes sur son visage. Puis sa main rencontra un objet dur.

Son bâton de ski.

La poignée du bâton se trouvait à hauteur de sa hanche. Elle le saisit et découvrit qu'il était parfaitement parallèle à sa cuisse. Il sembla d'abord impossible de le faire bouger ; mais en exerçant un léger mouvement de va-et-vient, elle parvint bientôt à scier la neige qui se mit à couler en filet audessus d'elle.

Scie. C'est bien. Scie-scie-scie. Vas-y, ma grande. Scie-toi un chemin et sors de ton cercueil.

Son bras fut pris de crampes et ses muscles se crispèrent, mais elle ne cessa pas son mouvement, progressant lentement mais sûrement. Avec une excitation grandissante, elle sentit le bâton accrocher sa chaussure de ski. À deux doigts de tomber de nouveau en hyperventilation, elle scia sans relâche, et sentit soudain que le bâton opérait une minuscule percée à la surface de la neige. Un mince faisceau de lumière vive s'introduisit dans sa tombe, se diffusant le long du bâton. Un son indéterminé, entre le rire et les pleurs, s'échappa de ses lèvres. Elle remplit ses poumons d'une bouffée d'air glacial et laissa éclater un sanglot.

— Jake ! Ohé ! À l'aide !

Elle continua de scier et scier encore avec son bâton, tentant d'élargir l'étroit conduit pour y aspirer encore plus d'air, de soleil, de vie. Mais ces efforts l'épuisaient. Quand elle s'arrêta, elle n'entendit rien d'autre que l'activité frénétique de ses poumons, un bruit désagréable de fonds marins. La crampe dans son bras était devenue insupportable. Elle voulut le reposer un moment, mais le bâton se tordit et le petit panier de plastique qui en coiffait l'extrémité ne fit que ramener de la neige dans l'ouverture qu'elle venait de créer, faisant disparaître le mince faisceau de lumière.

Elle se tint immobile, luttant pour calmer sa respiration haletante, mais elle sentait la poche d'air se réchauffer et l'oxygène se raréfier de nouveau. La tête lui tourna. Son souffle faiblit inexorablement, et puis un sentiment terrible de reddition la submergea tandis que sa conscience s'évanouissait dans le néant.

Confusément, sans pouvoir le situer, elle perçut un son étouffé qui ressemblait à celui d'une main brassant un bol de farine. Le bruit lui parvenait de loin. Puis il se mua en un grattement, plus proche.

C'est alors qu'elle l'entendit.

— Zoe ! Je suis là ! Je suis là !

— Oh mon Dieu !

— Je suis là. Tout va bien.

Elle ne le voyait pas, mais sa voix était comme la lumière transperçant le vitrail d'une cathédrale. Elle le sentit qui creusait frénétiquement à hauteur de sa chaussure. Elle l'entendait haleter et suffoquer d'épuisement.

— C'est pas possible, il va falloir que j'aille chercher quelqu'un ! l'entendit-elle crier.

— Non, Jake ! Sors-moi de là ! Sors-moi de là tout de suite ! Reste là, ne t'en va pas !

Il y eut un silence.

— OK. Je vais te sortir de là.

— Creuse d'un seul côté.

— Hein ?

— Par le côté !

— Je n'entends rien. Je te sors de là.

Il fallut une heure à Jake pour extraire Zoe de la neige. Personne ne passa aux environs. Il dégagea d'abord sa jambe droite, puis creusa un profond tunnel jusqu'à sa tête, afin qu'elle ne coure plus le risque d'étouffer, même si elle ne pouvait toujours pas bouger. Enfin, il libéra son bras et elle put l'aider à continuer.

Il lui restait à peine assez de force pour la hisser hors de son trou lorsqu'elle fut suffisamment dégagée. Mais à eux deux, ils parvinrent à la délivrer.

À genoux, ils se tinrent longtemps serrés l'un contre l'autre, presque jusqu'à s'étouffer mutuellement.

— Tes yeux ! s'exclama-t-elle. Ils sont tout injectés de sang !

— Je me suis pris plein de neige dans la tronche, répondit-il.

Il balaya la piste du regard.

— Le jour où on voudrait que ça grouille de

monde, il n'y a pas un seul péquin en vue. Tu veux attendre ici pendant que je vais chercher quelqu'un ?

— Je ne veux pas rester là toute seule, Jake.

— Est-ce que tu peux descendre à skis ?

— Non, je les ai perdus. Ils sont quelque part sous la neige.

— Les miens aussi. Il va falloir qu'on marche jusqu'au télésiège le plus proche. Je suis gelé. J'ai besoin de bouger pour me réchauffer. Tu t'en sens capable ?

— Franchement, ça va. C'est peut-être l'adrénaline, mais je ne me sens pas trop mal. Viens, on y va.

Bras dessus bras dessous, progressant tant bien que mal le long du bord neigeux de la piste, ils amorcèrent lentement la descente. Vivants. Vivants.

À travers la neige légère qui n'avait pas cessé de tomber, il leur fallut environ trois quarts d'heure de marche pénible dans leurs lourdes bottes avant d'apercevoir les câbles d'un téléski au-dessus de leurs têtes, ainsi qu'une petite station intermédiaire trois cents mètres plus bas. Le téléski était arrêté. Il n'y avait pas non plus de signe d'activité quelconque sur les pistes au-dessus ni en dessous d'eux.

Zoe frissonnait. Jake parlait, principalement pour la distraire. Il lui raconta que les arbres l'avaient sauvé. Il s'était fait projeter contre un jeune pin auquel il s'était agrippé, et il avait nagé dans la neige qui s'accumulait sous lui en grimpant le long du tronc. Zoe lui sourit en hochant la tête tandis qu'il jacassait sur le thème de leur évasion. Il était visiblement en état de choc. Elle savait que lorsqu'ils atteindraient la cabine de la station de téléski, l'employé contacterait les secours par radio pour qu'ils viennent les chercher.

Mais quand ils eurent rejoint la cabine, ils la trouvèrent vide. Derrière la vitre sale, trois diodes, une rouge et deux vertes, luisaient sous la rangée de boutons d'une console de commande. Les moteurs qui actionnaient les câbles avaient été coupés. La porte transparente de la cabine était très légèrement entrouverte, laissant s'échapper la chaleur. Jake poussa la porte.

— Allez, entre, ma belle. Il faut te réchauffer un peu.

— Tu crois qu'ils ont fermé la station ?

— Oui, sans doute. Ils ont peut-être vu l'avalanche et fait évacuer tout le monde. On n'a qu'à s'asseoir ici un moment, jusqu'à ce que ton corps se soit bien réchauffé.

Zoe repéra un fauteuil revêtu de cuir déchiré et s'y affala. Jake examina rapidement la cabine.

— Eh ! s'exclama Zoe en découvrant une flasque sur le bureau près de la console.

— Donne-moi ça !

Jake s'en empara et dévissa le bouchon pour en prendre une lampée.

— Voleur ! Qu'est-ce qu'il y a dedans ?

— Sais pas. C'est dégueulasse. Prends-en un peu.

Zoe renifla le contenu de la flasque et en avala elle aussi une goulée.

— Ça ne les dérangera sûrement pas, décréta-t-elle. Regarde, il y a du chocolat. Je vais lui faire un sort. Je t'en laisse ?

— Non, rends-moi juste la flasque.

Derrière la porte pendait un manteau de ski, un journal enroulé dépassant de sa poche. Deux grandes pelles et une brosse à neige étaient appuyées contre un mur de la cabine. Bien que les moteurs aient été coupés, les diodes semblaient indiquer que les machines, elles, fonctionnaient toujours. Un talkie-walkie d'avant-guerre était suspendu à un crochet. Jake le décrocha et tripota les boutons, mais n'obtint rien d'autre que de la friture. Lorsqu'il tenta de parler dedans, le même bourdonnement parasite lui répondit. Il n'y avait pas grand-chose d'autre dans cette cabine crasseuse, mais au moins, il y faisait chaud. À l'extérieur, il neigeait de plus en plus fort. Ils décidèrent de rester sur place en attendant de voir arriver quelqu'un.

Jake prit une nouvelle lampée d'alcool, avec une grimace.

— C'est pas passé loin, dit-il. Pas loin du tout.

— Beaucoup, beaucoup trop près.

— On a eu de la chance de s'en sortir.

Zoe regarda son mari et dit :

— Tu sais quoi ? On n'est qu'un flocon sur les cils de Dieu. C'est tout ce qu'on est.

— Quoi ? Si tu commences à croire en Dieu juste parce que tu as survécu à une avalanche, je demande le divorce pour motifs religieux.

— Je peux avoir un autre câlin ?

— Viens là. Tu peux avoir deux câlins, trois câlins. Tu peux avoir tous les câlins que tu veux, bordel.

Une heure plus tard, personne n'avait encore franchi la porte de la cabine. Ils finirent de vider la flasque et engloutirent les dernières miettes de chocolat. Le talkie-walkie refusait toujours de leur transmettre autre chose que de la friture. Jake se mit à tapoter les boutons de la console. Dans un grondement sifflant de turbines, les moteurs se mirent en route et la grande roue au-dessus de leurs têtes commença à tourner.

— Éteins-moi ça ! hurla Zoe.

— Pourquoi ?

— Je ne sais pas ! Éteins ça, c'est tout ! Tu ne sais pas faire marcher ce truc !

Jake coupa les moteurs.

— Allez viens, il va falloir qu'on marche jusqu'en bas de la montagne, déclara-t-il.

— Tu t'en sens capable ?

— Pas envie de rester ici à tourner en rond plus longtemps.

Ils refermèrent leurs manteaux, remirent leurs bonnets et leurs gants, et se préparèrent à affronter la pénible descente. Zoe remarqua alors une paire de skis adossée à la paroi extérieure de la cabine.

— Tu crois qu'on pourrait les prendre ? Je veux dire, est-ce que c'est le signe que quelqu'un est toujours dans le coin ?

— Sais pas. Est-ce qu'ils ont l'air d'avoir été utilisés ce matin ?

Zoe inspecta les skis. Ils étaient couverts de neige fraîchement tombée.

— Impossible à dire, répondit-elle. Eh, je viens de penser à un truc affreux. Tu ne crois pas que l'employé du téléski aurait pu être pris dans l'avalanche… si ?

— Comment ça ? Depuis sa cabine ?

— Non, mais si par exemple il était parti inspecter les pistes… Je ne sais pas ce qu'ils font exactement, mais s'il était sur la piste, à déblayer de la neige ou à inspecter le téléski ou un truc dans le genre, et qu'il avait été piégé, comme nous ?

— Mais ils l'auraient su. Ils seraient là, à le chercher.

— Tu crois ?

— Oui. Ils sont en contact radio permanent. En cas de problème. Non, ils ont fermé tout le massif et le gars est parti. Personne ne reviendra jusqu'à ce que l'accès aux pistes soit de nouveau autorisé. Ce qui risque de ne pas arriver avant demain.

— Alors qu'est-ce que les skis font encore là ?

— Peut-être qu'ils en laissent toujours une paire de rechange ici.

— Tu ne crois pas qu'il y a quelqu'un, genre… piégé sous la neige, hein ?

Jake lui tira doucement l'oreille.

— Sois réaliste. S'il y a quelqu'un, il est mort. On est ici depuis bientôt deux heures.

— On devrait quand même s'en assurer, insista Zoe. On devrait l'aider, si c'est possible. On doit faire tout ce qu'on peut.

Jake acquiesça.

— Ouais. Ouais. OK, alors voilà ce que je propose. Je vais mettre les skis. La montée n'est pas très longue. Je vais prendre le téléski jusqu'en haut. Si le mec est par là, s'il était allé s'occuper d'une opération de maintenance, il ne devrait pas être loin du trajet du téléski.

— Tu penses que c'est une perte de temps ?

— On ne se le pardonnerait jamais, si on n'essayait pas. Il pourrait être blessé quelque part là-haut.

Zoe prit son bonnet de laine lavande et le renfonça sur sa tête.

— OK. Je viens avec toi.

— Non. Tu es exténuée. Et ça sera plus rapide si j'y vais à skis.

— Je veux venir.

— Zoe, je n'ai pas peur de te le dire, tu as une mine affreuse. Tu as toi aussi les yeux tout rouges. Je ne voulais pas t'inquiéter avec ça. Peut-être que c'est la pression de la neige. Mais tu as l'air vachement secouée. Je vais simplement m'assurer qu'il n'y a pas de blessé aux alentours du téléski. S'il est sous la neige, je ne pourrai rien faire, de toute façon. OK ?

Zoe cligna des yeux. Ils se connaissaient bien. Ils avaient tous les deux l'intuition bien ancrée de ce qu'il fallait faire, et elle savait que Jake était décidé.

Jake avait toujours un petit tournevis dans son sac banane, pour resserrer les attaches de leurs skis. Il était déjà en train de s'en servir pour ajuster à ses chaussures la paire qu'ils avaient trouvée.

Il manipula la console jusqu'à ce que la machine se remette en route et que la grande roue d'acier recommence à tourner. Zoe sortit pour dégager un des tire-fesses de la boucle du téléski, où ils étaient disposés les uns sur les autres, afin que Jake puisse s'y installer. Elle le lui tendit et il s'en saisit sans un mot. Soudain, elle n'eut pas envie qu'il l'abandonne. Elle regarda le téléski solitaire s'éloigner vers le haut de la pente et hors de sa vue. Il neigeait toujours. Elle rentra dans la cabine.

Il faisait tiède à l'intérieur, mais Zoe tremblait. Elle voulut fermer les yeux, mais lorsqu'elle le fit, des images violentes du premier impact de l'avalanche l'assaillirent en sifflant comme des serpents. Elle sentit ses entrailles se serrer.

Très vite, elle regretta d'avoir permis à Jake de s'aventurer seul là-haut. Elle songea soudain qu'une deuxième avalanche pouvait très facilement se déclencher. Elle se leva pour regarder par la fenêtre sale de la cabine, puis se rassit.

Jake resta longtemps dehors. Zoe avait chaud. Elle pressa la main contre son front, se demandant si elle avait de la fièvre. Un sanglot lui échappa sans crier gare. Elle se leva pour regarder de nouveau par la fenêtre, mais elle ne vit rien d'autre que l'immensité blanche de la montagne et les arbres couverts de neige. Elle tendit l'oreille du mieux qu'elle pouvait. Elle n'entendit rien. Dehors, le monde était complètement silencieux. La cabine lui semblait minuscule et vulnérable.

Elle était sur le point de s'assoupir lorsqu'une forme grise se découpa derrière la fenêtre. C'était Jake, quittant les fixations de ses skis. Il entra dans la tiédeur de la cabine en tapant ses pieds bottés contre le sol et en secouant la tête.

— Rien du tout ?

— J'ai bien regardé partout, autour de chaque pylône. S'il y a quelqu'un, il est profondément enfoui sous la neige.

— C'est horrible, comme idée…

Zoe se mit à pleurer.

Jake passa un bras autour d'elle et l'embrassa.

— Chut, dit-il. Allez. Tu ne sais même pas s'il y a quelqu'un ! Il s'agit d'une simple hypothèse.

— Je sais. Laisse-moi pleurer. Je pleure pour nous. Ça aurait pu être nous. Je suis soulagée, c'est tout.

Elle renifla et s'essuya le nez du dos de son gant.

— Eh, dit Jake après l'avoir serrée dans ses

bras un moment, je viens d'avoir une de mes idées de génie. On peut descendre à skis. Je connais un moyen.

— Avec une seule paire ?

— Tu te mets derrière moi, les pieds posés à l'arrière des skis, en me tenant par la taille. On skie très lentement en zigzaguant sur toute la largeur de la piste. On tombera peut-être de temps en temps, mais c'est toujours mieux que d'essayer de marcher dans la neige. Je te jure, il y a des endroits où on en a jusqu'aux burnes.

C'est ce qu'ils firent. Ils skièrent lentement, mais sans trop de difficultés, et cette technique leur permit d'atteindre la vallée. La piste entière, tout du long, était déserte. Il paraissait évident que les autorités de la montagne avaient évacué et fermé les pistes en raison du risque d'avalanches.

Ils voyaient leur hôtel, droit devant eux. Bien qu'il ne soit que midi passé, toutes les lumières étaient allumées. De l'endroit émanait une atmosphère merveilleusement douillette, hospitalière et rassurante.

— Je vais prendre un bain chaud, annonça Zoe.

— Bonne idée, tu pues.

— Merci. J'irai aussi faire un tour au sauna, histoire de me dégeler un peu. Mais n'espère pas te joindre à moi.

— Je vais prendre un verre de vin. Rouge.

— Et un steak. Saignant.

— Dégoulinant de sang. Avec de la moutarde.

— Et une boule de glace.

— Pas sur le steak, quand même ?

— Et on dévalisera le bar jusqu'à la dernière goutte d'alcool.

— Allez, va-t'en, que j'enlève ces skis. On peut marcher, maintenant.

2

L'hôtel *Varka* était niché au pied de la montagne, à quelque distance du centre de Saint-Bernard-en-Haut mais tout près des pistes pour débutants. L'établissement prétendait qu'il suffisait de franchir la porte pour commencer à skier, ce qui était vrai si l'on considérait que se traîner sur trois cents mètres de sol plat méritait une telle appellation. L'hôtel offrait en outre un service quatre-étoiles, deux bars (dont un avec piano), un restaurant, un spa pourvu d'un sauna, une navette vers les pistes et un accès Wi-Fi. Il était au-dessus des moyens des Bennett, mais ces vacances étaient particulières. Cela faisait plusieurs années qu'ils n'étaient pas partis au ski, et c'était sur les pistes de Chamonix qu'ils s'étaient rencontrés et étaient tombés amoureux ; c'est pourquoi ils avaient décidé de s'offrir ce séjour haut de gamme.

Totalement hermétique au concept de « vacances particulières », l'avalanche s'était abattue sur eux dès le deuxième jour, en faisant claquer ses dents blanches et acérées.

On accédait à la réception de l'hôtel grâce à des portes en verre automatisées, qui bourdonnèrent à leur approche et s'ouvrirent avec une lenteur exaspérante. Un énorme sapin de Noël, à la limite de l'excès, dominait le vestibule. De délicates lumières bleues scintillaient parmi les branches comme des lutins en suspension. Zoe et Jake se dirigèrent immédiatement vers la réception afin d'informer quelqu'un de leur calvaire, mais le comptoir était désert. Le couple se tourna donc plutôt vers l'ascenseur et celui-ci les emmena au deuxième étage, où se trouvait leur chambre.

Zoe fit aussitôt couler un bain chaud et, en attendant qu'il soit prêt, se débarrassa de sa tenue de ski. Jake s'écroula sur le lit, les bras jetés au-dessus de la tête. Zoe s'agenouilla près de lui dans ses sous-vêtements isolants.

— Ça va ?

— En fait, oui, répondit-il. Ça va.

— Il faudra qu'on achète des gouttes pour les yeux. Tu ressembles vraiment à un zombie. On devrait te faire examiner.

— Je n'ai pas besoin d'être examiné. Toi, tu as les yeux rouges, et c'est toi qui as été enterrée. Tu dois être examinée pour qu'on soit sûr que tu n'es pas machin-chose… traumatisée.

— Et qu'est-ce qu'ils vont faire ? Me soutenir moralement ? Me tenir la main ? Je vais bien, je n'ai pas besoin d'un examen. De la neige m'est tombée dessus et je m'en suis sortie. Fin de l'histoire. Et toi ?

— Je me sens bien. La seule différence, c'est que je suis hyper excité. Vas-y, touche !

— Bas les pattes. Laisse-moi prendre mon bain d'abord.

— Tu crois que c'est comme quand les gens sont excités par les enterrements ? Tu crois que c'est de sentir le sifflement de la faux qui donne envie de s'accoupler ? Allez, viens là, *ma biche**...

— Lâche-moi, je suis frigorifiée, Jake. Tu l'es sûrement aussi. Laisse-moi entrer dans le bain la première.

Jake attrapa le téléphone.

— Je vais raconter au premier con venu ce qui s'est passé.

— Qu'est-ce qu'il pourrait bien y faire ? Tu n'as pas intérêt à m'appeler un docteur ! Allez, viens dans le bain avec moi. Je n'ai pas envie qu'un docteur vienne me pointer sa petite lampe dans les yeux. Viens donc. Après, tu pourras me faire tout ce que tu voudras.

Jake ôta donc sa tenue de ski et se glissa dans le bain chaud près de Zoe, avec force soupirs et grognements. Assis face à face dans un nuage de vapeur, ils passèrent chacun les bras autour des genoux de l'autre, laissant la chaleur pénétrer et dissoudre le froid de leurs os transis.

Ils demeurèrent ainsi un moment, en silence. La tête posée sur le genou de Zoe, Jake parut s'assoupir. L'eau finit néanmoins par se rafraîchir autour

* En français dans le texte. *(NdT)*

d'eux, aussi Zoe le changea-t-elle de position pour sortir de la baignoire et s'envelopper d'une serviette. Songeant qu'il serait peut-être préférable d'informer quelqu'un de leur évasion, elle appela la réception. Le téléphone sonna longuement, mais personne ne répondit. Laissant Jake dans la baignoire, elle se sécha, enfila des vêtements et reprit l'ascenseur.

Le vestibule était toujours désert. Il y avait une sonnette à l'ancienne sur le comptoir, une de celles que l'on frappe avec la paume de la main, mais son tintement resta sans réponse. Zoe se pencha par-dessus le comptoir pour glisser un œil dans le bureau derrière la réception, et bien que tout semble parfaitement en ordre, il était désert. Un léger malaise l'envahit.

Son premier instinct avait été de se réchauffer et de s'occuper de Jake, oubliant que son propre sort avait été pire que le sien. Bien que lui aussi ait été soulevé par l'avalanche et rejeté sur la piste, il n'avait pas été enterré vivant. Des images de l'accident l'assaillirent pour la deuxième fois depuis que Jake l'avait délivrée de la neige. Ses mains tremblaient. Elle reprit l'ascenseur et revint dans leur chambre.

Jake s'était rendormi dans le bain. Elle se tint dans l'embrasure pour le regarder, et il parut sentir sa présence. Il ouvrit les yeux.

— Il n'y a personne.

— Où ça ?

— En bas. Je viens d'y retourner. Il n'y a personne.

— L'hôtel est toujours complètement mort à cette heure-ci, non ? Tous les clients sont de sortie.

— Mais… et le personnel ?

— En pause-cigarette, sûrement.

Zoe eut l'air sceptique.

— Ils n'y sont pas vraiment… hein ? ajouta-t-elle.

— Qui n'est pas où ?

— Les clients. Ils ne sont pas tous dehors, vu que les pistes sont fermées.

— Eh bien, peut-être que l'avalanche a été pire que ce qu'on pensait. Peut-être que tout le monde s'active pour donner un coup de main là-haut.

— Tu crois ? Tu penses que c'était une avalanche très grave ?

— Elle n'a pas été tendre avec nous, en tout cas… Non, mais j'en sais rien, en fait. Peut-être qu'on a juste été pris dans une toute petite partie de la vraie avalanche. Qu'est-ce qu'on peut y faire ?

Jake sortit de la baignoire et attrapa une serviette.

— Tout ce qu'on peut faire, continua-t-il, c'est attendre qu'ils reviennent.

Zoe repartit dans la chambre et s'assit sur le lit en se tordant les mains.

Jake apparut bientôt enroulé dans une serviette,

sa peau rose encore légèrement fumante après la chaleur du bain.

— Il y a sûrement une règle, dit-il, qui dicte qu'un mari ne devrait pas trouver sa femme si sexy. Surtout après une expérience de mort imminente.

Il jeta la serviette au loin et fit culbuter Zoe sur le lit en lui soulevant les jambes. Elle poussa un cri et le frappa lorsqu'il bondit sur elle. Jake grimaça.

— Mes côtes...

— Ça t'apprendra.

— On a failli mourir ! On a failli mourir. Je veux te toucher partout, partout. Comme l'avalanche.

— Viens là.

— J'ai de plus en plus faim. Où il est, ce steak dégoulinant de sang ? Rien à battre du prix, on se fait livrer quelque chose, lança Jake en parcourant le menu du regard. Qu'est-ce que tu prends ?

— Un steak saignant, pareil. Du vin rouge. Que des trucs mauvais pour la santé.

Il composa le numéro du room-service. Comme personne ne répondait, il se rabattit sur la réception. Pas de réponse.

— Bizarre, commenta-t-il.

— Je te l'ai dit, il n'y a personne. Tu n'écoutes rien.

Jake garda le téléphone à la main un moment.

Puis, avec un léger « clic », il reposa le récepteur sur son socle.

— Bon, on n'a qu'à s'habiller. On mangera quelque chose au restaurant.

Sur le chemin du restaurant, Zoe fut prise d'une crise de fou rire. Elle plaqua une main sur sa bouche, mais un petit gloussement s'en échappa tout de même. Jake s'arrêta au milieu du couloir et la regarda, mais l'expression perplexe sur son visage ne fit qu'empirer la situation. Peut-être était-elle victime d'une hystérie passagère due à son tête-à-tête avec la mort : quoi qu'il en soit, quelque chose la poussait à rire. Non pas sourire ni ricaner, mais bien rire. Une envie irrépressible.

Une peinture abstraite sans intérêt était suspendue au mur près de l'ascenseur, et cela provoqua son hilarité. De même que le petit carillon idiot émis par l'appareil lorsqu'il atteignit le deuxième étage. La mièvrerie de ces décorations avait quelque chose d'absurde qui jurait dramatiquement avec ce qu'elle venait de vivre, enfermée à l'envers dans la neige. Les miroirs de l'ascenseur lui donnèrent envie de rire. L'étiquette annonçant le poids maximum autorisé dans l'appareil ; le carré de moquette qui en tapissait le sol ; la sonnette d'alarme. Tout cela semblait si ridicule qu'elle brûlait de s'esclaffer.

— Quoi ? fit Jake. Quoi ?

Elle s'adossa brutalement au miroir de l'ascenseur et ulula, pliée en deux, se tenant les côtes.

— Écoute, je suis ravi que tu trouves tout ça si

hilarant, commenta Jake. Moi aussi, en fait, maintenant que j'y pense. On a failli mourir. C'est incroyablement amusant. Tu es cinglée.

Comme pour la faire taire, il la pressa contre la paroi et glissa sa langue dans sa bouche. Elle sentit ses propres éclats de rire se répercuter en Jake comme des décharges électriques. Elle le sentit, dur, contre son corps. Ils venaient à peine de s'envoyer en l'air et il avait encore envie d'elle. Zoe aussi avait envie de lui.

L'ascenseur atteignit le rez-de-chaussée et les portes s'ouvrirent. Zoe repoussa Jake, secoua la tête pour écarter ses cheveux de son visage et reprit contenance avant de sortir.

Elle aurait pu s'épargner cette peine. Toujours personne en vue.

Ils rejoignirent la réception. Jake fit tinter la sonnette.

— Hé ho, du bateau ! cria-t-il avec une mimique à Zoe.

— Essayons le restaurant.

Ils dépassèrent le comptoir en bois clair du concierge, parfaitement rangé mais toujours désert, et se rendirent au restaurant de l'hôtel. La salle à manger n'était jamais très animée durant la journée, la plupart des clients ne la fréquentant que le soir, mais une ou deux tables étaient en général occupées.

Pas ce jour-là.

Toutes les lumières étaient allumées, mais les tables étaient vides. Un panneau à l'entrée de la salle indiquait aux clients d'attendre que le maître d'hôtel vienne les placer, mais il n'y avait ni maître d'hôtel ni serveurs. Les tables étaient entièrement dressées pour le service, avec des nappes et des serviettes de lin bien repassées, d'imposants verres à pied en cristal et des couverts en argent, le tout impeccablement disposé. Au-dessus de leurs têtes, des haut-parleurs diffusaient à faible volume une musique d'ascenseur.

Jake resta immobile un instant, les mains sur les hanches. Il fit les cent pas puis se dirigea vers les cuisines. Il franchit les portes battantes, et Zoe le suivit.

Le personnel de cuisine n'était nulle part en vue. Les plans de travail en inox rutilant étaient jalonnés de légumes fraîchement hachés et de pièces de viande rouge, semblant tout prêts à être cuisinés pour le déjeuner. À l'extrémité de la cuisine, un lave-vaisselle de taille industrielle, en inox également, avait été rempli des assiettes et des plats sales du petit déjeuner. Jake ouvrit la porte d'un congélateur géant et reçut une bouffée d'air froid. Après un rapide coup d'œil à l'intérieur, il le referma.

Zoe lui effleura l'avant-bras.

— Tu crois qu'on devrait partir ? demanda-t-elle.

— Partir ?

— De l'hôtel.

— Et pourquoi donc ?

— Voilà ce que je pense : cet hôtel est situé au pied de la piste où a eu licu l'avalanche. Il est droit sur son chemin. Après ce qui s'est passé ce matin, ils ont dû faire évacuer tout le monde. Regarde autour de toi : ça s'est vidé en cinq minutes maximum. Je pense qu'on est en danger, ici. Et qu'on ferait mieux de s'en aller.

Jake cilla.

— Bon sang, répondit-il. OK, allons chercher nos manteaux. On va marcher jusqu'au village.

— Et prions pour qu'elle ne nous tombe pas dessus maintenant.

— Prie si tu veux. Je vais me contenter de paniquer.

— Oh, la ferme.

Ils quittèrent donc l'hôtel pour rejoindre le village de Saint-Bernard. D'ordinaire, des navettes étaient mises à leur disposition : toutes les demi-heures, un minibus les acheminait à destination en six ou sept minutes. À pied, il en fallait trente.

La route était silencieuse. Il neigeait toujours. La lumière avait changé et la neige qui couvrait le sol avait d'étranges reflets bleu-gris. Toutes les empreintes de pas ou de pneus avaient été enfouies sous cette neige fraîche, douce et duveteuse.

Le soir précédent, ils avaient fait le trajet de l'hôtel au village à pied. La promenade avait été mémorable. Le chemin neigeux était bordé de sapins et d'épicéas exhalant un parfum de sève, et il était illuminé, tous les cent mètres, par de gracieux réverbères en fer forgé, à la douce lueur orange. Sur la route, ils avaient été dépassés par un énorme cheval noir tirant sur un traîneau un couple de touristes, heureux bien qu'un peu hésitants. De la vapeur s'élevait des flancs du majestueux animal, et des panaches de fumée s'échappaient de ses naseaux comme il trottait sur l'épais tapis de neige. Le couple sur le traîneau les avait salués timidement de la main.

Mais à présent, la route semblait dangereuse. Ils marchèrent d'un bon pas, sans parler, tendant tous deux l'oreille pour guetter les sons de la montagne. Car ces sons étaient des signaux d'alarme. Un craquement lointain, très haut, comme une fusillade. Un grincement. Une sorte de grondement, comme un grand poids se déplaçant sur la montagne. La brise qui se faisait soupir au contact de la neige. Autant de bruits susceptibles d'annoncer une avalanche.

Ils ne se dirent rien, mais Zoe prit la main de Jake, et ils forcèrent l'allure. Les crissements et les couinements de leurs après-ski n'avaient rien de réconfortant. Ils sonnaient comme un affront envers la montagne, le cri d'une souris face à un éléphant. Un défi.

— Tu sens la pression dans l'air ? demanda Zoe. J'ai l'impression de sentir le poids de la neige sur la montagne.

— C'est ton imagination. Continue à marcher.

— Je n'imagine rien. L'air est dense. Comme si quelque chose était sur le point d'arriver.

— Il n'arrivera rien.

— Alors pourquoi ils ont fait évacuer l'hôtel, ducon ?

— Par précaution. Ce serait carrément la poisse, non, de survivre à une avalanche puis d'être terrassé par une autre ?

— Ouais. La poisse, ça arrive.

— Oui, mais pas aujourd'hui.

— Tu vas me protéger, Jake ?

— À mains nues.

Puis au-dessus d'eux retentit ce grondement caractéristique, le fracas de la neige qui glisse, comme d'immenses feuilles de métal en train de plier.

Zoe s'arrêta net.

— Oh mon Dieu ! s'exclama-t-elle.

— Ne t'inquiète pas. Allez, continue à marcher. C'est juste la neige qui dégringole.

— Sans rire ? C'est bien ce qui me fait peur, la neige qui dégringole, putain ! Ça s'appelle une avalanche, non ?

— Chut ! Parle moins fort. Ce que je voulais dire, c'est que la neige fait ça tout le temps. C'est pour ça qu'ils ont des chasse-neige sur les pistes. Parce que la neige se déplace et glisse. Ça ne signifie pas qu'elle est en train de s'abattre sur nous en ce moment même.

— Ah oui ? Tu sais tout ça, toi ? Tu es chirurgien vétérinaire. Comment se fait-il que tu sois soudain devenu expert en dégringolades de neige ? Tu me baratines, un point c'est tout.

— Effectivement, je te baratine.

— Pourquoi ? Pourquoi tu fais ça ?

Il s'arrêta et se tourna vers elle.

— C'est ce que je fais quand j'ai très peur, d'accord ? Je baratine. C'est un moyen efficace de considérer les choses sous un jour un peu plus positif. Voilà, tu es contente ? On peut continuer à marcher, maintenant que la défaillance profonde de ma personnalité a été démontrée ? Alors ?

La neige sur la montagne gronda de nouveau. Il y eut un autre son inexplicable, comme celui d'immenses filets que l'on jette à la mer. Zoe passa son bras sous celui de Jake et ils poursuivirent leur marche jusqu'au village sous la lueur orangée des lampes.

Les rues étaient désertes. De nombreuses voitures étaient garées aux alentours du centre. La neige qui s'était déposée sur les véhicules ressemblait au glaçage d'un gâteau. Le village était d'un calme sinistre. Ils arrivèrent en vue d'un autre petit hôtel, baptisé le *Petit la Creu*. La neige s'était accumulée sur le seuil de la porte.

Ils poussèrent le lourd battant pour entrer, faisant racler son épais calfeutrage contre le sol. L'atmosphère du vestibule était chaude, presque étouffante. Des lampes brillaient dans tous les coins, mais l'endroit était désert. Exactement comme leur propre hôtel.

— Est-ce que tu penses que tout le village a été évacué ? demanda Zoe.

— Tu as le numéro de la fille ?

— Quelle fille ?

— La fille un peu conne.

— Quelle fille un peu conne ?

— La fille de l'agence. La responsable. Celle qui était avec nous dans le bus à l'aéroport. Celle qui souriait tout le temps. Elle ne t'avait pas filé une carte avec son numéro ?

Zoe ouvrit son sac et en sortit son porte-monnaie. Elle passa en revue ses cartes de crédit et de fidélité pour retrouver la carte de visite en question.

— Je ne l'ai pas. Ça doit être toi qui l'as, conclut-elle.

— Non, c'est à toi qu'elle l'a donnée.

— Elle ne me l'a pas donnée et je ne l'ai pas. Je me souviens d'avoir remarqué une petite lueur dans ses yeux quand elle te l'a tendue. Donc, c'est toi qui l'as.

— Quelle lueur ?

— C'est toi qui l'as !

— OK, OK ! Calme-toi !

Jake déboutonna son blouson, ouvrit sa poche intérieure et en sortit son portefeuille. Là, parmi ses cartes de crédit, il trouva la carte de visite sur laquelle figuraient le nom de l'agence de voyages et le numéro de portable de la responsable.

— Je savais que tu l'avais. Tu as le béguin pour elle.

— Oui, j'aime bien les femmes souriantes. On n'en voit pas beaucoup, par ici.

— Donne-moi ça.

ELFINDA CARTER, AMBASSADRICE SÉJOURS WINTERTOURS VOYAGES TÉL. 07797 551737

— En plus, c'est quoi ce nom, « Elfinda » ?

— C'est peut-être une elfe.

— Elfinda l'elfe scintillante, apparemment.

— Tu as eu une réaction très gênante.

Quand Elfinda avait donné sa carte à Jake, elle lui avait demandé en retour son propre numéro. C'était la procédure habituelle, au cas où l'agence aurait besoin de les contacter concernant des sorties ou des événements particuliers. Zoe, que les yeux clignotants de la fille commençaient à faire bouillir, s'était penchée pour fourrer sa propre carte dans la main de la responsable pantoise.

— Gênante ? J'aurais dû lui botter son petit cul décharné, oui !

Zoe passa la main au-dessus du bureau d'accueil et s'empara du téléphone. La tonalité était parfaitement audible. Elle composa le numéro imprimé sur la carte. Le téléphone sonna et elle croisa les jambes en attendant que quelqu'un décroche.

Cela sonna longtemps, puis le téléphone se tut.

— Personne ?

— Personne. Ni elfe ni humain.

— Il y a un commissariat au village, derrière le supermarché. On devrait aller voir là-bas. Histoire de comprendre un peu ce qui se passe.

Ils quittèrent le *Petit la Creu* et cheminèrent péniblement à travers le bourg, dépassant la jolie église et son clocher effilé, puis tournant à droite en direction du supermarché et du poste de police. Ils ne croisèrent personne, ni n'aperçurent le moindre signe d'activité à l'intérieur des boutiques. Certains magasins étaient illuminés, d'autres non. Toutes les lumières étaient allumées dans le supermarché, mais personne, ni clients ni personnel, n'était en vue derrière la vitre.

Un 4×4 de police aux pneus munis de chaînes était garé dans la cour. Le commissariat se réduisait à un petit édifice en béton, peu avenant, presque caché derrière le supermarché. Ils poussèrent la lourde porte de verre et d'acier, puis ouvrirent une deuxième porte qui les mena à une petite pièce. Elle était simplement meublée d'un bureau d'accueil en mélaminé blanc et de trois chaises en plastique moulé.

Jake poussa un appel sonore. Cette fois, il ne dit pas « du bateau ! ».

Zoe contourna le comptoir en mélaminé et marcha jusqu'à la porte qui se trouvait derrière, couverte d'affiches et de panneaux. Elle toqua à la porte et, ne recevant pas de réponse, l'ouvrit. Elle découvrit une salle encombrée équipée de quelques bureaux, de PC, d'une imprimante, d'un meuble de classement et d'une machine à café. Sur cette dernière, le voyant rouge était allumé et une cafetière à moitié pleine chauffait encore. Dans un vestibule attenant, on pouvait apercevoir un portemanteau et une veste d'uniforme pendue à un crochet.

— Hé ho !

Ils s'assirent chacun à un bureau et y restèrent une demi-heure, les mains dans leurs poches de blouson, tentant de déterminer ce qu'ils devaient faire à présent.

— Bon, dit Jake. Le village entier a été évacué. Pourquoi ? Risque d'avalanche. Voilà l'explication. Parfois, ces avalanches – les grosses, pas comme celle qui nous a heurtés ce matin – peuvent dévaster tout un village comme celui-ci. C'est arrivé près de Chamonix il y a quelques années : plus de vingt chalets ont été rasés. Et ces chutes de neige augmentent le risque d'avalanche. Du coup, tout le monde est parti.

— Pourquoi est-ce qu'ils nous ont laissés ici ?

— Peut-être qu'ils nous croyaient morts dans l'avalanche de ce matin.

— Est-ce qu'ils n'auraient pas envoyé des secours ?

— Écoute, j'en sais rien. Tout ce que je sais, c'est que le village a été évacué, et qu'il faut qu'on se barre de là vite fait.

— D'accord. Comment ? interrogea Zoe.

— C'est… c'est bien là le problème. On pourrait marcher. On pourrait prendre des skis dans un magasin et essayer de descendre un peu plus bas. Mais je n'en meurs pas d'envie dans ces circonstances, vu ce qui s'est passé ce matin.

— Moi non plus.

— Ou alors, on pourrait partir en voiture. On prendrait un des véhicules garés dans le village. On conduirait doucement, pour éviter de déclencher quoi que ce soit.

— OK. Faisons ça.

— OK.

— Allons-y, alors.

— Qu'est-ce qu'on attend, Zoe ?

— Je ne sais pas. J'ai peur.

— Peur ? Il n'y a aucune raison d'avoir peur, espèce de chochotte. Aucune raison. En fait, moi aussi, j'ai peur. Ne pensons pas à tout ça. Il faut qu'on trouve une voiture avec les clés sur le contact.

— Oui. On ne pourrait pas…

— On ne pourrait pas quoi ? Démarrer sans clé, comme dans les films ?

— Oui.

— Tu sais le faire ?

— C'est toi, la technique. C'est toi l'homme.

— Eh bien je vais te dire une bonne chose, ma très chère imbécile de femme. Je ne sais pas démarrer une voiture sans clé. Comme tu l'as judicieusement fait remarquer, je suis vétérinaire. Je travaille avec des chiens, des souris blanches et des perruches. Et que ce soit pendant mes années de formation ou de pratique, pour une raison que j'ignore, il n'a jamais été requis de savoir démarrer une voiture sans clé. Pour nous sauver la peau. Jusqu'à aujourd'hui.

— Pas la peine de monter sur tes grands chevaux !

— Et je vais te dire encore autre chose. Tu vois comment ils font, dans les films ? Ils arrachent des câbles sous le tableau de bord, ils les assemblent, le moteur se met à vrombir et roulez jeunesse… Eh bien, un mécanicien m'a dit que c'était des conneries, tout ça. Ça ne marche plus comme ça, maintenant. Il m'a dit que si on le faisait, on avait surtout de grandes chances de s'électrocuter.

— Eh bien on n'essaiera pas.

— Et il était mécanicien dans un garage. Un vrai mécano.

— Donc, comme tu le suggérais, on sort et on cherche une voiture avec les clés sur le contact. Et ensuite on s'en va. En essayant de mettre le moteur en sourdine.

— Tu sais que tu m'emmerdes avec ton ironie à la con ?

— C'est pour ça que tu m'as épousée. Tu adores ça.

Avant de quitter le commissariat, ils tentèrent de nouveau de joindre Elfinda, la séduisante représentante de l'agence de voyages. Comme la première fois, la tonalité s'interrompit avant que quiconque ne décroche.

À l'extérieur, la neige tombait de plus en plus dru. Ils passèrent de voiture en voiture en essayant d'ouvrir les portes du côté conducteur, espérant en trouver une déverrouillée. Ils testèrent ainsi cinquante, soixante véhicules peut-être, et réussirent à ouvrir quatre d'entre eux ; mais pas la moindre clé de contact à l'intérieur.

La neige tomba plus fort encore, et une sorte de brouillard gris perle s'installa. Ils commençaient à se sentir transis de froid et de fatigue.

— Je viens de penser à un truc, dit Jake.

— Quoi ?

— Au poste, il y avait une voiture de police. Les clés sont peut-être dans le bureau.

— Quoi, voler une voiture de police ? N'y pense même pas.

— Notre situation est un peu exceptionnelle, non ?

Zoe fronça les sourcils mais le suivit lorsqu'il redescendit la pente menant au commissariat. Là, ils trouvèrent les clés du véhicule, suspendues à un crochet près de la porte.

— Tu es sûr de ton coup ?

— Non.

Le diesel revint à la vie au premier tour de clé, crachant un énorme nuage de fumée. Ils durent racler la neige sur le pare-brise et dégivrer les vitres. Jake manœuvra le véhicule hors de la cour, jusqu'à la rue. Il klaxonna plusieurs fois : il s'attendait à sentir une main s'abattre sur son épaule à tout moment. Si les policiers les surprenaient au volant de leur voiture, il arguerait qu'il n'avait fait aucun effort de discrétion.

Il conduisit lentement le long du supermarché, inaccoutumé au poids du 4×4. Pour quitter le village par la route qui les avait amenés depuis l'aéroport, ils devraient passer devant leur hôtel. Zoe voulait s'arrêter pour récupérer leurs affaires ; Jake s'y opposait car les chutes de neige devenaient menaçantes, et la couche de brouillard s'opacifiait de minute en minute. La visibilité s'était déjà réduite à moins de vingt mètres.

— Il nous faut nos passeports, chéri, et il y a des choses que je refuse de laisser là-bas. Allez, Jake. Deux minutes.

— Si ces deux minutes doivent nous coûter la vie, je te tue.

— Ça me paraît sensé.

Ils firent halte devant l'hôtel désert. Jake laissa le moteur tourner, et lorsqu'ils sortirent, la fumée d'échappement s'élevait en tourbillonnant dans l'air glacé. Sans un mot, ils prirent l'ascenseur jusqu'au deuxième, où un petit tintement salua leur arrivée. Une fois dans la chambre, ils ouvrirent leurs valises en grand sur le lit, balancèrent toutes leurs affaires dedans et les refermèrent en forçant jusqu'à entendre un cliquetis. Ils firent ensuite demi-tour, les valises à la main, pour les fourrer sur la banquette arrière.

Jake grogna. Le brouillard s'était épaissi. Il avait toujours la même teinte gris perle, et il lui sembla y déceler un éclat irisé aux endroits où la lumière des réverbères s'y trouvait capturée et reflétée. Dans d'autres circonstances, il aurait trouvé ça beau. La neige ne s'était pas calmée non plus. Les flocons tombaient comme des plumes d'oie, épaisses et moelleuses : c'était le genre de neige qui aurait ravi n'importe quel skieur… Mais en cet instant, c'était la dernière chose qu'ils avaient envie de voir.

La visibilité était désormais réduite à dix mètres environ. Il ne pouvait discerner que vaguement la silhouette des bâtiments de l'autre côté de la rue. Par-dessus le marché, l'après-midi touchait déjà à sa fin. Outre les chutes de neige, la lumière se faisait de plus en plus faible. Conduire dans ces conditions ne serait pas une mince affaire. Jake devrait accélérer la cadence s'ils voulaient atteindre un lieu plus hospitalier avant la fin du jour, et cependant il était terrifié à l'idée de déclencher une avalanche sans précédent s'il roulait plus vite qu'une tortue.

Ils repartirent à une allure prudente. Des flocons géants atterrirent sur le pare-brise tandis que la voiture cheminait laborieusement sur la route de montagne. Puis Jake heurta quelque chose.

— C'était quoi ?

— Je ne sais pas. Je crois que j'ai frôlé le bord.

— Reste loin du bord. Conduis au milieu de la route.

— Bon sang, je n'y avais pas pensé ! Merci pour ce conseil mûrement réfléchi. C'est précisément ce que j'essaie de faire.

Mais bientôt il heurta de nouveau la bordure. C'était impossible. Il se plaignit de ne rien voir, à présent, dans le jour déclinant. Ils se demandèrent s'ils allaient faire demi-tour, mais se ravisèrent et poursuivirent leur route. Environ cinq cents mètres plus loin, ils sentirent un choc, un bond et une secousse. Ils venaient tout simplement de quitter la route.

Jake écrasa les freins. La voiture fit une glissade et cahota avant de s'arrêter. Laissant le moteur tourner, il sortit de la voiture, mais ne distinguant pas le sol sous ses pieds, il trébucha et se tordit la cheville.

— Fais attention en descendant ! avertit-il Zoe.

Elle quitta également le véhicule et en fit le tour pour le rejoindre. La roue avant, côté conducteur, flottait dans le vide. Les trois autres étaient ancrées au sol de roche et de neige. Jake regarda en bas. Il n'avait aucun moyen de deviner si le gouffre qui s'ouvrait sous sa roue était profond d'un mètre ou de cent. Cette incertitude blanche et brumeuse le transperça comme une lame.

— Est-ce qu'on peut s'en sortir en reculant ? demanda Zoe.

— Peut-être, mais je ne veux plus conduire dans ce brouillard.

— Quoi ? Jake, on doit partir !

Il désigna du doigt la roue qui pendait dans le vide avant de répliquer :

— Tu as la moindre idée de ce qu'il y a là-dessous ? Moi, non. On ne peut pas conduire. Je me souviens, quand on est arrivés en bus : sur la majeure partie de la route, on longe un précipice à pic. Il n'y a pas de garde-fou pour nous maintenir sur la route, Zoe ! On passe dircctement du sol au vide.

— Alors il va falloir qu'on marche.

— D'accord. On peut marcher.

Zoe connaissait assez Jake pour deviner ses « mais » avant qu'il ne les prononce.

— Mais…, compléta-t-elle à sa place.

— Mais voilà ce que je pense : on marcherait jusqu'à la nuit tombée dans un froid glacial. On pourrait sans doute rester sur la route, en étant prudents. Cela dit, il y a vingt kilomètres jusqu'au prochain village. On n'a rien mangé de la journée et je me pèle déjà le cul. En plus du risque de mourir de froid sur cette montagne, on s'expose à une autre menace : se faire projeter dans le vide par une avalanche. Alors bon… je sais qu'on ne sera pas en sécurité à l'hôtel, mais c'est un solide bâtiment en béton, et il est certainement plus sûr de rester à l'intérieur que d'être ici.

— Bon sang…

— Tu sais que j'ai raison.

— Est-ce qu'on y retourne en voiture ?

Jake regarda la roue qui flottait dans le vide.

— Non, répondit-il. Je pense qu'il vaut mieux qu'on revienne demain matin, quand la neige aura cessé et qu'on y verra enfin quelque chose. On n'est pas très loin. À pied, on sera de retour à l'hôtel en vingt minutes. Une demi-heure, maximum.

Elle ne protesta pas. Jake coupa le moteur, ressortit et ouvrit l'arrière de la voiture. Ils fourrèrent quelques affaires indispensables dans un petit sac et abandonnèrent le reste, puis se mirent à marcher en direction de l'hôtel.

— Sacrées vacances, hein ? fit remarquer Jake.

— Sacrées vacances.

— J'arrive à peine à voir ma main au bout de mon bras. Non, ce n'est pas tout à fait vrai. Je vois ton visage qui brille.

— Crois-le ou non, je ne transpire pas, pourtant.

Elle voyait son visage, à lui aussi. Il luisait faiblement parmi les flocons et le brouillard qui s'assombrissait peu à peu ; c'était comme si quelque chose l'illuminait par-derrière. Ainsi éclairée, la peau de Jake ressemblait à du parchemin, songea-t-elle. Un parchemin sacré. Ses yeux bleus étincelants, ses sourcils couleur de noisette et la tache cramoisie de ses lèvres étaient les enluminures tracées par un moine sur ce précieux manuscrit.

— Qu'est-ce que tu regardes ?

— Toi. Je t'aime.

Il rit.

— Comment est-ce que tu peux penser à ça maintenant ? J'ai épousé une folle qui m'attire dans des avalanches.

— C'est la situation qui est folle, et tout ce que je vois, c'est ton beau visage, et je suis heureuse de le voir. Et le mot est faible.

— Allez, donne-moi la main. Rentrons à l'hôtel.

3

Un panneau d'affichage était accroché au mur de la réception, proposant des sorties en journée, des courses sur toboggan, des descentes en luge et des soirées fondue. On y trouvait aussi les numéros de toutes les agences de voyages présentes sur la station. Punaisée au liège, une liste indiquait également les coordonnées des docteurs, vétérinaires, pharmacies et de tous les services d'urgence associés à Saint-Bernard. Ils remontèrent dans leur chambre avec les listes, et Jake décrocha le téléphone.

Une tonalité clairement audible, sonore et gutturale sortait du combiné. Il appela tour à tour chaque agence de voyages, mais personne ne décrocha. Il appela le poste de police où ils avaient emprunté la voiture. *Nada.* Il essaya le numéro d'urgence national. Pas une fois il n'obtint de réponse.

— Téléphone à quelqu'un en Angleterre, conseilla Zoe. Appelle ta mère.

Les parents de Zoe étaient morts tous les deux.

Sa mère était décédée bien longtemps avant qu'elle ne rencontre Jake ; en revanche, celui-ci avait connu son père, Archie, durant quelques années. Le père de Jake, très âgé, était mort également, et sa mère était le seul parent qu'il leur restait. C'était une femme difficile mais bienveillante au fond, dont les cheveux teints étaient rehaussés d'affreux reflets bleutés. Elle avait déménagé en Écosse peu après un divorce éprouvant, qui s'était déroulé tandis que son fils était en pension. Distante tant sur les plans affectif que géographique, elle tenait heureusement Zoe en grande estime, car celle-ci était « mélomane ». D'après Jake, sa mère serait peut-être en mesure de faire appel à une de ses relations disposant d'un minimum d'autorité, pour l'informer que le couple avait été oublié au moment de l'évacuation.

— Elle va péter un câble, commenta Jake en composant le numéro. Tu sais comment elle est.

— Appelle-la quand même.

Après s'être exécuté sans succès, Jake reposa le téléphone.

— C'est le soir du bridge, expliqua-t-il. Elle va toujours jouer au bridge à l'église, le vendredi.

— Charmant ! J'espère qu'elle prendra neuf plis ou je ne sais pas quoi, pendant qu'on se fera enterrer sous une montagne de neige.

— Je vais appeler Simon.

Simon était un vieux camarade de fac de Jake. Il travaillait au service du logement municipal et avait été leur témoin de mariage. Une fois, il avait eu beau faire des avances à Zoe, son amitié avec Jake avait miraculeusement subsisté. Ce dernier l'appela sur son portable, mais la tonalité fut interrompue. Il se rabattit donc sur son fixe, en vain.

— Quelle heure est-il ? Il a dû filer directement au *Jolly Miller* après le boulot. Qui d'autre pourrait-on appeler ?

La liste était brève. Ils étaient en bons termes avec leurs voisins, mais ceux-ci étaient âgés et de santé fragile. Ils renoncèrent à les appeler. Zoe tenta de joindre deux amies proches, mais aucune ne décrocha.

— Personne ne répond nulle part. Ils ne peuvent pas être tous en train de descendre des pintes au *Jolly Miller* ! Essayons d'allumer la télé, on tombera peut-être sur les informations locales.

Zoe ouvrit le meuble télé en acajou et alluma le poste. Elle passa de chaîne en chaîne, mais n'obtint rien d'autre qu'une image neigeuse et une tempête de parasites en fond sonore. Jake se leva pour lui arracher la télécommande, comme si le fait d'appuyer lui-même sur les boutons allait changer quelque chose. Ce ne fut pas le cas. La télé était également programmée pour recevoir la radio, mais aucune fréquence ne fonctionnait. Rien d'autre ne sortit des haut-parleurs qu'un grésillement constant d'électricité statique. Du bruit blanc.

— Écoute, soupira Zoe, je n'arrive pas à

réfléchir. On passe la nuit ici, de toute façon. Il faut qu'on mange quelque chose.

— On va devoir cuisiner nous-mêmes.

— On se débrouillera. Allons voir ce qu'on a dans la cuisine.

Ils descendirent au restaurant et se glissèrent derrière les portes battantes, comme ils l'avaient fait plus tôt. Tout était resté au même endroit que lors de leur première visite. De minces tranches de viande rouge étaient disposées sur le plan de travail, prêtes à être cuisinées, tout comme les rangées de légumes émincés. Ils préférèrent ne pas toucher à la nourriture qui était restée là toute la journée. Dans la chambre froide, ils trouvèrent d'autres pièces de viande.

Zoe versa de l'huile d'olive dans une énorme poêle tandis que Jake allumait les brûleurs à gaz. Il trouva une toque de chef toute neuve et s'en coiffa, aux anges.

— Tout tourne à plein volume. Le gaz, les lumières, moi. On va peut-être mourir enfouis sous une avalanche, mais je suis en cuisine et on se fait griller des steaks !

Il servit la viande cuite à point, avec quelques oignons et des champignons. Zoe, elle, s'était chargée de préparer des haricots verts au beurre. Ayant aussi fait un détour par la cave, elle déboucha une bouteille de vin rouge.

— Qu'est-ce que c'est que ça, espèce de radine ? Retournes-y et ramène-nous une vraie bouteille !

Zoe secoua la tête.

— Enlève cette toque, tu as l'air d'un abruti. Tu te rends bien compte qu'il faudra qu'on rembourse tout ça ?

— Rien à battre. Si c'est ma dernière bouteille de vin, je veux que ce soit du bon.

Il se leva. Quand il revint, elle avait allumé une bougie sur la table. Il portait toujours sa toque, et tenait à la main une bouteille de châteauneuf-du-pape. Elle voulut consulter la carte des vins pour savoir à combien s'élèverait l'addition, mais il la lui arracha des mains et la fit voler à travers la salle déserte en la priant de se taire et de remplir leurs verres. Elle répliqua en attrapant sa toque qui connut le même sort que la carte.

— On va se faire virer d'ici, commenta-t-il alors qu'ils trinquaient.

— Aux survivants, dit-elle.

— Aux survivants.

— Tout ça est surréaliste.

— Mais ce n'est pas un rêve.

— Quand je pense à tous les endroits où on a dîné ensemble, médita Zoe. À la maison, en ville, les restaurants chics, les petits cafés, les pique-niques. C'est de ce dîner-là que je me souviendrai entre tous. C'est comme s'il n'y avait plus que nous deux au monde.

— Et la neige qui tombe toujours, dehors… Si on était avec la bonne personne, on pourrait même trouver ça romantique.

La flamme de la bougie vacilla légèrement, et en voyant passer la lumière dans les yeux fatigués de Jake, Zoe se souvint qu'ils étaient partis en vacances avec une tâche à accomplir. Ils avaient quelque chose à régler. Un sujet qu'ils devaient aborder. Mais elle savait que le moment était mal choisi. Elle garda le silence.

— Comment tu trouves ton steak ?

— Parfait. Tu sais, commença Jake, je crois que j'ai toujours eu une peur secrète de l'avalanche. Je suis venu au ski, quoi… vingt fois peut-être ? Et depuis le tout début j'ai toujours su qu'elle était là. Tapie derrière moi, comme dans les rêves, attendant le jour où elle m'engloutirait sans crier gare.

— Est-ce que tu as encore peur, maintenant ? Après ce qui s'est passé ce matin ?

— On va dire ça comme ça : je pense qu'on devrait s'installer dans une chambre de l'autre côté du hall. Je ne pense pas que la neige va nous tomber dessus, mais si c'était le cas, on serait plus en sécurité de ce côté-là.

— Je vois. Ce vin est délicieux.

— Tu trouves ? Je n'en suis pas fou, personnellement.

— N'importe quoi. Prenons-en une autre bouteille.

— Tu es sûre ? Je n'ai pas envie que tu te retrouves soûle.

— Oh, arrête ! Bien sûr que tu en as envie.

Ils réquisitionnèrent une autre chambre et se couchèrent sur le lit, rideaux ouverts pour guetter le moindre mouvement, activité ou patrouille à l'extérieur. Zoe sursautait au moindre grincement du bâtiment, craignant qu'il n'annonce la grande avalanche. Jake, lui, était bizarrement résigné. Il était convaincu que cela ne se produirait pas : il ignorait sur quoi se fondait cette certitude, mais il lui semblait, malgré l'évacuation, qu'il n'y avait aucun risque.

Deux bouteilles de vin avaient suffi à les rendre groggy, et pourtant ils eurent du mal à s'endormir. Ils s'embrassèrent pendant des heures. Ils ne faisaient que cela, n'ayant pas envie de parler, pas envie d'éloigner leurs bouches l'une de l'autre... mais bien sûr, c'était aussi une manière de parler. Puis Jake fit quelque chose qu'il n'avait jamais fait auparavant : il la souleva hors du lit et ils baisèrent contre le mur, debout, Zoe en équilibre sur la pointe des pieds.

Puis ils s'écroulèrent de nouveau sur le lit, et s'endormirent enfin.

— Réveille-toi !

Jake papillonna des yeux. Le jour s'était levé. Zoe retira son bonnet de laine et ouvrit son blouson de ski. Elle rentrait de la pharmacie, où elle était allée chercher des gouttes à verser dans leurs yeux injectés de sang.

— T'es sortie ?

— Je t'ai ramené ça. Mets la tête en arrière et ouvre les yeux. La vache, c'est tout irrité... On dirait deux trous pleins de pisse dans la neige.

Elle laissa tomber trois gouttes dans chacun de ses yeux, puis revissa le bouchon sur le flacon.

— Y'a quelqu'un dehors ?

— Non.

— Quelle heure est-il ?

— Encore tôt.

Jake repoussa les couvertures.

— Tu n'aurais pas dû me laisser dormir.

— J'ai pensé que tu en avais besoin. À mon avis, tu es encore sous le choc.

— Mais non.

— Moi, je crois que si. Ton comportement n'est pas le même que d'habitude.

— Comment ça ?

Zoe leva un sourcil.

Jake s'habilla à la hâte.

— Il faut qu'on remette cette voiture sur la route et qu'on se tire d'ici, dit-il.

— OK. Je t'ai rapporté le petit déj'.

Du café, du jus de fruits et des œufs brouillés sur un toast protégés par une cloche trônaient sur un plateau.

— Tu sais quoi ? dit Jake. On pourrait presque en venir à bien aimer cet endroit. Si on n'était pas obligés de foutre le camp.

Il avala rapidement son petit déjeuner, revêtit ses sous-vêtements isolants, sa combinaison et son blouson, et ils prirent tous deux le chemin de la voiture. La neige tombait toujours, mais très légèrement désormais. Des flocons minuscules tournoyaient dans l'air, formant une fine pellicule sur l'épais tapis moelleux qui recouvrait route et trottoirs. Les nuages, bas et gris, étaient percés de nombreuses taches de ciel bleu. Ils marchèrent au milieu de la route, progressant péniblement dans la neige.

Vingt minutes plus tard, ils aperçurent la voiture de police et Zoe hoqueta comme si elle venait de recevoir un coup dans l'estomac.

— Seigneur !

Jake se contenta de ciller.

La roue de la voiture, côté conducteur, flottait au-dessus d'un à-pic de granit lisse, profond d'une quinzaine de mètres. Si le véhicule avait avancé davantage, il aurait heurté d'autres blocs de granit en contrebas, et de là il se serait lancé sur une pente raide, jalonnée d'arbres. Peut-être se serait-il cogné de plein fouet contre un arbre, peut-être pas. Une bosse ronde de calcaire moucheté d'ambre, qui dépassait de la neige à hauteur de la roue du côté passager, avait empêché la voiture d'aller plus loin. La pierre qui bloquait la roue ressemblait à une tombe gravée, mais leurs noms n'y étaient pas ciselés car c'était elle qui les avait sauvés.

Zoe tomba à genoux dans la neige et se couvrit les oreilles de ses mains.

— Je n'arrive pas à le croire.

— Tu devrais, pourtant.

— On doit avoir un ange gardien. C'est pas possible autrement.

— Eh bien, je ne crois pas aux anges. Mais tu as raison.

Zoe se releva avec effort et s'accrocha au bras

de Jake. Ils examinèrent la voiture, et le gouffre sous sa roue, sans un mot.

Jake essayait de déterminer s'il parviendrait à ramener le 4×4 jusque sur la route. La roue du côté passager était bloquée, c'était évident, mais le véhicule pointait vers l'avant et semblait prêt à glisser sur le côté. La perspective de monter dans la voiture, démarrer le moteur et tenter de reculer était terrifiante.

Il vit Zoe contourner le 4×4 et se diriger vers la porte du conducteur.

— Non, dit-il.

— Ça marcherait peut-être.

— N'y pense même pas.

Ils revinrent sur leurs pas en débattant des alternatives qui s'offraient à eux. Ils pourraient essayer de trouver une autre voiture. Il était tout à fait possible que d'autres clés se soient trouvées abandonnées dans l'un des nombreux magasins restés ouverts. Ou alors, ils pourraient tout simplement marcher le long de la route à flanc de montagne.

Des voitures étaient garées près de leur hôtel. Ils les examinèrent une par une. Elles étaient toutes verrouillées. Ils savaient que leurs chances de trouver un véhicule ouvert avec les clés sur le contact étaient extrêmement minces, mais pas inexistantes.

Il ne leur fallut pourtant que vingt minutes pour trouver une voiture dont les clés pendaient gaiement sur le contact. Jake se jeta sur le siège du conducteur et tourna la clé, mais la batterie était complètement à plat. Ils essayèrent de démarrer la voiture en la poussant depuis un petit monticule, sans succès. Ils l'abandonnèrent en bas de la pente et reprirent leurs recherches.

Jake poussa un cri lorsqu'il dénicha un parking où brillaient dix-huit scooters des neiges identiques.

— Et voilà comment on va se tirer d'ici ! hurla-t-il. Prends celui que tu veux, ils se ressemblent tous.

Mais son enthousiasme était prématuré. Les dix-huit scooters étaient reliés par une robuste chaîne, elle-même munie d'un énorme cadenas. Ils ne parvinrent à trouver ni les clés des scooters, ni celle du cadenas. Leur recherche se mua brièvement en réflexion sur l'utilité potentielle d'une pince coupe-boulon, mais cette idée fut abandonnée lorsqu'ils réalisèrent que même s'ils en trouvaient une, ils ne pourraient pas démarrer sans clés de contact.

Après trois heures, ils finirent par s'avouer vaincus, pour la journée du moins.

— Qu'est-ce qu'on fait ? demanda Zoe.

— Ce qu'on fait ? On retourne à l'hôtel pour passer une autre nuit là-bas. On boit une autre bouteille de leur putain de merveilleux vin sans goût. Et puis on se réveille frais et dispos pour se barrer une bonne fois pour toutes, en marchant le long de la route.

Et bras dessus bras dessous, dans une sorte de

transanse apathique, ils reprirent la route de leur hôtel.

Ils firent un tour au sauna pour se réchauffer, puis effectuèrent quelques brasses dans la piscine du spa. En l'absence de tout autre client, le clapotis de l'eau prenait des accents lugubres. Les vestiaires résonnaient d'échos inhabituels, et leurs pieds produisaient sur le carrelage un son froid qui les renvoyait à leur solitude.

Après cela, ils s'acharnèrent durant une heure sur les ordinateurs de l'hôtel, tentant d'accéder à Internet. La connexion était indisponible. Tandis que Zoe persévérait, Jake rappela tous les numéros de téléphone dont ils disposaient. Une à une, les lignes sonnèrent et sonnèrent encore sans que personne ne décroche. Personne ne répondait, nulle part.

— C'est le service de téléphonie local. Le problème vient forcément de là. Il doit être hors service, sinon quelqu'un décrocherait, c'est obligé.

Ils ne rencontrèrent pas plus de succès en ayant recours à leurs téléphones portables.

Jake retrouva la toque que Zoe avait jetée par terre et cuisina de nouveau ce soir-là. Il décongela du poulet et dénicha des épices afin d'improviser une poêlée aigre-douce. Il trouva un lecteur CD dont il poussa le volume à fond, martelant les casseroles et les têtes imaginaires de pauvres petits aides-cuisiniers pour se remonter le moral. Le lecteur contenait un CD de musique classique, de l'opéra sans doute. Une diva mezzo-soprano à la voix puissante y déroulait des vocalises dans une langue superbe qu'il ne comprenait pas. Il alluma les brûleurs et fit flamber de l'huile dans la poêle avec de grands gestes théâtraux.

Sur le plan de travail en inox se trouvaient toujours les pièces de viande et les légumes hachés découverts la veille. Tant à l'œil qu'à l'odeur, on aurait juré qu'ils n'avaient été préparés que quelques instants auparavant, mais Jake n'y toucha pas et se dégagea un espace de travail un peu plus loin dans la cuisine.

Zoe était assise à table dans la salle à manger ; le couvert était mis, la nappe impeccable, l'argenterie bien disposée. Son menton reposait dans ses mains. Elle avait trouvé une bouteille de champagne.

— Ne me demande pas le prix. On cachera la bouteille vide. Personne ne le saura jamais.

Les airs d'opéra résonnaient au-dessus de leur repas aux chandelles, tandis que les ténèbres s'épaississaient au-dehors. Ils dînèrent pour la deuxième fois dans le restaurant désert. La musique à la beauté fantomatique louvoyait entre les rangées de tables vides. Sans un mot, Zoe se leva et la remplaça, d'un geste ostensible, par des chansons entraînantes des Pixies.

— Pourquoi est-ce que personne n'est venu nous chercher ? demanda-t-elle.

— Je ne sais pas. Je ne sais pas.

Le champagne montait à la tête de Zoe. Ils

sifflèrent la bouteille, et elle partit en chercher une seconde.

— Profites-en bien, conseilla-t-elle en remplissant allègrement leurs verres, parce que le prix de ces deux bouteilles équivaut *grosso modo* à celui de notre séjour tout entier.

— Tu plaisantes ?

— Non. Elles viennent de ce qu'ils appellent la « réserve ».

— C'est quoi, la « réserve » ?

— Eh bien, il y a les vins qui sont sur la carte, et il y a la réserve. Si tu ne trouves rien d'assez cher sur la carte des vins, tu demandes celle de la réserve. C'est pour les gens importants, qui ont le palais extrêmement fin, et le cul gros et gras.

— Tu te rends compte que tout ça va nous retomber dessus ?

— Mais non. On n'aura qu'à nier en bloc. Et je vais te dire autre chose. Hier soir, tout comme ce soir, j'ai eu l'impression que toi et moi étions les deux seules personnes qui restaient au monde. Je t'ai pour moi toute seule, sans même une serveuse pour te distraire. Si je me fie à la perversité qui est en moi, j'y prends énormément de plaisir. Demain, ça sera fini, et il y a des choses que je regretterai de ne pas t'avoir dites alors que tu étais entièrement à moi.

— Comme quoi ?

— Comme, l'avalanche était il y a combien de temps, déjà ?

— Seulement hier matin… C'est difficile à croire.

— Exactement. Seulement hier matin. Et on dirait que c'était il y a des siècles.

— C'est vrai. Tu as raison.

— On dirait que ça fait des siècles qu'on a failli se perdre. On a failli mourir, Jake. Et chaque seconde depuis ce moment paraît s'étirer dans le temps, et c'est parce qu'il n'y a que toi… (Elle leva son verre, d'une main qui vacillait un peu, pour le faire tinter contre celui de Jake.)… et moi, ajouta-t-elle en balayant la salle vide du regard. Tous les autres nous volent notre temps. J'insisterais presque pour rester quelques jours de plus, juste histoire d'emmerder le monde.

— Tu crois qu'on fait partie de la réserve ?

— Quoi ?

— La réserve de Dieu. La réserve de la nature. Que tous les autres sont sur la carte ordinaire, mais que nous, on nous a gardés ici parce qu'on fait partie de la réserve.

— Quelle drôle d'idée !

Il lui adressa un demi-sourire.

— Tous les autres vont bientôt revenir, dit-il.

— Je sais. Et on part très tôt demain matin. Viens, allons nous coucher.

— Tu es bourrée.

— Et ramène la bouteille, au prix que ça coûte !

Elle était effectivement soûle. Quand les portes de l'ascenseur s'ouvrirent, elle le poussa à l'intérieur et bondit à sa suite. Tandis que les portes se refermaient, elle se jeta sur lui. Lui mordant la lèvre, elle lutta avec la ceinture de Jake et baissa son pantalon. Elle se laissa tomber à genoux et se mit à le sucer. Le coude de Jake heurta un bouton et les portes se rouvrirent.

Jake se figea.

— Excusez-moi, monsieur, dit-il, ma femme aura terminé dans un instant.

Zoe s'arrêta et leva les yeux, comme s'attendant à découvrir un client outré dans le vestibule. Elle prit une goulée pétillante de champagne à la bouteille, avala, et remit sa queue dans sa bouche.

L'ascenseur carillonna et les portes se refermèrent.

— Réveille-toi.

Zoe grogna. Il lui semblait qu'on avait fendu son crâne en deux avec un pic à glace. Jake était habillé, debout au-dessus d'elle, et tenait un mug de café qui fumait doucement tout près de son nez.

— Quelle heure il est ?

— L'heure de partir.

— Vraiment ?

— Il s'est remis à neiger. Il ne faut pas qu'on attende trop longtemps. On va devoir marcher environ quatre heures avant d'atteindre le village le plus proche. Avec ces chutes de neige, le risque d'avalanche devient préoccupant. Alors s'il te plaît, sors ton adorable, délicieux petit cul de ce lit.

— Ce foutu champagne à deux balles m'est

monté à la tête, dit-elle en se traînant jusqu'à la douche.

Il lui avait amené un petit déjeuner de toasts et de petits pains, avec du fromage et du salami. Il avait aussi préparé un sac à dos. Pendant qu'elle dormait, il était sorti et avait trouvé le sac, une lampe-torche et une boussole magnétique dans un magasin.

Avant de partir, elle le força à s'asseoir et à mettre la tête en arrière pendant qu'elle lui versait des gouttes dans les yeux.

— Tu ressembles toujours à un zombie. Rouge, puis bleu, puis noir. Comme une cible de tir à l'arc.

— C'est pas comme ça, une cible de tir à l'arc.

— Oh, la ferme. À mon tour, maintenant.

À sept heures et demie, ils étaient sur la route. La neige tombait de plus en plus fort. Les nuages au-dessus de leurs têtes ressemblaient à de l'acier gondolé, et si les flocons en eux-mêmes étaient légers, ils tombaient dru, épaississant le brouillard.

Ils cheminèrent le long de la route. Bientôt, ils dépassèrent la voiture de police, sa roue flottant toujours au-dessus du précipice. La neige avait formé une croûte épaisse sur le pare-brise et le capot. Dépité, Jake s'arrêta et regarda le véhicule. La brume avait redoublé, et Zoe lui interdit de s'y aventurer.

La route formait une pente abrupte. Après une demi-heure de plus à gravir la montagne, le brouillard devint impénétrable. Il avait toujours cette teinte gris pâle, avec des taches irisées là où la lumière tentait de le percer. Ils marchaient d'un pas régulier, mais ne parvenaient pas à voir où ils allaient.

Par mégarde, Jake fit un pas hors de la route et se tordit la cheville.

— Je n'aime pas ça, décréta Zoe. On marche en aveugle.

— C'est bon. Je vais bien. Il suffit de suivre le bitume.

— Je ne le vois pas, le bitume. Je ne le sens même pas sous mes pieds.

Jake sortit la boussole de son sac. Il s'accroupit et la posa sur son genou.

— Ça, c'est le nord, déclara-t-il. Nous, on veut aller à l'ouest. On est sur le bon chemin. Continuons.

Sa voix était pleine d'assurance, mais Zoe ne l'était pas, pas plus qu'elle n'était prête à lui faire confiance. Il était différent d'elle. L'éducation qu'il avait reçue lui avait appris à feindre l'aplomb même quand celui-ci faisait défaut, et Zoe était capable de déceler la différence. Elle-même avait appris à se fier à son intuition, à se laisser guider par elle. D'après Zoe, son intuition conduisait à autant de bons et de mauvais choix que celle de Jake.

Ils progressèrent lentement en se tenant par la main, suivant parfois la courbe extérieure de la route. Celle-ci zigzaguait n'importe comment, serpentant le long de la montagne, et ils la longeaient presque à tâtons, leur pas réduit à une cadence ridicule. Puis Zoe dut mettre un pied à l'extérieur de la route, car sa botte traversa la neige, lui enfouissant la jambe jusqu'à la cuisse.

— Ça me fait peur, Jake. J'ai peur. J'ai l'impression qu'on pourrait facilement s'écarter de la route. Pourquoi on n'essaierait pas de se mettre à l'abri pendant une demi-heure ? Pour voir si le brouillard se lève un peu ?

— Il ne va pas se lever.

— Et comment diable est-ce que tu sais ça ?

— Visiblement, ça va durer toute la journée. Si on s'arrête, on va juste gaspiller notre chaleur. On doit continuer.

C'est donc ce qu'ils firent. Dix minutes plus tard, une rafale de vent vint les balayer, révélant pendant un instant d'une brièveté frustrante que la route devant eux se séparait en une fourche, les deux branches pointant vers des directions opposées. Puis l'image de la fourche s'évanouit de nouveau dans la brume. La neige se mit à tomber de plus belle.

Jake s'accroupit une nouvelle fois sur la route et sortit sa boussole.

— Hein ? Qu'est-ce qui se passe ?

Zoe s'accroupit à ses côtés pour jeter un coup d'œil à la boussole. L'aiguille ne cessait de tourner autour du cadran, indécise.

— Tu ne la tiens pas droite. Mets-la bien à plat.

Jake déblaya un peu de neige sur la route à l'aide

de son gant et plaça l'appareil sur le sol. L'aiguille continua de traquer le nord, tournant autour du cadran d'un mouvement régulier, dans le sens des aiguilles d'une montre. Puis elle s'arrêta. Presque immédiatement, elle se remit à chercher, tournant maintenant dans le sens inverse.

— Qu'est-ce que ça veut dire ? interrogea Zoe.

Jake ne répondit pas.

Elle se saisit de la boussole, la secoua, et la reposa dans la neige. L'aiguille poursuivait sans relâche sa quête magnétique.

— Elle est niquée.

— Elle marchait très bien quand je l'ai prise, protesta Jake. Elle fonctionnait.

— D'accord.

— C'est vrai. Elle marchait bien.

— N'empêche.

— N'empêche ? Qu'est-ce que ça veut dire, ça, n'empêche ?

— Ça veut dire qu'on fait demi-tour.

— Ça va pas, non ?

— Jake, on marche depuis quoi… une heure ? On n'a pas fait plus d'un kilomètre ou deux. Si tu crois qu'on va arriver où que ce soit comme ça, tu es stupide. Moi, je ne vais pas plus loin. Et comme tu l'as dit, on ne peut pas rester ici.

Elle se détourna et commença à revenir sur ses pas. En quelques secondes, ils furent hors de vue l'un de l'autre. Quelques instants plus tard, il se mit à l'appeler.

— Je suis là, pas loin ! hurla-t-elle.

Il surgit du brouillard et agrippa son manteau.

— Ne fais pas ça, Zoe !

— Ne fais pas quoi ?

— Ne t'éloigne pas comme ça, d'un coup ! Il faut qu'on reste ensemble. T'as pas l'air de réaliser que jc pourrais te perdre, là-dedans. En quelques secondes ! C'est la montagne, ici, et il n'y a personne ! Personne ! C'est pas une petite virée en ville, bordel !

— OK.

— Il faut respecter la montagne.

— J'ai dit OK !

Ils se tinrent immobiles, la neige tourbillonnant autour d'eux. Leurs nez se trouvaient à quinze centimètres de distance, mais chacun pouvait à peine distinguer l'expression sur le visage de l'autre. Dans la brume, chacun apparaissait à l'autre comme une photo grise et fanée, que chaque instant fanait encore davantage.

— On fait demi-tour, dit Zoe.

4

— Cette saloperie marche parfaitement, maintenant.

De retour dans leur chambre d'hôtel, Jake était assis à la table et tripotait la boussole magnétique. Chaque fois qu'il la bougeait, l'aiguille vacillait et finissait par désigner le nord.

Zoe regardait par la fenêtre, comme en transe.

— Ça se dégage, remarqua-t-elle. Un peu.

— Je n'arrive pas à m'expliquer ça. Pourquoi est-ce que ce truc se remet à fonctionner ?

Zoe voulait qu'il arrête de faire une fixation sur la boussole. Elle était d'avis que même armés d'une boussole en parfait état de fonctionnement, ils ne pouvaient se rendre nulle part sans voir où ils allaient.

— C'est comme s'il y avait un complot, médita Jake, pour nous garder ici. Regarde ça : cette saloperie marche parfaitement.

Zoe se leva d'un bond.

— Et toi, regarde cette chambre. On dirait une

porcherie ! Où est la femme de ménage quand on a besoin d'elle ? Aide-moi donc à nettoyer un peu.

— Pourquoi ? On ne va pas rester là.

— On risque d'y être obligés, pour une nuit de plus au moins.

Jake regarda par la fenêtre.

— Tu l'as dit toi-même, ça se dégage. Et même si on est contraints de rester, on pourra prendre une autre chambre.

— Fais ce que tu veux. Moi, je range.

Zoe se mit à empiler leur vaisselle sale sur les plateaux ramenés de la cuisine. Après avoir raclé le contenu des assiettes dans la poubelle, elle les plaçait ostensiblement au milieu de la table, où la boussole de Jake pointait droit vers le nord. Il rangea l'instrument.

Elle tira sur la couverture et les draps qui garnissaient le lit.

— Aide-moi à le refaire.

— Je ne vois pas pourquoi on referait le lit, vu que…

Il ne finit pas sa phrase. L'air trembla légèrement, puis l'hôtel se mit à frissonner lui aussi. Les portes de l'armoire et du meuble télé commencèrent à frémir sur leurs gonds. Zoe se figea et échangea un regard avec Jake.

S'ensuivit un grondement vaste, lugubre et menaçant qui semblait venir de très haut au-dessus d'eux, du sommet de la montagne. Les fondations de l'hôtel tremblèrent, puis un bruit énorme retentit, suivi de la vibration d'un impact. On aurait dit que quelqu'un tambourinait non pas sur le mur de l'hôtel, mais sur le ciel, ou sur le mur de la vie elle-même.

— Viens ! hurla Jake. Viens ici !

Zoe enjamba le lit comme elle pouvait. Il se jeta sur elle, l'enserra de ses bras et la plaqua au sol, essayant de rouler le plus près possible du lit. Le martèlement secoua de nouveau l'hôtel, puis s'arrêta brusquement.

Ils demeurèrent enlacés, le souffle court.

— C'est fini ? chuchota Zoe.

— Je crois, oui.

— On peut se lever ?

— Peut-être.

— Qu'est-ce que c'était ? demanda-t-elle sans faire mine de s'arracher au sol.

— Une avalanche. Très grosse, celle-là. Allez, debout.

Ils se redressèrent, puis s'enlacèrent de nouveau longuement.

— Eh bien, maintenant on sait pourquoi ils ont fait évacuer la zone, conclut Jake.

— On le savait déjà, pas vrai ?

— Oui, on le savait déjà. On est juste deux fois plus sûrs.

— Je crois que ça s'est assez dégagé pour faire une deuxième tentative, déclara Zoe.

Jake regarda par la fenêtre.

— Je n'en suis pas certain.

— On ne va pas attendre ici que la neige rase

le village tout entier. C'est hors de question. Bon, reste là.

— Où tu vas ?

— Ça ne prendra que quelques minutes. Détends-toi.

— Je suis déjà détendu, répliqua Jake. Si j'étais plus détendu que ça, je dormirais à poings fermés. Je suis hyper détendu, putain.

Il se saisit de nouveau de la boussole.

Zoe sortit de la chambre d'hôtel et monta dans l'ascenseur. Dans sa poche, elle joua avec les clés de la voiture de police. Elle savait qu'elle devait aller récupérer la voiture seule, et sans le lui dire : Jake ne la laisserait jamais prendre un tel risque.

Le brouillard s'était effectivement dissipé, et la neige tombait moins fort. La visibilité était de nouveau bonne, ou du moins acceptable, pour conduire. Il était de toute façon peu probable qu'ils rencontrent d'autres véhicules sur le chemin du village le plus proche. Il n'y avait qu'un seul petit problème : le 4×4 devrait d'abord être ramené sur la terre ferme.

Zoe accéléra le pas. Elle savait exactement où se trouvait le véhicule, car elle était passée devant deux fois le matin même : d'abord lorsqu'ils étaient sortis à pied du village, puis lorsqu'ils avaient été contraints de faire demi-tour. Moins de vingt minutes plus tard, elle apercevait la voiture recouverte de neige, plus haut sur la route en pente.

Mais il y avait quelque chose d'autre, qu'elle ne distingua pas bien de prime abord. Deux formes sombres et cylindriques se dressaient sur le toit de la voiture, d'un noir d'ébène contre le blanc de la neige. Zoe fit halte un instant, plissant les yeux. Incapable de déterminer ce dont il s'agissait, elle se mit à marcher plus vite en direction du 4×4.

Comme elle se rapprochait, l'une des deux formes bougea très légèrement, ou du moins parut bouger ; de quelques millimètres vers la droite, pas plus. Zoe ralentit son allure avant de comprendre, ébahie, qu'elle avait devant elle deux énormes corbeaux au plumage sombre, lisse et brillant, installés sur le toit de la voiture.

Peut-être aurait-elle dû se réjouir de les voir. Ces oiseaux étaient, à l'exception de Jake, les premiers êtres vivants sur lesquels elle posait les yeux depuis que l'avalanche s'était abattue sur elle. Mais les deux créatures lui paraissaient à la fois indifférentes et vaguement menaçantes. Zoe savait que si elle avançait droit sur eux, les corbeaux s'envoleraient certainement sans demander leur reste. Mais ils étaient singulièrement grands.

Elle ressentit une bouffée de dégoût, accompagnée d'un frisson de peur.

Elle frappa ses mains l'une contre l'autre pour les effrayer. Ses gants de ski ne faisaient qu'assourdir le bruit, aussi les retira-t-elle avant de recommencer. Elle applaudit bruyamment tout en faisant un pas malaisé en direction de la voiture. Elle perçut un léger mouvement dans les plumes sombres de l'un des oiseaux, et le volatile parut picorer ce qui avait bougé sous son plumage. Ils ne semblaient pas le moins du monde intimidés.

Zoe ne se trouvait qu'à quatre ou cinq mètres de la voiture, mais elle n'avançait plus. En réalité, les corbeaux la terrifiaient. Ils la toisaient, impassibles, depuis leur perchoir sur le toit du véhicule. L'un d'eux ouvrit son bec dans sa direction, comme s'il s'attendait à ce qu'elle le nourrisse. L'image de cette créature au bec béant avait la clarté d'une hallucination. Cette gueule ouverte était comme une petite caverne, et au fond de cette caverne, une rivière d'argent serpentait dans les ténèbres. L'oiseau eut une sorte de toux étrange.

Zoe tapa du pied et courut droit sur les corbeaux en agitant les bras. Abandonnant leur perchoir comme à regret, les oiseaux prirent un envol lent et maladroit. Ils planèrent ensuite en direction de la vallée, où la brume les dissimula.

Zoe les suivit du regard. Elle dut s'ébrouer pour briser la drôle de transe qu'elle ressentait.

Elle se souvint avoir aperçu une pelle dans le coffre du 4×4. Elle sortit les clés, ouvrit le coffre, trouva la pelle et s'en servit pour déblayer la neige sur le pare-brise, le capot et la vitre arrière. Puis elle rangea la pelle dans le coffre et le referma. Elle marcha jusqu'à l'avant de la voiture et fit peser son poids contre la roue qui flottait dans le vide. Celle-ci bougea à peine. Après avoir recommencé en y mettant un peu plus de poids, Zoe songea qu'il n'était pas dangereux de rentrer dans la voiture et d'allumer le moteur. Tout irait pour le mieux tant qu'elle ne se trompait pas bêtement en passant les vitesses.

Elle se glissa sur le siège du conducteur et attendit un peu. La voiture était stable, le frein à main enclenché, le levier de vitesse au point mort. Elle inséra la clé dans le contact et la tourna.

Le moteur diesel crachota et s'éteignit. Il lui fallut persévérer un peu, mais finalement, il consentit à démarrer. Elle le fit vrombir, et aperçut dans le rétroviseur de grands nuages de fumée sale qui polluaient la brume immaculée derrière elle. Elle laissa le moteur se calmer un peu. La lumière verte du 4×4 illumina le tableau de bord. Elle prit une grande inspiration, embraya et passa la voiture en marche arrière.

Les roues arrière se mirent à tourner, mais n'exercèrent aucune traction. Zoe laissa la voiture baisser en régime et réessaya. Cette fois, la voiture recula doucement sur la roche couverte de neige, jusqu'à retrouver la chaussée. Elle fit halte au milieu de la route et poussa un grand soupir. En essayant de contenir son euphorie, elle fit prudemment demi-tour et prit le chemin de l'hôtel.

Arrivée à destination, elle laissa le moteur tourner tandis qu'elle montait chercher Jake. Elle refusa de lui expliquer ce qu'elle avait fait avant qu'il ne descende le voir par lui-même.

Il resta là, les bras croisés, un sourire niais sur le visage.

— J'arrive pas à croire que tu aies fait ça !

Elle prétendit que ce n'avait pas été difficile.

Elle n'évoqua pas les corbeaux.

— Je ne sais pas si je dois te tuer ou t'embrasser. Tu y vois assez clair pour conduire ?

— Tout juste.

— Tu veux que je conduise ?

— Je peux me débrouiller. Pas vrai ?

— Absolument. Tu peux te débrouiller, ça, c'est sûr.

Ils montèrent dans la voiture et se mirent en route une fois de plus.

Ils demeurèrent assis dans un silence hagard, incrédules.

La voiture de police les avait lâchés à l'endroit exact où ils avaient fait demi-tour le matin même, dans la tempête de neige. Devant eux, la route se séparait en une fourche. C'était le même endroit, très précisément.

Zoe tenta de redémarrer. Le démarreur grinça, mais le moteur refusa obstinément de revenir à la vie.

— Laisse-moi essayer.

Zoe cilla, surprise.

— Et qu'est-ce que tu vas faire ? Tourner la clé différemment ?

— Laisse-moi essayer, d'accord ?

Zoe soupira mais abandonna le siège du conducteur pour laisser Jake tenter sa chance.

Il avait une sorte de rituel spécifique à ce genre de situation. Il se dandinait un peu sur le siège, étirait et pliait les doigts comme un pianiste au début d'un récital, secouait un peu le volant, pressait la pédale d'embrayage et enfin tournait d'un coup sec la clé dans le contact. Rien. Pas la moindre étincelle. Il se balança pour faire osciller la voiture d'avant en arrière et recommença son rituel depuis le début. Rien.

— C'est peut-être l'essence ? hasarda-t-il.

— Bien sûr que non. Le réservoir est à moitié plein.

— Pas la peine de prendre ce ton… Qu'est-ce que tu as fait juste avant qu'elle nous lâche comme ça ?

— Ce que j'ai fait ? Rien ! Je conduisais tout à fait normalement, sans une once de foirade féminine ou je ne sais quoi, OK ?

— Eh, détends-toi.

— Je ne lui ai pas chanté de chansons, je n'ai pas craché sur le volant ou respiré trop fort en changeant de vitesse… Arrête de faire comme si c'était ma faute, putain !

— Oui, enfin bon, tu te débrouilles toujours pour saloper le lecteur DVD, et le Mac, et le…

— T'es vraiment qu'un con !

— Bon, est-ce que tu as changé de vitesse alors qu'on montait la côte ?

— Non !

— J'essaie juste de déterminer…

— Ne détermine rien du tout.

Il tenta de nouveau de mettre le contact. En vain. Chaque fois qu'il tournait la clé, Jake avait l'impression de sentir la batterie se vider encore un peu plus.

— On est sur une côte, c'est bien, ça, décréta-t-il. On va la démarrer en marche arrière. Moi, je desserre le frein à main, et toi tu la pousses un bon coup.

Zoe se plaça à l'avant du véhicule. Jake débraya et enclencha la marche arrière. Il fit signe à Zoe. Elle ne répondit pas. Il passa la tête par la fenêtre.

— Si on pouvait faire ça aujourd'hui plutôt que demain, ce serait « grave cool », comme ils disent sur MTV.

La mine furieuse, elle n'émit aucun commentaire. Elle pinça les lèvres et poussa l'avant de la voiture. Comme celle-ci roulait vers l'arrière, Zoe glissa et tomba à genoux. Jake laissa le 4×4 dévaler quelques mètres avant d'embrayer. Le boîtier de vitesse grogna et la voiture s'arrêta en cahotant. Le moteur ne toussota même pas.

Jake tira le frein à main, sortit de la voiture et marcha jusqu'à rejoindre Zoe, debout au milieu de la route. Les flocons tournoyaient autour d'elle, se posant sur son bonnet et son écharpe, tandis qu'elle massait ses genoux écorchés.

— Et maintenant ?

Dos à la route par laquelle ils étaient venus du village, Jake se tint à l'embranchement de la fourche et regarda à l'est, puis à l'ouest. Au moins, ils distinguaient à peu près le chemin, cette fois. Ils avaient de bonnes chances de ne pas basculer par-dessus bord. Il fallait simplement qu'ils décident quelle direction emprunter. Il sortit sa boussole, s'accroupit et la posa au sol. Après quelques instants, il la rangea soigneusement dans sa poche.

— Saloperie ! murmura-t-il.

Son visage était devenu tout rouge.

Zoe sentit son cœur se gonfler d'affection pour lui. Lui et sa boussole inutile.

— À toi de décider, dit-elle.

— Non, rétorqua-t-il. Tu as toujours eu un meilleur sens de l'orientation que le mien.

— OK. Tu ne râleras pas si je me trompe, hein ? Je dis… par là.

Bras dessus bras dessous, ils se mirent à longer la route qu'elle désignait. Ils ne prirent même pas la peine de jeter un regard en arrière, vers la voiture de police abandonnée. Elle resta en travers de la voie, la porte du conducteur grande ouverte, comme un véhicule volé puis abandonné.

Un peu plus d'une heure plus tard, ils étaient de retour à Saint-Bernard. Le clocher familier le leur confirma bien avant qu'ils n'aient atteint le centre du village.

— Désolée, dit Zoe tandis qu'ils marchaient toujours.

— Non, répondit Jake. Ne sois pas désolée. J'aurais choisi la même direction.

Bientôt, Zoe eut une nouvelle idée.

— Suis-moi.

— J'ai l'impression que chaque fois que je te suis, on se retrouve dans le pétrin.

Elle ignora sa remarque et le mena jusqu'à leur hôtel, puis dans le local à skis. Dans ce vestiaire meublé de pin, on pouvait voir une carte géante des pistes, accrochée au mur derrière une plaque de plexiglas. On y voyait le village de Saint-Bernard, niché dans la vallée et encadré de pistes au nord et au sud. Le côté sud était moins prisé car le soleil faisait fondre la neige plus vite, mais vu la météo de ces derniers jours, les pistes seraient toutes enneigées. Zoe comptait trouver des skis, monter la pente au sud de la vallée, et descendre de l'autre côté jusqu'à la station voisine.

Elle désigna l'itinéraire sur la carte.

— Il y a des télésièges qui vont jusqu'en haut. On sait que le courant passe toujours, donc on pourrait monter de cette façon. Il y a au moins une piste balisée qu'on pourrait descendre de l'autre côté : elle est indiquée là, avec un téléski pour remonter. On est à neuf cents mètres d'altitude ici, c'est ça ? La station de l'autre côté culmine à mille six cents mètres, et se trouve à quelques kilomètres d'ici à vol d'oiseau. Il n'y a pas de pistes indiquées après celle-ci, mais on traversera sans encombre. La neige est bonne.

Jake poussa un long soupir.

— C'est peut-être quand même au-delà de nos capacités, dit-il. Tu ne connais pas le terrain : roche, arbres, neige profonde… Tu ne connais pas l'inclinaison. Bref, rien.

— Tu skies bien, et moi aussi.

— Pourquoi est-ce qu'on n'essaierait pas de partir à pied encore une fois, en suivant la route de montagne ? C'est beaucoup plus simple.

— Oui, on pourrait. Mais – et c'est un gros « mais » – tu as dit toi-même que c'était une marche de quatre ou cinq heures. Avec ce qui vient de se passer, il est trop tard, maintenant. On se retrouverait encore dans le noir. Si on doit partir d'ici à pied, il faudra qu'on passe une nuit de plus à l'hôtel et qu'on se mette en route tôt demain matin. Ou alors on prend des skis, on emprunte le télésiège, et d'en haut on pourrait descendre jusqu'à l'autre station en quoi… vingt minutes ?

— Vingt minutes ? Aucune chance.

— Une demi-heure maxi, pour descendre cette distance-là à skis. Pas plus. Une demi-heure, Jake.

— Je ne sais pas. Ça m'emballe pas des masses. Tu penses qu'il nous reste assez de jour ?

— Oui, si on arrête de jacasser et qu'on s'y met tout de suite. Tu as vraiment envie de passer une nuit de plus ici ?

— Non.

— Alors c'est parti.

— Tu crois vraiment que ça va être aussi facile que ça, hein ?

Zoe claqua des doigts, pour lui montrer à quel point elle en était convaincue.

5

Ils poussèrent la porte d'un magasin spécialisé, et se mirent en quête de deux bonnes paires de skis à travers les rayonnages. Ils s'assurèrent mutuellement qu'ils finiraient par rapporter les skis, et que personne ne les blâmerait de les avoir « empruntés », compte tenu des circonstances. Jake plaisanta tout de même sur le caractère exorbitant de leur facture imaginaire.

— J'en ai toujours voulu, des comme ça, dit Zoe. Rouge feu. Le top du top.

— Ça ne m'étonne pas de toi. Tu veux des nouvelles chaussures ?

— Oui. Pourquoi pas celles-là ?

— Pose tes skis par ici, dans ce cas, et passe-moi une de tes chaussures.

Pendant que Jake ajustait les attaches des skis, Zoe fouina dans la boutique. Les propriétaires étaient partis précipitamment. Le lecteur CD était toujours allumé, et un mug de café entamé traînait dans un coin. Quelqu'un avait même laissé son portefeuille sous le comptoir. Elle l'ouvrit. Il contenait des cartes de crédit et une liasse de billets.

Elle l'agita en direction de Jake.

— Regarde !

— Remets donc ça en place.

— J'allais le faire. Qu'est-ce que tu croyais, que j'allais les voler ?

— Tout ce que je te demande, c'est de laisser chaque chose à l'endroit exact où tu l'as trouvée. Sauf ce qu'on est absolument obligés de prendre.

— Comme si j'allais faire autrement !

— Ça va sans dire, mais ça va mieux en le disant.

— Oui, eh bien, épargne-moi tes insinuations. Comme si j'allais piquer quelques euros dans le portefeuille d'un type… Pff.

Zoe reposa le portefeuille là où elle l'avait trouvé. Pour faire bonne mesure, elle le cacha même sous une vieille paire de gants qui traînait sur le comptoir.

— Ils sont partis vite. Genre très, très vite, commenta Zoe.

— C'est bien ce qui m'inquiète. Tiens, c'est ajusté. Attrape-toi une paire de jolis bâtons, et on est partis.

Ils cheminèrent péniblement dans la neige, leurs nouveaux skis sur les épaules, jusqu'à atteindre l'église en haut de la colline. Les rues n'avaient pas été déblayées depuis l'évacuation, aussi purent-ils simplement glisser leurs pieds dans les attaches et dévaler la rue principale, filant au travers du village jusqu'aux télésièges des pistes sud. Ils durent ensuite parcourir une centaine de mètres à pied pour rejoindre la station de commande.

Celle-ci était complètement silencieuse, étouffée sous les récentes chutes de neige. En ce moment même, bien que la tempête ait fini par se calmer, de minuscules flocons tombaient toujours autour d'eux, nappant les couches de neige plus anciennes qui couvraient le toit de la cabine. Jake détacha ses skis et poussa la porte.

Celle-ci était bloquée par le gel. Jake lui donna un coup d'épaule et elle s'ouvrit brusquement. À l'intérieur, l'air était toujours tiède, comme si personne n'avait coupé le chauffage. Devant la vitre sale, quelques lampes rouges et vertes luisaient faiblement sur une console poussiéreuse assortie d'une rangée de boutons. Quelqu'un avait laissé un paquet de cigarettes et un briquet en plastique sur le bureau.

— Tu sais comment on fait ? demanda Zoe.

— Ça ressemble pas mal aux commandes du téléski. Sauf que là-bas, il y avait un bon gros bouton en plein milieu, et je n'en vois pas ici.

Jake sortit de la cabine et entra dans une cabane de pin, où les roues géantes et leurs câbles d'acier brillaient de graisse noirâtre. Il contempla le rang maussade des sièges immobiles, qui attendaient de sortir dans le demi-jour pour décrire leur sempiternelle boucle. En contournant les machines, il aperçut ce qu'il cherchait : une rangée de boutons et un énorme interrupteur d'arrêt d'urgence. Il se mit à presser les boutons avec espoir, mais n'obtint aucun résultat. Quand l'un d'eux déclencha le son d'un moteur qui s'éveillait ainsi qu'un fracas mécanique, Jake tressaillit. Cependant, rien ne bougea. Le bourdonnement des machines lui vrilla les oreilles alors qu'il cherchait un moyen d'actionner les télésièges. Il vit un frein qui les retenait, et le desserra. Puis il découvrit un levier qui commandait à la grande roue au-dessus de sa tête. Lorsque celle-ci se mit en branle, les sièges l'imitèrent.

Zoe était sortie de la cabine du technicien et chaussait de nouveau ses skis. Jake voulait attendre que les sièges aient décrit une boucle complète, afin de s'assurer que tout allait bien. Zoe n'avait pas sa patience. Il suggéra alors que chacun d'eux emprunte un télésiège différent.

— Et pourquoi donc ?

— Parce que, répondit-il calmement, si le télésiège s'arrête et qu'on se trouve à bonne distance l'un de l'autre, l'un de nous sera peut-être en mesure de descendre et de faire quelque chose pour aider l'autre. Tandis que si on se retrouve tous les deux bloqués là-haut, à se balancer dans le vide, on ne pourra rien faire du tout.

— Je ne comprends pas ta logique. Si tu veux aller par là, dans l'éventualité où on descendrait tous les deux juste avant que le télésiège s'arrête, on serait en bien meilleure posture que si l'un de nous est descendu et l'autre bloqué dans les airs.

— C'est ridicule.

— Pas plus que ton idée. Tout ça n'est qu'une

question de chance. Qu'on soit ensemble ou séparés, de toute façon, on en revient toujours au hasard. Je préférerais qu'on affronte ce hasard ensemble.

Ils choisirent cet instant et cet endroit – dans la station de ski déserte, le télésiège sifflant au-dessus de leurs têtes avec ses sièges vides, gelés, couverts de neige qui gravissaient un à un la montagne – pour se disputer sur la notion de hasard.

— Après tout ce qui nous est arrivé, je préférerais qu'on monte dans le même télésiège. Putain, c'est quand même incroyable qu'on s'engueule pour ça !

Jake soupira et vint se placer à côté d'elle, ses skis aux pieds. Ils attendirent côte à côte que le télésiège suivant vienne les chercher, et dès que ce dernier heurta l'arrière de leurs genoux, ils s'y laissèrent tomber. Jake agrippa la barre de sécurité et l'abaissa.

Ils gravirent la pente en silence.

La montée était longue, chacun se demandait en son for intérieur ce qu'ils feraient si le télésiège venait effectivement à s'arrêter. Sur la majeure partie du trajet, ils n'étaient pas à plus de quinze mètres du sol. Le mécanisme produisait sur le câble un son constant de raclement, et à intervalles réguliers, le vent poussait de longs gémissements fantomatiques autour des pylônes. Les sièges qui s'avançaient en sens inverse, de l'autre côté des pylônes, avaient été exposés au climat de la montagne sans entretien : couverts de neige et de stalactites, ils évoquèrent à Zoe de noirs chariots, revenant du pays des morts où ils avaient déposé leur fardeau.

Comme ils continuaient leur ascension, une branche de pin en dessous d'eux fléchit sous le poids de la neige qu'elle portait, faisant s'élever soudain un nuage de flocons. À cette exception près, rien ne bougea.

— C'est calme..., fit remarquer Zoe, ne serait-ce que pour échapper aux murmures lugubres du vent dans les pylônes.

Le télésiège s'agita comme il approchait de l'avant-dernier pylône et entamait sa descente. Jake releva la barre de sécurité. Ils firent passer leur poids d'une fesse à l'autre, se préparant à glisser en skis hors du télésiège. Lorsqu'ils le firent, la neige profonde qui tapissait la zone d'arrivée arrêta brutalement leurs skis. En temps normal, le terminus était soigneusement tassé et entretenu par le personnel de la station.

— La piste va être profonde, commenta Jake.

— On ira doucement. Tu vas éteindre le télésiège ?

— Je préfère le laisser tourner.

— Pourquoi ?

— Pourquoi ? Pourquoi ? Pourquoi ? Tu as décidé de me contredire chaque fois que j'ouvre la bouche ? (Au moins, à présent, il était prêt à en sourire.) Pourquoi est-ce que toute ma vie se résume à une succession de pourquoi pourquoi pourquoi ?

— C'est juste que… Ça me donne l'impression de gaspiller de l'énergie. On devrait l'éteindre.

— Je préfère qu'il continue à tourner. Je veux que les gens sachent qu'on est là, tu comprends ? Arrête de faire ta chef, d'accord ?

— C'est toi qui fais le chef.

— Oh là là ! Ça, c'est vraiment une remarque typique de chef. Tu ne t'en rends pas compte ?

— Est-ce qu'on peut regarder la carte, par pitié ?

Jake traîna ses skis jusqu'à l'endroit où Zoe étudiait sa carte.

— C'est pas compliqué, dit-elle sans lever les yeux. On descend la moitié de la piste, puis on tourne pour prendre ce chemin à travers bois. Au bout d'un moment, on devrait tomber sur une route sinueuse, sans doute destinée aux bûcherons, dans la forêt. On pourra la suivre jusqu'au village le plus proche. On n'aura pas à s'inquiéter de la circulation.

Jakc enfila les lanières de ses bâtons de ski autour de ses poignets.

— Attends, dit Zoe. Prends un moment pour admirer ça, Jake. Il y a des gens qui paieraient des millions pour se trouver ici, sur la neige vierge, sans personne autour. En fait, personne ne pourrait acheter ça. C'est impossible. Regarde… C'est tellement beau !

Jake eut un petit rire incrédule. Ils étaient là, à déployer tous les efforts possibles pour essayer de sauver leur peau… et pourtant, elle avait raison.

Aucune piste n'était visible sur ce tapis de neige légère et poudreuse. Les nuages, gris et lourds, pesaient au-dessus de leurs têtes, mais le ciel était émaillé de taches bleues. Une force surnaturelle avait soufflé sur la terre, la transformant en parfaite pièce montée, et eux deux se trouvaient à présent perchés au sommet, comme des petits mariés en massepain.

— Embrasse-moi, dit Zoe.

Ses lèvres étaient froides. Elle espérait que ce baiser les réchaufferait. Zoe n'avait pas envie de s'arracher à Jake. Ce fut lui qui s'écarta. Elle le regarda et cilla. Pendant un instant, elle avait cru déceler quelque chose d'étrange se refléter dans ses pupilles.

— Quoi ? demanda-t-il.

— Rien. Allez, viens. C'est une piste noire, mais elle n'a pas l'air trop raide. Fais juste attention de ne pas louper le virage.

— On dirait que je dois te suivre une fois de plus. Espèce de sale chef.

Ils se lancèrent en avant. La neige, sur cette piste à l'abandon, était épaisse et irrégulière ; pas assez, cependant, pour causer la moindre difficulté à des skieurs de leur niveau. Leurs skis filaient un peu moins vite que d'habitude, mais la neige se couchait sous leurs lames dans un murmure doux et sensuel. La piste étant déserte, ils pouvaient se permettre de larges virages arrondis, et laisser derrière eux des traces parfaitement parallèles. En quelques minutes, ils avaient parcouru la moitié de la descente. Zoe s'arrêta sur le bord de la piste.

Jake fit halte à ses côtés.

— Alors, c'était bien ? demanda-t-elle.

— Oh que oui !

— C'était la partie facile. Maintenant, il faut qu'on descende par là.

Une trouée dans le rideau d'arbres qui bordait la piste menait à un autre versant, très boisé et beaucoup plus raide. Des affleurements aigus de roche calcaire dépassaient de la neige. Ils avaient beau être tous deux des skieurs chevronnés, leur expérience du hors-piste se limitait à de très courts segments et à des sections de montagne nue. Ce type de terrain était inédit pour eux.

Devinant l'appréhension de Jake, Zoe détailla :

— On skie quand on peut, on passe en dérapage latéral quand on ne peut pas, on contourne les obstacles, et si on y est forcés, on enlève nos skis et on marche. Prêt ?

Elle n'attendit pas sa réponse pour tourner ses skis en direction des arbres et s'engouffrer dans la gueule sombre des bois.

Dix minutes plus tard, les ennuis commençaient. Le terrain était raide et inégal. Des roches couleur d'ambre au contour dentelé saillaient aléatoirement de la neige ; les pins cachaient des racines fourbes sous ce tapis de blancheur lisse, et d'énormes branches basses leur fouettaient les épaules sur leur passage. Il était difficile de se frayer un chemin entre les troncs. Les ruisseaux d'eau de fonte à demi gelée qui serpentaient le long du versant rendaient le tout encore plus périlleux. Certains étaient dissimulés par des ponts de neige ; d'autres, à ciel ouvert, étaient trop larges pour être enjambés. Les efforts qu'ils devaient déployer pour les franchir leur firent perdre beaucoup de temps, et ils durent parfois se retourner vers le sommet lorsqu'ils ne pouvaient tout simplement plus aligner leurs skis sur la ligne de pente.

Zoe tomba et s'écorcha le bras sur un rocher. Jake se retrouva lui aussi sur le dos, à deux reprises, ses skis s'emmêlant dans des racines ou quelque autre piège caché sous la neige. Un de ses skis se décrocha et ils perdirent également beaucoup de temps à le chercher, puis à le récupérer. Ils persévérèrent, en s'aidant mutuellement lorsqu'ils le pouvaient. Ils tentèrent de progresser à pied, leurs skis sur les épaules ; mais le poids de leurs lourdes chaussures les faisait parfois s'enfoncer dans la neige jusqu'aux cuisses, aussi abandonnèrent-ils cette idée.

Les occasions de se laisser glisser ne les portaient jamais plus de quinze ou vingt mètres en avant. Il leur fallut deux heures pour franchir une distance qu'ils auraient couverte sur la piste en deux ou trois minutes.

Ils firent halte, déblayèrent un coin de neige et se reposèrent. Ils savaient pourtant tous les deux que la lumière baissait. Ils ne pouvaient en aucun cas se trouver dans les bois, à skis, à la tombée de la nuit.

— Je ne pensais pas que ça serait aussi compliqué, avoua Zoe.

— On a encore combien de route à faire, d'après toi ?

— Tant qu'on continue à descendre en diagonale, on ne peut pas rater la route qui traverse la forêt. Ça ne devrait pas prendre plus d'une heure. Ou deux, à la vitesse où on va.

— Une heure ou deux pour arriver au village ? Ou une heure ou deux avant qu'on trouve la route ?

— L'un ou l'autre.

Ils restèrent assis un moment, dans le silence profond de la neige et des bois. Zoe aurait aimé qu'il dise quelque chose.

— Je suis désolée de t'avoir entraîné là-dedans, déclara-t-elle. Tu peux m'enguirlander, si tu veux.

— C'était une bonne idée.

— Non, pas du tout.

— C'était une idée courageuse, en tout cas.

Elle aurait aimé qu'il la taquine. Quand ils ne se chamaillaient pas, cela signifiait que l'heure était grave. Zoe regarda le ciel gris à travers les arbres. Elle espéra que le jour déclinant leur offrirait le temps dont ils avaient besoin.

— Prête à repartir ?

— Prête.

En fin de compte, ils rejoignirent la route une demi-heure seulement après s'être remis en chemin. Ce n'était guère plus qu'un sentier de bûcherons qui louvoyait entre les arbres, mais il pointait vers le bas et Zoe était ravie d'avoir correctement interprété la carte. Cela n'avait pas été simple, mais ils avaient réussi.

Ils furent très soulagés de se remettre à skier librement. La route était dangereusement enneigée et un peu étroite, mais tout à fait dans leurs cordes en comparaison avec les difficultés qu'ils venaient de rencontrer. Le jour, à présent, déclinait rapidement. De temps en temps, la route formait un dos-d'âne, et lorsque la vitesse précédemment accumulée ne suffisait pas à les propulser jusqu'en haut, ils étaient obligés de se placer de côté pour gravir la pente pas à pas ; mais cet effort était invariablement récompensé par une descente facile de l'autre côté, à travers la douce pénombre du soir tombant.

Enfin, la forêt de sapins et d'épicéas se fit plus clairsemée et ils purent apercevoir les lumières scintillantes du village en contrebas. Comme ils s'approchaient, ils distinguèrent des maisons et des hôtels illuminés, ainsi que des voitures garées le long de la route qui menait au bourg.

Ils s'enlacèrent en riant, et s'avouèrent que plus tôt, dans les bois, ils avaient tous deux eu la sensation de s'être attaqués à une tâche impossible, sans oser le dire à l'autre. Mais désormais, ils n'avaient plus qu'à laisser glisser leurs skis jusqu'au bout du chemin. Ils réduisirent cependant leur allure, de peur de rencontrer une voiture.

Mais ils n'en virent aucune. Et lorsqu'ils entrèrent dans le village, ils le découvrirent désert.

Exactement comme celui qu'ils venaient de quitter.

Ce fut Jake qui parla le premier.

— Tu ne vas pas aimer ce que je vais dire, prévint-il.

— Quoi ?

— Je crois qu'ils ont fait évacuer cet endroit aussi.

Zoe grogna.

La route était plate, à présent, et ils durent retirer leurs skis pour les porter sur leurs épaules. Ils marchèrent jusqu'au centre du village désert, scrutant les maisons à la recherche de tout signe d'activité, comme des soldats en zone de guerre armés non pas de fusils, mais de skis.

Le visage de Zoe s'assombrit.

— C'est pas possible, dit-elle. C'est vraiment pas possible.

— Quoi ?

— Arrête-toi. Arrête. Regarde cet hôtel. Et regarde cette église en haut de la colline.

— Oui, et alors ?

— Le clocher. C'est le même. Le même que celui de notre village.

— Ils se ressemblent.

— Non, Jake. Ils ne se ressemblent pas. C'est le même. Cet hôtel aussi. On est revenus à Saint-Bernard. On n'est allés nulle part !

Jake lui adressa un demi-sourire, un rictus désespéré et incrédule. Il regarda devant eux, plissant les yeux en direction de l'église. Puis derrière lui, pour étudier la route sur laquelle ils étaient arrivés. Il se tordit le cou pour examiner chacun des points cardinaux. Enfin, il se débarrassa avec fracas de ses skis et de ses bâtons et partit en courant, dans ses grosses chaussures de ski, vers la colline où culminait l'église.

Zoe avait raison. C'était la même église. Le même hôtel. Les mêmes maisons, les mêmes rues. Le même supermarché, près du poste de police.

Ils étaient revenus à leur point de départ.

Jake arracha son bonnet de laine et passa les doigts à travers ses cheveux trempés de sueur. Puis il fit demi-tour pour aller retrouver Zoe. Celle-ci était accroupie, ses deux poings gantés joints sur le menton, et elle le regardait.

— Mais comment est-ce possible ? interrogea Jake.

— Ça ne l'est pas.

— On a dû prendre le mauvais virage.

Il ne parvint pas à retenir l'accent de reproche dans sa voix. C'était tout de même elle qui les avait guidés.

— C'est impossible.

— Mais bien sûr que si, putain ! On vient de prouver que c'était possible. On est là. C.Q.F.D., merde !

— Non. Tu te trompes. On a gravi la montagne, et on est redescendus de ce côté.

— Il doit y avoir une passe ! Une passe qui serpente à travers la montagne et qui revient jusqu'ici. On l'a empruntée sans faire exprès.

— Je suis désolée, Jake ! Vraiment désolée !

Il avait l'air décidé à lui en vouloir terriblement, mais incapable de mettre en pratique sa résolution. Il lui avait demandé de prendre la tête des opérations, après tout. Il n'avait lui-même aucun sens de l'orientation, et c'était lui qui avait demandé à Zoe de les guider.

— Putaiiiiiiiiiiiin ! C'est une blague ! J'ai l'impression que quelqu'un est en train de bien se marrer !

— Jake !

La route les avait amenés du côté opposé du village, à l'endroit dont ils étaient partis lorsqu'ils avaient voulu quitter la station à pied. Ils devaient une fois de plus passer devant l'église. Jake sortit sa boussole de sa poche et, de dépit, la lança en direction du clocher argenté.

— Ne fais pas ça.

— Où tu vas ?

Zoe marcha jusqu'à la porte de l'église et l'ouvrit. Dans le plus pur style catholique, c'était une crypte d'ombres, d'échos et de portraits agonisants, qu'éclairaient des alcôves illuminées de nombreuses bougies. Jake entra à sa suite. Leurs pas résonnèrent sur les dalles de pierre. Il faisait froid dans l'église. Ils pouvaient voir leur souffle quitter leurs lèvres.

— C'est presque comme si quelque chose nous gardait prisonniers ici, dit Zoe.

Elle regarda tout autour d'elle et leva les yeux vers lc plafond.

— Comme si quelque chose refusait de nous laisser partir, termina-t-elle.

— Je ressens la même chose depuis le début, mais je ne voulais pas le dire.

Jake balaya du regard le plafond voûté de l'église, ses murs et ses portes, comme en quête d'un signe indiquant la direction à prendre, ou d'un indice quelconque. Mais il n'y avait rien. Il contempla un moment les bougies à la flamme régulière.

— Allez, viens.

Jake avait l'air exténué. Zoe le ramena avec autorité vers l'hôtel, où elle lui fit aussitôt couler un bain chaud. Elle trouva le local des femmes de chambre et y rafla du bain moussant et des serviettes propres. Zoe se dit que l'anxiété avait eu raison de lui. Elle savait qu'en tant qu'homme, il s'imposait la douloureuse obligation de les sortir de là, et qu'il n'y arrivait pas. Même si elle n'était pas le genre de femme à attendre cela de lui. Même si elle était prête à assumer les mêmes responsabilités. C'était une faiblesse de Jake, résultat de l'éducation de son père, un besoin de contrôle. Un instinct protecteur, qu'elle était toute prête à lui pardonner. Mais la nature n'avait visiblement pas envie de se montrer clémente, et cet instinct le rongeait.

Après son bain, elle l'aida à se sécher et le força

à se mettre au lit. Quelques minutes plus tard, il avait sombré dans un profond sommeil.

Elle s'assit pour le regarder. Zoe n'aurait jamais pu cesser d'aimer Jake. Il était si enflammé, si combatif et si bon, et pourtant si vulnérable lorsqu'il était fatigué. Ils étaient ensemble depuis plus de dix ans, et la flamme ne s'était jamais étiolée : elle n'avait pas cessé de brûler d'amour pour lui. Zoe jugea d'abord cette pensée d'une platitude désespérante avant de se raviser. Elle lui était venue alors qu'elle contemplait la lueur éclatante des bougies, dans l'église de Saint-Bernard.

Quelque chose au sujet de cette église, et des cierges en particulier, la tracassait.

Elle se demanda qui les avait allumés.

Bien qu'elle ne soit pas experte en la matière, elle supposait que les bougies – même de très bonne qualité, dans une église ou ailleurs – ne pouvaient pas se consumer pendant des jours et des jours sans s'éteindre. Elle se figura donc que quelqu'un devait les renouveler : c'était certainement une tâche assignée à quelque employé de l'église.

Elle se leva, surplombant Jake, et l'écouta respirer pour s'assurer qu'il dormait profondément. Puis elle quitta la chambre en tirant doucement la porte, qui se ferma avec un cliquetis. Elle prit l'ascenseur jusqu'au vestibule et se rendit au restaurant.

Elle se dirigea droit vers la table où ils avaient dîné et bu du champagne, le soir précédent. Les assiettes, les verres et les restes de leur repas se trouvaient là où ils les avaient laissés, lorsque Zoe avait hardiment sommé Jake de la suivre jusqu'à leur lit. Et au milieu de la table trônait une chandelle, qu'elle avait allumée elle-même.

Elle brûlait toujours.

Zoe se souvenait très bien de l'avoir allumée. Elle était neuve, sa cire blanche et intacte. Cela signifiait qu'elle avait brûlé toute la soirée, toute la nuit, et toute la journée aussi, alors qu'ils étaient sortis. Elle ne s'était tout simplement pas consumée. Pas d'un centimètre. Pas d'un demi-centimètre. Pas la moindre goutte de cire n'avait coulé sous la flamme. On aurait dit qu'elle venait d'être allumée.

Zoe souffla sur la bougie et la flamme s'éteignit, dégageant une odeur de cire et un panache de fumée grise. Elle la ralluma, et la flamme dansa joyeusement.

Elle se rendit dans la cuisine. Là, elle repéra quelques poêles et casseroles sales, témoins des aventures culinaires de Jake le soir précédent : ce dernier les avait empilées n'importe comment dans un coin. Mais de l'autre côté de la pièce, sur un plan de travail propre, Zoe trouva la viande et les légumes hachés que personne n'avait touchés depuis que le couple s'était aventuré dans la cuisine, l'après-midi de l'avalanche.

Elle les inspecta méticuleusement. La viande rosée, délicatement veinée de graisse blanche, luisait comme si on venait à peine de la couper. La teinte saine et appétissante des légumes semblait suggérer la même chose. Aucun des ingrédients ne présentait le moindre signe de décomposition.

Zoe dut lutter, une fois encore, pour déterminer avec exactitude le temps qui s'était écoulé depuis qu'ils avaient réchappé de l'avalanche. Étrangement, elle avait la sensation qu'ils vivaient dans cet endroit depuis des semaines ; mais ils n'en étaient qu'au troisième jour. Cependant, cela signifiait que la viande et les légumes étaient restés là, dans cette cuisine chauffée, durant cinquante à soixante heures. Zoe saisit un steak et le renifla. Son odeur était celle d'une viande parfaitement fraîche. Elle mordit dans un joli morceau de carotte, puis porta à son nez une tige de céleri. Cette dernière avait un parfum délicieux de légume fraîchement cueilli, et on n'y décelait pas la moindre trace de pourrissement. Lorsque Zoe plia la tige en deux, elle se cassa tout net, dans un claquement sec.

Des bougies qui ne brûlaient pas. Une viande qui ne se gâtait pas. Des légumes qui ne pourrissaient pas. Elle contempla longuement les steaks étalés sur le plan de travail.

Une main se posa sur son épaule. Elle hurla.

C'était Jake, en robe de chambre.

— Ne fais pas ça !

— Je me suis fait les mêmes réflexions, dit-il. Les bougies. La nourriture. Je suis venu la regarder hier soir. Je préférais ne pas attirer ton attention là-dessus.

— Mais qu'est-ce que ça veut dire ?

Jake se détourna et farfouilla parmi les ustensiles de cuisine. Il trouva un couteau de boucher bien aiguisé. Il l'agita en direction de Zoe, puis retroussa sa manche.

— Qu'est-ce que tu fais, Jake ?

Les yeux rivés à ceux de son épouse, il se taillada l'avant-bras sur plusieurs centimètres. La chair s'ouvrit et il grimaça de douleur. Mais son sang ne coula pas de la plaie. Pas la moindre goutte.

— Jake ! Arrête !

Il fit une autre incision, plus petite, au bout de l'annulaire de sa main gauche. Il grimaça derechef sous la morsure de la lame, mais de nouveau la plaie resta sèche, sans même une minuscule perle rouge. Il posa son couteau et déroula sa manche.

— Hier soir, quand j'ai cuisiné en faisant le guignol, je me suis coupé. C'était une entaille profonde. Mais je n'ai pas saigné. J'ai décidé de ne rien te dire. Bon sang… Je t'aime, Zoe.

Ses yeux s'étaient embués.

Zoe cilla.

— Je t'aime aussi, Jake. S'il te plaît, dis-moi ce qui se passe…

— Tu ne comprends pas ce que ça signifie ?

— Non ! S'il te plaît, dis-le-moi ! Et arrête de te faire du mal, mon amour !

— Ça signifie qu'on est morts, conclut Jake.

6

La neige cessa de tomber. Les nuages gris et pesants s'éloignèrent, et le soleil apparut dans le ciel d'un bleu glacé. Ses rayons se répercutaient sur la neige, forçant Jake et Zoe à porter des lunettes de soleil en permanence. De belles lunettes, très chères : ils n'avaient qu'à entrer dans un magasin pour s'emparer des plus belles paires exposées en rayon.

Bien sûr, Zoe n'admit pas tout de suite l'idée qu'ils étaient morts dans l'avalanche. La pilule était un peu dure à avaler.

Qui aurait pu s'y résoudre ? Cependant, dès l'instant où Jake l'avait énoncée, acceptant lui-même la logique de la situation et le proclamant ouvertement, le climat s'était adouci. Il n'était apparemment plus nécessaire d'enfouir la terre sous un brouillard spectral, et le meilleur des mondes possibles pouvait s'épanouir sous leurs yeux.

Naturellement, Zoe insista pour qu'ils tentent une nouvelle fois de quitter le village à pied, sur les routes dégagées par la fonte. Jake ne lui opposa pas de résistance, même s'il lui assura que cela ne changerait absolument rien. Il avait raison : même par une journée ensoleillée, sans la moindre possibilité de se tromper sur la direction à prendre, le chemin les ramena inexplicablement à Saint-Bernard-en-Haut. Ils réquisitionnèrent une fois de plus la voiture de police, et parvinrent à la faire démarrer ; mais quelle que soit la route qu'ils choisissent d'emprunter, c'était comme si une main gigantesque s'obstinait à les ramener à leur point de départ.

— Comment est-ce possible ? avait ragé Zoe. Comment est-ce qu'un truc pareil peut arriver ?

Jake s'était contenté de la regarder en clignant de ses yeux bleu azur.

— Je te l'ai déjà expliqué. Il n'y a rien d'autre à ajouter.

Quatre jours s'étaient écoulés. C'était impossible ; cela ne pouvait pas arriver ; cela n'avait aucun sens ; cela défiait les lois de la nature. Mais c'était ainsi. Et durant tout ce temps, les bougies allumées ne s'étaient pas consumées, la viande et les légumes sur le plan de travail n'avaient montré aucun signe de décomposition ou de pourrissement, et pas une goutte de sang n'avait coulé.

Tandis que l'esprit de Zoe résistait et raisonnait, combattait et mettait à l'épreuve la logique troublante et implacable des faits, son cœur ne pouvait s'y résoudre.

— Je ne peux pas être morte. Je ressens de la douleur. Je ressens du plaisir.

— Je sais. Je sais.

— Je sais que je t'aime. Ça ne peut pas être ça, la mort, si ?

— Je n'ai pas dit que je comprenais.

— Ce n'est pas l'enfer, ici. Ce n'est pas le paradis non plus, parce que j'ai toujours peur que cette avalanche nous tombe dessus.

— L'avalanche nous est déjà tombée dessus, ma chérie. C'est ça que tu refuses d'admettre. Nous sommes morts dans cette avalanche.

— Non, je parle de la grosse. Il y a une grosse avalanche, tapie là-haut. Je la sens. Je sens la tension dans l'air. Peut-être que tout ce soleil va faire fondre la neige et précipiter sa chute. Tu crois que c'est comme ça pour tout le monde ?

Ils s'assirent sur les marches couvertes de neige de l'église, hagards, exténués et perplexes face à l'exiguïté de leur nouvelle existence.

Jake retira ses lunettes et massa de ses pouces ses yeux toujours injectés de sang. Zoe ne cessait de lui poser des questions, comme s'il savait ou qu'il avait même une vague idée des réponses. Si c'était une vie après la mort, allait-elle durer toujours ? Allait-elle s'estomper peu à peu ? D'autres personnes allaient-elles les rejoindre ? Pouvaient-ils mourir à l'intérieur de cette mort ? Pourquoi le temps y était-il mesuré par le mouvement du soleil et de la lune, mais pas par la fonte des bougies ? Elle avait des dizaines de questions de ce genre, et

Jake se contentait de dire : « Ce que je sais, c'est qu'il y a le soleil, le cicl, la neige, toi et moi. Voilà tout. » Zoe s'énervait alors jusqu'à ce qu'il se sente obligé de chercher des réponses à lui donner, même s'il avouait à présent avoir passé sa vie à faire semblant de comprendre l'incompréhensible, à prétendre pouvoir regarder en face la silhouette encapuchonnée.

— Quelle silhouette encapuchonnée ?

— Celle qui nous observe tous.

— Tu veux dire la Mort ? C'est ça ?

Si Jake avait raison, pensa Zoe, et qu'ils avaient péri dans l'avalanche… alors toutes les grandes religions de ce monde se trompaient, c'était évident. Le lieu sacré qui se trouvait derrière eux n'était qu'une coquille vide, peuplée de lueurs d'espoir vacillantes, et rien de plus. Une seule question demeurait : que devaient-ils faire ? Que faire ?

— Dis-moi, commença Jake. Est-ce que tu as déjà eu froid ? Depuis que c'est arrivé, je veux dire. Depuis le jour de l'avalanche.

— Je ne sais pas.

— Aussi incroyable que ça puisse paraître, c'était il y a trois jours seulement, non… quatre jours.

— Vraiment ? On jurerait que ça fait… beaucoup plus longtemps. Beaucoup plus longtemps.

— Des semaines, oui. Mais ce n'est pas le cas. Et ce que je voulais dire, c'est : est-ce que tu as eu réellement froid, depuis ? Vois-tu, on est assis ici depuis une heure. Et je n'ai absolument pas froid.

— Enlève tes vêtements, préconisa Zoe. Tu auras froid très vite, crois-moi.

Jake obéit. Il se débarrassa de son blouson de ski et de son pull. Puis il retira ses chaussures et sa salopette, ainsi que ses sous-vêtements isolants et ses grosses chaussettes. Entièrement dévêtu, il posa ses fesses nues sur la marche enneigée.

Zoe le dévisagea, dans l'expectative. Il soutint son regard.

Je ne vais rien dire, pensa-t-elle. *S'il veut jouer à ça…*

Mais plusieurs minutes s'écoulèrent. Peut-être dix, peut-être quinze. Non, peut-être deux.

— Avoue, lâcha-t-elle enfin. Tu te pèles le cul, là.

Il fit « non » de la tête.

Zoe se leva, ôta son blouson et déboucla sa ceinture. Elle se déshabilla entièrement et s'assit près de lui, fesses nues sur la neige glacée. Elle passa son bras sous le sien et posa la tête sur son épaule.

— Tu sais quoi ? Même si on n'a pas besoin de vêtements, je ne vais pas me balader à poil.

— Moi non plus.

— Je le ferais peut-être, si on était sur une île tropicale.

— Mais ce n'est pas le cas.

— Tu crois que les gens sont condamnés à rester pour toujours là où ils meurent ? Par exemple, si on est mort dans les tranchées pendant la Première Guerre mondiale, on est coincé là-bas pour l'éternité ?

— Qui a dit qu'on était là pour l'éternité ? répliqua-t-il. Mon cul devrait être bleu, à l'heure qu'il est… Je n'ai pas du tout froid. Tu arrives à te souvenir de ce que ça faisait ?

Zoe se creusa la cervelle.

— Souviens-t'en pour moi, demanda-t-elle.

Jake répondit :

— C'était comme se taper sur le doigt avec un marteau. C'était comme une brûlure. C'était comme une bouche qui t'aspirait et qui te piquait en même temps. C'était comme un couteau s'aiguisant sur toi, s'affûtant pour mieux te couper.

Zoe grimaça.

— Bordel, j'ai super froid ! Regarde : je tremble !

Elle bondit et se mit à se rhabiller. Elle grelottait.

— Je ne sais pas si je m'en suis juste souvenue ou si je l'ai vraiment senti, mais je vais remettre mes vêtements. Tu n'as pas froid, toi ?

Jake haussa les épaules.

— Je vais me rhabiller aussi. Est-ce qu'on retourne à l'hôtel ?

Zoe trépignait, à présent, tandis que Jake enfilait ses vêtements. Sous la lumière froide du soleil d'hiver descendant derrière la montagne, leurs ombres s'étirant devant eux sur la neige blanche, ils cheminèrent bras dessus bras dessous en direction de l'hôtel. Comme ils passaient devant quelques boutiques, Zoe s'écarta.

— Je te rattraperai. Je vais juste chercher deux-trois bricoles.

— Je viens avec toi.

— Non, c'est bon. Je te rattraperai.

— Je t'attends, alors.

— Jake, tu as peur qu'on se perde, ou quoi ? J'ai juste deux-trois trucs à récupérer.

— Quoi, comme trucs ?

— Un autre flacon de gouttes à la pharmacie, des trucs comme ça. J'en ai pour deux minutes !

Jake secoua la tête et se remit en route.

Zoe poussa la porte de la pharmacie. Les lumières étaient allumées, comme toujours. Elle savait où trouver les gouttes pour les yeux, étant déjà venue en chercher le premier jour. Mais ce n'était pas pour cela qu'elle était là. Il y avait autre chose.

— Je ne suis pas morte, dit-elle en parcourant les rayonnages de la pharmacie. Je ne suis pas morte.

— Qu'est-ce que tu veux manger ce soir ? demanda Jake lorsqu'elle rentra dans leur chambre d'hôtel. Qu'est-ce qu'on mange, quand on est mort ?

— Ne dis pas ça.

— Il faut bien qu'on mange, quand même.

— Vraiment ? Tu as réellement faim ? As-tu vraiment ressenti le besoin de manger, ces jours-ci ? Ou est-ce qu'on mange simplement par habitude ?

Jake ouvrit la bouche pour parler, puis la referma. Il avait besoin d'y réfléchir. Zoe le contourna pour atteindre la salle de bains et ferma la porte derrière elle.

Elle ouvrit la petite boîte et tira le bâton de plastique de son emballage. Elle baissa son pantalon et sa culotte et tint le bâton entre ses jambes, tentant de faire pipi sur la minuscule bande absorbante sans s'en mettre du même coup sur la main. D'abord, elle n'arriva pas du tout à faire pipi, comme si elle avait oublié comment faire. Puis elle n'arriva plus à s'arrêter. Mais au moins, elle avait largement dépassé les cinq secondes réglementaires. Elle recapuchonna le bâton, s'assit sur les toilettes et attendit.

Une minute plus tard environ, Jake tambourina à la porte.

— Ça t'ennuierait de me laisser tranquille quand je suis aux toilettes, Jake ?

Elle l'entendit ronchonner.

— Bon sang, il y a un million de chambres dans ce couloir, et chacune a sa propre salle de bains. Trouve-t'en une et laisse-moi.

Elle l'entendit rouspéter de plus belle avant d'ouvrir et de refermer la porte de la chambre.

Lorsqu'elle examina le bâton, les deux lignes bleues étaient clairement visibles. Il n'y avait pas le moindre doute : elle était toujours enceinte.

Jake n'en savait rien. C'était la nouvelle à soixante-quatre millions de dollars qu'elle attendait de lui annoncer, espérant qu'un moment favorable se présenterait. Un moment où les planètes seraient correctement alignées.

Durant tout le temps de leur relation, ni l'un ni l'autre n'avait éprouvé le désir d'avoir des enfants. Puis ses sentiments à elle s'étaient mis à changer. En fait, elle aurait aimé que Jake connaisse le même changement, que leurs désirs se fondent et se calquent les uns sur les autres… mais cette probabilité lui paraissait bien mince. Ils en avaient parlé une ou deux fois, et la question s'était évanouie dans le néant. Il n'y avait pas eu de « non ». Mais il n'y avait pas eu de « oui », non plus.

C'était avec une alternance d'envie, de méfiance et d'horreur qu'ils avaient regardé leurs amis devenir parents. Ils avaient vu leurs vies changer, parfois en bien, parfois en mal. Dans certains cas, la vie du couple avait atteint des sommets euphoriques ; dans d'autres, elle avait plongé dans un abîme de souffrance, jusqu'au divorce. Pour certains, devenir père ou mère était une source inépuisable d'énergie et de joie ; mais d'autres se transformaient en robots épuisés, déprimés et hagards. Il ne semblait pas exister de règles fiables permettant d'anticiper le déroulement d'une telle expérience.

Mais lorsqu'elle était tombée enceinte, juste avant leur départ en vacances, Zoe avait su que c'était ce qu'elle désirait. Elle n'était cependant pas le genre de femme à traîner un homme pieds et poings liés vers la paternité. Son plan avait été d'attendre l'instant magique, peut-être au sommet d'une montagne ou au fil d'une promenade, dans la féerie neigeuse du soir tombant ; alors, elle l'aurait prudemment sondé, et si les augures s'avéraient favorables, elle lui aurait révélé cette merveilleuse nouvelle.

Sauf que… l'avalanche.

Et désormais, même si chaque tendon et chaque nerf de son corps se révoltait à cette idée, elle était morte.

Enceinte et morte.

La question, à présent, était de déterminer la nature de cette grossesse. Allait-elle évoluer comme le soleil, au rythme des aubes et des crépuscules, ou demeurer dans une sorte de stase, embryon gelé au fond d'elle-même, comme les flammes n'entamant jamais la cire des bougies ? Si la première solution s'avérait la bonne, l'avouerait-elle à Jake ? Et s'il s'agissait de la seconde solution, le lui dirait-elle ? Peut-être que s'ils étaient prisonniers ici pour l'éternité, Zoe resterait enceinte indéfiniment, sans jamais atteindre le terme.

Elle entendit la porte de la chambre s'ouvrir et se refermer. Jake était de retour. Elle remonta son pantalon, tira la chasse d'eau et cacha soigneusement le bâton-test au fond de la poubelle. Quand elle émergea de la salle de bains, Jake était adossé au mur, les bras croisés, et lui jetait un regard étrange.

— C'est quand, la dernière fois que t'as posé une pêche ?

— Quoi ?

— C'est quand ? Parce que moi, je ne l'avais

pas fait depuis l'avalanche jusqu'à maintenant. Et l'envie ne m'en est venue que quand tu as parlé d'avoir faim. J'y ai pensé, et j'ai eu faim. Ça m'a rappelé que je n'avais pas posé une pêche, depuis tout ce temps. Et me souvenir de ne pas l'avoir fait m'a donné envie de le faire.

— Jake, tu crois qu'on est ici parce qu'on est pris au piège, ou parce qu'on a été délivrés ?

— Si tu y penses assez fort, tu auras envie de chier, toi aussi.

— Tu peux arrêter de parler de ça ?

— Eh, je te faisais simplement part de mes réflexions !

— C'est une question importante : est-ce qu'on est en prison, ou est-ce qu'on a été libérés ? Ça peut changer notre manière de considérer tout ça, tu ne crois pas ?

— C'est ce qu'on appelle un dialogue de sourds, pas vrai ? On n'est pas sur la même longueur d'onde.

— On pourrait dirc ça, oui.

— Le caca, c'est un sujet extrêmement important.

— Putain ! Je suppose que non, je ne l'ai pas fait depuis l'avalanche. C'est sans doute le traumatisme. Tu vois ce que je veux dire ? Un mécanisme naturel. Maintenant que j'y pense, j'ai envie d'y aller.

— C'est bien ce que je dis, rétorqua-t-il.

Elle se retourna et rentra dans la salle de bains en lui claquant la porte au nez.

— Ça fait toujours du bien, hurla Jake à travers la cloison, de pondre un bon caca.

— Ta gueule !

Jake s'éloigna de la porte.

— Un bon caca, répéta-t-il doucement, ça fait toujours du bien.

Au milieu de la nuit, Zoe fut réveillée par la lumière éblouissante d'un disque blanc qui flottait près de son visage. Une voix articula clairement son nom :

— Zoe ! Zoe ! Approche-toi de la lumière ! Entre dans la lumière.

Zoe s'assit, plissant les yeux pour examiner la source lumineuse entre ses doigts écartés.

— Tu sais quoi ? dit-elle. Même mort, tu es vraiment un gros connard, des fois.

Jake éteignit la lampe qu'il tenait à quelques centimètres de son visage et la reposa sur la table de nuit.

— Je n'arrivais pas à dormir. Je n'arrête pas de penser à notre situation.

Les rideaux laissaient passer un filet de lumière. Zoe se leva pour les ouvrir, et un clair de lune éclatant baigna soudain la pièce. À l'extérieur, il se reflétait vivement sur la neige. Cela suffisait à y voir clair.

— Sers-nous donc un cognac. On va discuter, décréta Zoe.

Jake leur versa deux verres de liquide ambré et

en tendit un à Zoe. Il but une gorgée et renifla le breuvage.

— Je voudrais te demander un truc, commença-t-elle. C'est une question que je t'ai déjà posée hier, mais j'aimerais que tu y réfléchisses bien avant de répondre.

— Envoie, dit-il en prenant une autre gorgée. Eh, tu sais quoi ? Ce cognac n'a pas vraiment le goût de cognac.

— Je t'ai demandé si tu pensais qu'on était prisonniers ici, ou si on avait été relâchés ici.

— Ça dépend de quel point de vue on se place.

— Exactement. Il n'y a pas de bonne réponse, en fait. Ça dépend de ce qu'on choisit de croire. Si on décide de croire qu'on est retenus prisonniers ici, alors notre situation est tragique. Mais si on choisit de croire qu'on a été libérés, alors c'est l'inverse.

— C'est comique ?

— « Comique » n'est pas l'inverse de « tragique ».

— Non, en effet.

— Ce que je veux dire, c'est que si on décidait de voir le bon côté des choses, on pourrait passer des moments magiques, ici. Toi et moi. Ensemble et seuls au monde. On a de la chaleur, un abri, de la nourriture, du bon vin, des pistes magnifiques où skier tous les deux. C'est le paradis, si on décide de l'accepter. Si on décide de l'appeler ainsi.

— Ouais, peut-être.

— Peut-être ?

— Oui. Tu as peut-être raison.

Elle décela son absence de conviction.

— Mais, compléta-t-elle. Il y a un « mais », pas vrai ? Il y a toujours un « mais ».

— Non non, tu as raison. On peut être libres, ensemble, et rester là à jouer dans la neige comme des enfants, sans avoir à se soucier de rien.

— Mais. Dis-moi ton « mais ».

— OK. Voilà. Même si rien ne se décompose ici, même si la viande reste fraîche et les bougies ne se consument pas, il y a tout de même un autre degré où le temps passe bel et bien. Le soleil se lève et se couche. On dort, on pisse et on fait caca. Il y a de l'énergie ici, qui permet aux lampes de rester allumées et qui actionne les télésièges. Et la combustion de l'énergie, c'est un événement. Un événement qui finit par s'arrêter.

— Je ne vois pas où tu veux en venir.

— J'y ai pas mal réfléchi. Dans tout le folklore mondial, quand il s'agit de mort, quelqu'un vient toujours chercher les gens. Tu sais, ce type en blouse blanche qui te dit d'entrer dans la lumière. Le Diable qui te jette dans sa fournaise. Charon qui te fait traverser le Styx. Je n'arrive pas à m'ôter de la tête l'idée que quelqu'un ou quelque chose… est en train de s'approcher.

— De s'approcher ?

— Oui. De s'approcher… pour nous récupérer.

Zoe frissonna.

— J'aurais préféré que tu ne dises pas ça, murmura-t-elle.

Jake s'avança jusqu'à la fenêtre et balaya du regard la neige chatoyante, baignée de lune.

— Moi aussi. J'aurais aussi préféré ne pas le dire. Mais… C'est mon « mais » sur tout ça. Je le sens. Je sens que quelque chose approche.

— Mais tu ne crois à rien de tout ça ! Charon, le Diable, le type en blouse ! Peut-être qu'on est dans l'au-delà des athées. Tu es un athée pur et dur, comme moi.

— En effet. Et je ne suis pas en train de le nier. Mais je sens que quelque chose ou quelqu'un s'approche de nous, déclara-t-il en vidant son verre d'un trait. Tu le trouves normal, toi, ce cognac ?

Ils sortirent skier. Zoe avait déclaré qu'ils étaient venus ici pour skier, et qu'elle en avait envie : c'est donc ce qu'ils firent. Pour se rendre sur les pistes, elle proposa d'emprunter la route qu'ils avaient suivie en tentant de quitter le village à pied, après l'avalanche. Jake savait qu'elle allait vouloir s'aventurer à travers les arbres une fois de plus, afin de chercher une issue, mais il s'abstint de faire une remarque. Il semblait résigné à la laisser essayer, comme s'il savait déjà ce qui allait se passer. Qu'ils essaient ou non, cela ne faisait aucune différence.

Le télésiège situé du côté sud de la vallée fonctionnait toujours, comme lorsqu'ils l'avaient quitté. Le moteur produisait un bourdonnement sourd, et la ferraille s'entrechoquait tandis que les sièges vides décrivaient une boucle au bas de la pente avant de reprendre leur vaine ascension. De l'autre côté, ils redescendaient à un rythme régulier, donnant la vague impression d'avoir traversé un feu, ou une guerre, ou d'avoir vécu quelque chose de terrible qui les aurait laissés, cependant, stoïques et indifférents. Bien qu'il ne s'agisse que de sièges vides, on pouvait trouver une inanité glaçante à leur existence morne et linéaire, le long des câbles suspendus. Comme s'ils avaient eu la possibilité d'apprendre quelque chose, mais avaient échoué à le faire.

Le couple se laissa tomber côte à côte sur un télésiège. Jake passa un bras autour de Zoe. Celle-ci se blottit contre lui comme l'engin les emportait au-dessus des arbres. Elle vit son regard sonder la nature enneigée en contrebas.

— Qu'est-ce que tu cherches ? demanda-t-elle.

— Des traces.

— Des traces de quoi ?

— N'importe quoi de vivant. Renard. Lièvre. Chamois. Martre. Peu importe. Des traces de pattes d'oiseau, même, dit-il, penché en avant, étudiant les taches de neige immaculée. Je n'ai pas vu la moindre créature vivante depuis le jour de l'avalanche.

— Moi, si.

— Ah bon.

— J'ai vu deux corbeaux.

— Ah bon ?

— Je ne les ai pas revus, depuis.

Zoe se tut et repensa aux corbeaux. On n'entendit plus que le bourdonnement de la poulie, puis un léger choc comme le télésiège croisait un pylône, et le battement cadencé du fil qui les soutenait, comme celui de grandes ailes membraneuses. Puis le silence retomba, seulement brisé par les sanglots du vent faisant vibrer les câbles.

— Qu'est-ce que ça signifie ? demanda Zoe.

— Quoi ?

— Les corbeaux.

— Je ne sais pas. Je ne sais pas si ça veut dire quelque chose. Ce n'était que deux corbeaux. Est-ce que tout doit forcément avoir un sens caché ?

Cette dernière question n'obtint pas d'autre réponse que le grincement du télésiège. Arrivés au sommet, ils glissèrent aisément hors de leurs sièges.

Jake rajusta son bonnet et passa les attaches de ses bâtons autour de ses poignets.

— C'est magnifique. C'est tellement beau. Jake, est-ce qu'on peut…

— Oui.

— Oui quoi ? Tu ne sais pas ce que je m'apprête à demander.

— À mi-chemin, est-ce qu'on peut prendre le virage dans les bois. Retenter le coup. Oui.

— J'ai skié tellement mal, l'autre fois. J'ai juste envie de voir si je me débrouille mieux aujourd'hui.

Jake sourit :

— C'est une bonne raison.

— On sera un peu plus détendus, cette fois.

— Bien sûr. On fera halte au même endroit.

Jake se lança, laissant glisser ses skis. La nature de la neige avait changé. Elle était toujours épaisse et vierge, étrangère au modelage artificiel des machines, mais le soleil l'avait amollie ; la descente était légèrement plus lente, et produisait un sifflement plus sonore.

Zoe le suivit. Le ciel était d'un bleu étourdissant. Les mélèzes et les épicéas tissaient un magnifique écrin de velours vert de part et d'autre de la pente de cire blanche. Zoe savait que c'était en laissant ainsi filer ses skis qu'elle pouvait se figurer les sensations d'un oiseau en vol.

Je me laisse tomber à travers les anneaux du paradis.

La neige vierge jaillissait des pointes de ses skis en suspension. Arrivée loin, beaucoup plus loin le long de la pente, elle se retourna et vit Jake, dans sa combinaison noire, descendre en piqué tel un superbe corbeau, sans presque prendre la peine de décrire des virages. Il ne tourna que lorsqu'il se fut rapproché de Zoe, pour faire halte à côté d'elle.

— Je ne me suis pas rendu compte que je te dépassais, avoua-t-elle.

— Tu étais dans ton monde.

— Oui. Pendant quelques instants, une minute seulement, j'ai été un oiseau. Toi aussi.

— On rentre dans les bois, maintenant ?

— Oui. C'est parti.

Ils skièrent de manière plus efficace, cette fois,

et si certains passages leur posèrent néanmoins des difficultés, ils en rirent, d'un rire partagé qui perça le silence de la forêt. C'était un peu comme rire dans une église : la réaction positive ou négative qui s'ensuivait dépendait de la nature du dieu qu'on vénérait. Ils bondirent au-dessus des ruisseaux gelés, et esquivèrent d'énormes rochers qui ressemblaient aux poings crispés, à demi enfouis, de quelque géant. Ils louvoyèrent entre les épicéas et les pins, déclenchant derrière eux des tourbillons et des pluies de poudre blanche.

Ils progressèrent difficilement, mais atteignirent sans la moindre chute, cette fois, la route de bûcherons couverte de neige. Ils savaient qu'elle les ramènerait à Saint-Bernard, aussi s'enfoncèrent-ils sans un mot entre les arbres de l'autre côté. Mais ils ne découvrirent qu'une nouvelle portion de la même route, ainsi qu'un précipice à pic, infranchissable. Se résignant une fois encore à l'inévitable, ils se laissèrent glisser le long de la route en direction du village.

Aucune trace de skis ne témoignait de leur première tentative de fuite. Elles avaient toutes été recouvertes. Jake s'arrêta deux fois au fil de la descente, se retournant pour regarder en arrière. Il avait l'impression que quelqu'un ou quelque chose se trouvait derrière lui, et les suivait. Ou peut-être qu'il avait simplement envie de le croire.

Ils ne virent rien. Une sorte de renoncement serein les envahit.

Ils mirent en marche des télésièges et des

téléskis un peu partout dans la station, créant tout un réseau de transport. Les conditions météorologiques étaient parfaites. Le ciel était bleu comme une prière, et le soleil assez chaud pour leur permettre d'abandonner leurs manteaux.

— Je n'ai jamais si bien skié, remarqua Zoe.

— Pareil. Tu veux qu'on s'arrête pour déjeuner ?

— Je n'ai pas faim.

— Moi non plus, mais j'ai envie de faire une halte dans un de ces restaurants sur la montagne, de faire du feu et de me reposer un peu.

— Tu as froid ?

— Pas du tout. Mais j'en ai envie. On mange alors qu'on n'a pas faim, on boit alors qu'on n'a pas soif, et moi, j'ai envie de me reposer alors que je ne suis pas fatigué.

— Très bien. On fait la course jusqu'à *La Chamade*.

Elle filait déjà sur la ligne de pente.

Zoe attendait à l'entrée du restaurant, appuyée sur ses skis.

— Feignasse, railla-t-elle.

— Je ne sais pas comment tu fais.

Quelques paires de skis, gelés et couverts de neige, reposaient sur un portant devant le chalet en rondins. Ils placèrent leurs skis sur le portant avec les autres et passèrent la porte du restaurant. Les lumières étaient allumées dans la cuisine, mais pas dans la salle à manger. *La Chamade* était pourvue d'un grand foyer de pierre, ainsi que de quelques bûches empilées dans un panier. Jake se glissa dans le cellier où il trouva du petit bois et des allumettes, et alluma un feu. Les bûches de pin crépitèrent en s'enflammant.

Il renifla la fumée.

— Tu sens l'odeur du pin ? demanda-t-il.

— Oui. Ou alors, je la sens maintenant que tu en as parlé.

— Tu te souviens de cette sensation ? Revenir du froid et de la neige, avec les doigts et les orteils douloureux et glacés, et puis s'asseoir près d'un feu, sentir les flammes sur ses joues… Le plaisir de se réchauffer, et l'impression bizarre que ton sang se remet d'un coup à circuler ?

D'un pas traînant, Zoe le rejoignit et posa la tête sur son épaule.

— Je me souviens. Je ressens tout ça en ce moment même, répondit-elle.

— C'est bien ça, hein ? On s'en souvient, et on le ressent. Tu me décris une sensation, et ensuite je la ressens, mais pas avant. Pas avant.

Zoe se mit à pleurer.

— Où sommes-nous ? Qu'est-ce qui se passe ?

— Viens là. Ne pleure pas. Je ne connais pas la réponse. Je ne sais qu'une chose : être ici tout seul, et vivre tout ça dans mon coin, ce serait l'enfer. Avec toi, je me sens plus fort.

Zoe serra Jake dans ses bras et le regarda.

— Je ne suis pas malheureuse. Je suis déboussolée, et j'ai terriblement peur.

— Mais tu as compris, Zoe ? On doit se souvenir des choses, l'un pour l'autre. Cette vie, quelle qu'elle soit, on doit la reconstruire l'un pour l'autre.

— Je crois que j'ai compris.

Jake fouilla dans le bar, dénicha une bouteille de vin rouge et la déboucha. Il ramena la bouteille et leur versa un verre à tous les deux.

— Goûte. C'est un bourgogne Albert Bichot Gevrey Chambertin les Corvées 2004, déclara-t-il en lisant l'étiquette. Ce qui à mes oreilles ne veut absolument rien dire. Je ne sais pas s'il est bon ou dégueulasse, s'il coûte un bras ou s'il est bas de gamme. Tu es seule juge. Dis-moi ce que tu en penses.

Zoe fourra d'abord son nez dans le verre, à la manière d'un spécialiste. Puis elle goûta, gardant le vin sur sa langue un instant avant de le laisser s'écouler dans sa bouche. Elle pensa au sucre, à l'acidité et au tanin, puis se mit en quête du fruit, des épices et de l'humus. Enfin, elle avala une première gorgée, se demandant si elle avait envie ou non d'en prendre une seconde.

Dans l'expectative, Jake la scruta de ses yeux toujours injectés de sang.

— Tu veux que je sois franche ? Il n'a aucun goût. Complètement neutre.

— Exactement. Comme chaque chose dans cet endroit. Mais si je me souvenais pour toi de l'arôme d'un bon vin rouge ? La saveur ressemble à celle des cerises, peut-être, mais en plus épicé. Le goût est un peu boisé, comme du chêne, et tu perçois toutes sortes de tensions gustatives sur ta langue, sucré et acide, sec et liquide. Et le goût persiste, léger, mais formant tout de même un agréable arrière-goût.

— Je sens tout ça, maintenant !

— Et est-ce que ça ne t'évoque pas la robe rouge du cardinal et la fournaise du Diable ?

— Non, là tu racontes des conneries. Quoique, maintenant que tu le dis…

— Le péché et la rédemption ?

— Le miel et le feu ?

— Ressers-moi, je veux savoir s'il est vraiment bon ou si c'est l'illusion d'une première rencontre. Tu ne lui trouves toujours aucun goût ?

— Si… Je perçois tout ce que tu décris, vraiment. C'est impressionnant. Tu ne trouves pas ça bizarre ?

— Tout est bizarre, ici.

— Non, je veux dire la façon dont ce vin n'a de goût que depuis qu'on en a parlé. En plus, je n'avais aucune idée que tu en savais autant sur le vin.

— Je ne sais rien du tout. Il me semble avoir tout inventé. L'important, c'est qu'ici, on peut raconter notre propre histoire. L'histoire de ce qui se passe. On n'est pas obligés de laisser les autres nous la raconter, et… Tu as entendu ?

— Entendu quoi ?

Jake s'était levé d'un bond et se dirigeait à grands pas vers la fenêtre.

— Je suis sûr d'avoir entendu un chien aboyer, expliqua-t-il.

— Un chien ?

— Oui, un chien. Je l'ai entendu aboyer. Très clairement, avec un écho qui se répercutait sur la neige.

Elle le rejoignit devant la fenêtre.

— Je n'ai rien entendu, affirma-t-elle.

— Je ne l'ai pas inventé.

— Je n'ai jamais dit ça.

— Je sais bien. Quand je dis que je n'ai rien inventé, c'est à moi-même que je parle.

— Je ne vois rien du tout.

— Il y avait un chien. Ou au moins, un aboiement. Je vais aller voir.

Zoe haussa les épaules, le laissa partir et s'assit près du feu en l'attendant. Elle prit une nouvelle gorgée de la robe rouge du cardinal. Le feu brûlait dans l'âtre sans le moindre crépitement : ses flammes orange, bien nettes, jaillissaient comme des doigts de dessous la bûche, la caressant presque amoureusement tandis qu'elles la brûlaient. Elle se détourna du foyer, regarda au-dehors, et vit Jake avancer péniblement dans la neige.

Après un moment, il revint.

— Rien, dit-il d'une voix triste.

— Eh bien…

— Je l'aurais juré.

— Reprends un peu de vin.

Ils vidèrent la bouteille. À présent, elle avait mille saveurs merveilleuses.

— Ça serait bien, fit Jake.

— Qu'est-ce qui serait bien ?

— S'il y avait un chien.

Elle lui prit la main.

— Tu crois qu'on arrivera un jour à dépasser ça ? demanda-t-elle. Le chagrin ? Les regrets ?

Jake finit son verre et le reposa sur la table.

— Allons nous amuser un peu, dit-il.

Ils se rendirent en télésiège au sommet d'une piste longue et facile, et la descendirent à l'envers en se tenant par la main. Ils se tournèrent ensuite vers une piste rouge très raide et s'entraînèrent à prendre des virages extrêmement précis, Zoe tentant de se maintenir sur les traces de Jake, puis inversement. Ils trouvèrent le moyen d'entrer dans l'aire réservée au snowboard et y effectuèrent quelques sauts. Ils avaient fait des progrès étonnants par rapport au temps passé à skier. Zoe avança que les skieurs, dans leurs souvenirs, se représentaient toujours meilleurs qu'ils ne l'étaient réellement ; Jake acquiesça, mais argua qu'il n'aurait jamais pu s'imaginer si bon. Ils ne skiaient pas sans effort, loin de là, mais leurs prouesses techniques les surprenaient l'un et l'autre.

L'aire de snowboard disposait d'une station de contrôle, d'où il était possible de diffuser de la musique dans des haut-parleurs dispersés sur les pistes. Jake dénicha un CD de Jimi Hendrix, poussa le volume à fond et ils passèrent le reste de l'après-midi à faire les fous sur le snowpark, dévalant les half-pipes, se propulsant sur les quarter-pipes, bondissant au-dessus des barres de slide et des boxes. À l'origine, ils avaient tous deux pratiqué le snowboard, mais l'avaient abandonné au profit du ski dont ils appréciaient la vitesse.

Après quelques heures, le jour se mit à décliner. Jake voulait laisser tourner la musique, mais Zoe le pria de l'éteindre. Elle dit qu'elle aimait écouter le son de la lune et des étoiles sur la neige, et en cet instant, cela lui parut tellement justifié qu'il ne remit pas sa requête en question. Ils se laissèrent porter par leurs skis en direction de l'hôtel.

Comme ils atteignaient le bas de la piste, un chien poussa un aboiement clairement audible dans l'air glacial. Le cri parut se suspendre dans l'atmosphère.

— Je l'ai entendu, cette fois, Jake !

— Là-bas. Près des arbres.

— Je le vois !

Au pied de la piste de ski, un fin rideau d'arbres séparait deux pistes pour débutants. Un chien noir de taille moyenne y était assis, la truffe en l'air, les pattes avant jointes entre les pattes arrière. Il aboya de plus belle, et le bruit ricocha jusqu'à eux dans l'air froid du crépuscule. Le chien se lécha les babines, et sa langue rouge perça le clair-obscur du jour déclinant.

Jake siffla à son intention.

— Viens là, viens là, l'encouragea-t-il.

Le chien se leva en remuant la queue, mais semblait hésiter à s'approcher. Jake poussa sur ses skis et glissa plus près du chien, tout en sifflant et en l'appelant. Ce dernier aboya de nouveau.

Jake fit halte et déchaussa ses skis. Il fit deux pas en direction du chien, puis s'arrêta net.

— Oh, mon Dieu ! s'exclama-t-il.

— Qu'est-ce qu'il y a ?

Zoe le rejoignit. Le chien remuait toujours la queue d'un air joyeux.

— Viens là, mon grand, appela Zoe.

— Ce n'est pas un mâle, fit remarquer Jake. C'est une femelle. C'est ma chienne, Sadie.

Sadie était le chien qui avait vu grandir Jake. Il l'avait reçue alors qu'elle n'était encore qu'un chiot, et elle était morte lorsqu'il avait dix-huit ans, des années avant qu'il ne rencontre Zoe.

La chienne, comme aiguillonnée par l'annonce de son nom, se rua vers lui en jappant, la queue frétillante. Grisée par le bonheur de retrouver Jake, elle répandit en bondissant sur lui des taches d'urine sur la neige blanche. Jake tomba à genoux et l'enlaça, la laissant lui lécher la figure.

— Qu'est-ce qui se passe ? demanda Zoe.

— C'est mon chien c'est mon chien c'est mon chien ! s'exclama Jake qui riait et pleurait en même temps. Je ne l'ai pas vue depuis des années, et elle m'a manqué, et elle est revenue.

Les genoux profondément enfoncés dans la

neige, le chien léchant les larmes sur ses joues, il regarda Zoe en souriant.

— Elle est revenue.

Zoe s'accroupit près de l'animal et de son mari.

— Jake… Tu es sûr que c'est ton chien ?

— Sadie, voici Zoe. Zoe, voici Sadie. Je n'arrive pas à croire ce qui m'arrive ! Je n'arrive pas à le croire !

Le chien donna un coup de langue à Zoe, puis reporta son attention sur Jake. Zoe aurait aimé partager leur joie, mais elle n'y croyait pas. Bien qu'elle soit très heureuse de trouver un nouveau signe de vie, elle n'aimait pas particulièrement les chiens et n'avait aucune expérience de ces animaux.

— Jake, comment peux-tu être sûr que c'est ton chien ?

Jake rit.

— Tu entends ça, Sadie ? Tu entends ça ? Ma chérie, quand tu as un chien, tu le reconnais en le voyant. Tu le reconnais.

— D'accord. C'est juste que… Elle ressemble à pas mal d'autres chiens, à mes yeux.

— Écoute-la donc, Sadie ! Elle dit que tu ressembles au premier clébard venu ! Mon cœur, si je ne t'avais pas vue depuis des années, je te reconnaîtrais quand même. C'est la même chose.

— D'accord. C'est juste que… Tu n'es pas en train de t'imaginer que c'est Sadie parce que tu aimerais beaucoup que ce soit elle, hein ?

— Regarde ! Même sans vérifier, je sais qu'elle

a une cicatrice à l'intérieur de l'oreille gauche. Elle s'était salement amochée en s'accrochant à un fil barbelé, une fois. Viens voir.

Tout en maintenant l'animal immobile, il lui déplia l'oreille. Zoe scruta la chair rose du pavillon exposé. C'était vrai, on pouvait y voir une petite cicatrice. Ou peut-être s'agissait-il d'une ombre. Peut-être était-ce une cicatrice, pensa-t-elle.

— Waouh !

— C'est vraiment merveilleux ! s'exclama Jake en se relevant pour serrer sa femme dans ses bras. Viens, on la ramène à l'hôtel.

Le chien trottant gaiement sur les talons de Jake, ils se mirent en route en direction de l'hôtel.

— Tu crois qu'ils autorisent les chiens ? demanda Zoe.

À présent, ils ne se donnaient même plus la peine de ranger leur équipement dans le vestiaire réservé aux skis : ils abandonnèrent le tout sur la moquette du vestibule, de même que leurs chaussures, leurs gants et leurs manteaux. Jake fila dans la cuisine, en quête de quelque chose à donner au chien. Il jeta un coup d'œil à la viande toujours fraîche et luisante sur le plan de travail, près des légumes hachés, mais décida de ne pas y toucher.

— Pas de vieux steak pour toi, Sadie !

Il ouvrit plutôt la chambre froide pour y décrocher un steak, qu'il décongela au micro-ondes et fit griller dans une poêle. Il laissa refroidir la viande avant de la poser sur une assiette et de l'offrir au chien. Sadie remua la queue et se lécha les babines, mais ne toucha pas au steak.

— Tu n'en veux pas, ma belle ? Mais à quoi est-ce qu'on t'a habituée, ici ?

Il se demanda pourquoi Sadie refusait de manger. N'importe quel chien dévorerait une pièce de viande, qu'il ait faim ou non. Jake s'accroupit et empoigna la tête de Sadie, juste derrière chacune de ses oreilles tombantes. Il voulait sentir son haleine pour déterminer ce qu'elle avait mangé. Pensant qu'il voulait jouer, la chienne lui donna un coup de langue. Il reçut une bouffée de son haleine, mais elle ne sentait rien. Il tenta de se souvenir de l'odeur de l'haleine des chiens.

Elle sentait le poisson, se souvint-il, *même quand elle n'en avait pas mangé. Et la farine, comme les biscuits. Et la terre humide d'après la pluie. Et l'herbe jaune des prés, et l'eau des mares, et… arrête.* Il s'ordonna d'arrêter. Il s'ordonna d'arrêter, car cet effort de mémoire faisait remonter à la surface toutes les choses qu'il ne respirerait ni ne goûterait plus jamais, sauf dans ses souvenirs ; et même si sa mémoire était capable de les lui rendre momentanément, c'était une pensée douce-amère.

Il empoigna de nouveau la chienne, elle lui donna un coup de langue, et il perçut cette fois dans son haleine tiède toutes les choses qu'il venait de se remémorer. Il sortit de la cuisine, le chien sur ses talons.

Il trouva Zoe dans leur chambre d'hôtel.

— Est-ce qu'on peut prendre Sadie dans la chambre, avec nous ?

— Je serais ravie d'accueillir les puces de Sadie, si elle en avait. Ça fait tellement de bien de voir un autre être vivant.

— En fait, j'ai bien peur que ce soit un autre être mort… Parce que bon, je l'ai enterrée au fond du jardin, il y a des années. Sous un prunier qui n'avait jamais donné. La saison suivante, et même après, il était couvert de fruits.

— C'était les nutriments.

— Ou une façon de revenir nous faire coucou ? Tu veux que je te dise un truc ? Je n'ai pas pleuré quand mon père est mort, mais j'ai chialé comme un bébé en enterrant Sadie. Est-ce que ça fait de moi quelqu'un de méprisable ?

— Méprisable ?

— J'avais plus de sentiments pour mon chien. Il y a des gens qui diraient que ce n'est pas normal.

— Tu te foutais pas mal de ce que les « gens » disaient quand tu étais vivant. Pourquoi est-ce que tu t'en soucierais maintenant que tu es mort ? Bon sang, ça me fait bizarre de formuler ça. Mais tu vois ce que je veux dire. Tu as toujours affirmé que ton père ne t'avait jamais montré le moindre signe d'affection.

Jake marcha jusqu'à la fenêtre et regarda à l'extérieur. Les ténèbres y rongeaient la blancheur immaculée qui nappait le sol, semblable à du massepain sur une pièce montée.

— Aussi froid que la neige, confirma Jake. Il m'a donné de la nourriture, des vêtements, une bonne éducation, mais jamais un geste tendre. Jamais.

— Il était d'un autre temps, Jake.

— Eh bien, ils se trompaient, à l'époque. Si j'avais un enfant, je…

— Tu quoi ?

Jake se retourna vers le chien.

— Viens là, ma belle !

Zoe faillit prononcer un mot. Mais elle n'y arriva pas.

Ce soir-là, avant de se préparer à se coucher, Jake étala une couverture pour Sadie, afin qu'elle puisse se faire un petit nid près du mur. Sadie s'y laissa tomber comme si elle y avait toujours dormi. Elle posa la tête entre ses pattes avant et les regarda par en dessous, de ses yeux en bouton de bottine. Jake disparut dans la salle de bains pour se brosser les dents. Comme Zoe tirait l'édredon à elle, quelque chose se passa.

Les lumières s'affaiblirent un instant, tremblèrent et s'éteignirent. Après quelques secondes d'obscurité, elles clignotèrent et se rallumèrent pour de bon.

Jake sortit de la salle de bains, sa brosse à dents à la main.

— C'était quoi, ça ? demanda-t-il.

— Les lumières se sont éteintes.

— Je sais, oui. Ce que je me demande, c'est pourquoi ?

Zoe se contenta de le regarder fixement.

— Est-ce qu'elles se sont éteintes partout dans la station ?

— Aucune idée.

— Tu crois que c'était juste notre chambre ? Ou juste notre hôtel ?

Elle secoua la tête.

— Je me demande ce que ça signifie, dit-il.

Sadie s'était levée et le regardait. Elle aboya, une fois seulement.

— Est-ce que ça doit forcément avoir une signification ? interrogea Zoe.

Jake marcha jusqu'à la fenêtre.

— Les lumières sont toujours allumées, dehors.

— Viens te coucher.

— Je me demande ce qui s'est passé.

— Viens te coucher.

7

Au matin, Zoe se leva, enfila son peignoir et se mit en quête d'un petit déjeuner. Elle voulait faire en sorte que tout semble aussi normal que possible à Jake, et un plateau garni de toasts, de bacon, de café et de jus de fruits ainsi que d'une fleur chipée dans le vestibule lui semblait tout à fait adapté à cette entreprise. Car bien sûr, les fleurs fraîches dans leurs vases de cristal ne semblaient pas plus décidées à se gâter que la nourriture étalée dans la cuisine. Elle traversa le couloir, les pas assourdis par la moquette qui tapissait le sol, et appela l'ascenseur.

Les portes s'ouvrirent, et lorsqu'elle pressa le bouton menant au rez-de-chaussée, le carillon résonna tout autour d'elle. Elle avait longuement réfléchi à la manière de donner aux choses l'apparence de la normalité. C'était le seul moyen de préserver leur santé mentale. Elle avait envie de partir de nouveau sur les pistes. Jake semblait plus préoccupé qu'elle par les lois de leur nouvelle existence. Il s'était demandé à voix haute s'ils étaient destinés à rester ici indéfiniment. Si c'était le cas, avait-il dit, ils seraient peut-être bien inspirés de se trouver d'autres occupations que le ski.

Zoe avait acquiescé. Elle était en train de se demander de quelles « autres occupations » il pourrait s'agir, dans une station de ski, lorsque l'ascenseur atteignit le vestibule. Les portes s'ouvrirent. Zoe hoqueta, et porta une main à sa bouche.

Une foule de personnes avait envahi le vestibule. Des gens bruyants, agités, bavards et nombreux. La plupart portaient des combinaisons de ski ; les autres formaient une file d'attente devant la réception, vers laquelle ils avançaient un à un en tirant des valises.

Zoe s'avança parmi la masse, une main toujours plaquée sur les lèvres. Derrière le bureau d'accueil, trois réceptionnistes à l'uniforme élégant s'occupaient des nouveaux arrivants, l'air quelque peu stressées. L'une d'elles, une jeune femme aux cheveux noués en queue de cheval, pressait un combiné téléphonique contre son oreille et la paume de sa main libre contre un deuxième. Une femme plus âgée, aux cheveux cuivrés et aux lunettes cerclées de noir, s'occupait pendant ce temps du paiement par carte de crédit d'un des nouveaux arrivants. La troisième faisait visiblement de son mieux pour entendre ce que son responsable, un homme mince en costume gris, essayait de lui dire par-dessus la cacophonie de la foule. Apparemment, tout le monde parlait en même temps.

Derrière les portes en verre de l'hôtel apparut un bus d'apparence moderne. Zoe entendit le souffle de ses freins comme il s'arrêtait brusquement avant de se garer. La porte s'ouvrit, et le bus se mit à déverser un flot de clients supplémentaires dans le vestibule.

Ailleurs, le concierge, que Zoe reconnut pour l'avoir rencontré le jour de leur arrivée, était occupé avec un client. Penché sur son bureau de bois blond à l'écart de la réception, qui ressemblait à un lutrin d'église, il griffonnait à toute vitesse sur une feuille de papier jaune. Sa livrée bordeaux et gris était délicatement satinée, et sur son crâne chauve se reflétait la vive lumière des lampes qui le surplombaient. Son front était luisant de sueur.

Zoe fut distraite de sa contemplation par un homme qui, en passant devant elle, lui adressa un clin d'œil lubrique. Une bouffée d'eau de Cologne accompagna son passage et Zoe se souvint qu'elle se trouvait là, au milieu de tous ces gens, vêtue en tout et pour tout de son peignoir de bain. Elle agrippa les pans de son déshabillé et resserra sa ceinture. Tout autour d'elle, les conversations se déroulaient dans un français animé. Cependant, deux femmes en tenue de ski, près de la réception surpeuplée, parlaient anglais. Zoe surprit le mot « avalanche ».

Elle s'approcha des deux Anglaises.

— Excusez-moi, les interrompit-elle, je crois vous avoir entendues dire qu'il y avait eu une autre avalanche ?

L'une des femmes se tourna vers elle. Elle avait les joues rouges, comme si elle venait tout juste de quitter les pistes. Au coin de ses yeux se creusaient les rides du sourire, indicatrices d'un âge moyen. Elle acquiesça vigoureusement.

— Oui, tôt ce matin.

— Mais c'est une autre avalanche ? Une nouvelle ?

La femme n'eut pas l'occasion de répondre, car la jeune réceptionniste à queue de cheval venait d'interpeller les deux Anglaises. Zoe resta seule, à tirer sur son peignoir.

La foule qui avait envahi le vestibule ne semblait pas le moins du monde effrayée. Au contraire, les gens avaient l'air plutôt excités. Zoe se tourna pour observer les nouveaux arrivants qui descendaient du bus. Alors qu'elle portait son regard vers l'autre bout du vestibule, le concierge au crâne chauve leva les yeux de ses papiers et la repéra aussitôt. Il haussa les sourcils vers elle d'un air interrogateur.

Mais la pensée qui frappa alors Zoe fut : *Il faut que je le dise à Jake ! Il faut que j'aille lui dire !*

Elle se précipita vers l'ascenseur. Il l'attendait, ouvert. Elle bondit à l'intérieur, martela le bouton et l'appareil se mit en route. Zoe gloussait. Lorsque le carillon salua son arrivée, elle tenta d'écarter elle-même les portes, tant elle avait hâte de sortir. Elle courut le long du couloir et tambourina à la porte.

— Jake ! Jake !

Elle entendit un grognement, et quelques instants plus tard, Jake ouvrit la porte. Il était nu. Il bâilla, à la manière d'un ours. Sadie remuait la queue derrière lui, brûlant de se faufiler entre ses jambes pour sortir.

— Y'a le feu ?

— Habille-toi. Viens vite. Laisse Sadie ici. Non, mets juste un peignoir ! Vite. Tu ne vas pas y croire ! Tu ne vas pas y croire, Jake !

Elle riait si fort, à présent, qu'elle en avait presque des convulsions. Jake enfila son peignoir blanc et la suivit dans le couloir. Elle le prit par la main. Il voulut savoir quelle mouche l'avait piquée.

— Tu vas voir ! Tu vas voir !

Ils entrèrent dans l'ascenseur et appuyèrent sur le bouton du rez-de-chaussée. Jake la regarda en papillonnant des yeux. Elle lui empoigna le visage et l'embrassa avec fougue, glissant sa langue entre ses lèvres. Elle voulait l'empêcher de parler, et lui montrer le miracle qui s'était produit. L'ascenseur s'arrêta et les portes s'ouvrirent. Zoe poussa Jake dans le vestibule et s'avança à sa suite.

Il n'y avait que le silence.

Rien ni personne. Exactement comme avant.

Zoe s'arrêta net. Elle bafouilla quelques mots incompréhensibles, secoua la tête. Puis elle se rua vers le bureau de la réception en jetant des coups d'œil en tous sens. Elle scruta l'extérieur, derrière les portes de verre, là où le bus plein de nouveaux vacanciers s'était garé. Elle examina le bureau du concierge. Elle inspecta l'arrière de la réception, où les trois femmes travaillaient un instant plus tôt. Puis elle se tourna et fonça comme une furie à l'extérieur, au-delà des portes de verre, jusque dans la neige.

Tout était calme. L'endroit était désert. Il n'y avait que la neige blanche, si blanche, au cœur du silence.

Jake la rejoignit.

Zoe regarda de part et d'autre de la route. Elle chercha les traces de roues que le bus aurait pu laisser. Elle n'en trouva aucune.

— C'est pas possible. Pas possible.

— Qu'est-ce qui s'est passé ? demanda Jake.

Elle l'ignora et le bouscula pour rentrer dans l'hôtel.

De retour dans le vestibule, elle balaya la pièce du regard en quête d'une preuve concrète que les choses avaient changé ; en quête du plus infinitésimal soupçon de preuve que tous ces gens avaient vraiment été là, en chair et en os, et n'étaient pas seulement le produit de son imagination. Elle tripota les coins du comptoir en bois clair.

— Allez, l'encouragea Jake.

Il attendait patiemment qu'elle veuille bien lui fournir une explication.

— Il y avait des gens, Jake. Des dizaines de personnes. Qui bavardaient. Des nouveaux arrivants avec des valises…

— Quand ?

— À l'instant ! Il y a quelques minutes. C'est

ce que je venais t'annoncer. Il y en avait qui parlaient d'avalanches. Un type m'a regardée d'un air salace.

— C'était un cauchemar ?

— Non, il m'a juste fait un clin d'œil. Je crois que mon peignoir était entrouvert. Je ne m'attendais pas à voir des gens. Ils étaient… ordinaires. Tout était ordinaire. C'est un jour de roulement. Des gens partent, d'autres arrivent.

— Tu veux un câlin ?

— Non, bordel, je ne veux pas un câlin. Je ne suis pas folle. Ils étaient là. C'était blindé de monde, mais sinon, normal. Tout, pendant un moment, était redevenu normal. Comme avant… Avant que ça arrive.

Jake la dévisagea en clignant des yeux.

— Tu ne me crois pas, c'est ça ?

— Zoe, tu penses vraiment que j'ai encore des difficultés à croire quoi que ce soit ? Mais réfléchissons.

— Je réfléchis, je ne fais que ça !

— Bon. Est-ce que je peux te faire part de quelques hypothèses sans que tu me gueules dessus ?

— Non. Garde-les pour toi.

— Très bien. Ma première hypothèse est que ça ressemble à un vœu exaucé. Tu veux que tout redevienne normal, et l'espace d'un instant, c'est comme ça que tu as vu les choses. Deuxièmement, ça pourrait être une latence onirique. J'en ai déjà eu. Tu te lèves, mais le rêve refuse de quitter ton esprit avant un bon moment.

— Une latence onirique ? Qu'est-ce que c'est que ces conneries ? Tu viens de l'inventer !

— Un peu.

— Oh, je ne sais pas, je ne sais pas !

— Allez, viens. On va s'habiller et se tirer d'ici.

Tandis qu'ils revêtaient leurs tenues de ski, Zoe lui décrivit la scène dont elle avait été témoin dans les moindres détails. Cela n'avait pas pu être un rêve, décréta-t-elle, car elle n'y avait rien repéré d'illogique ou d'étrange : la scène tout entière était parfaitement triviale, tandis que les rêves de Zoe étaient invariablement marqués du sceau de l'irrationnel. Elle dépeignit la scène à Jake une deuxième fois, lui détaillant avec précision tous les personnages aperçus dans le vestibule.

Enfin Jake lui intima, avec fermeté, de tourner la page. Lorsqu'ils redescendirent au rez-de-chaussée, Zoe ne put s'empêcher d'espérer que lorsque les portes de l'ascenseur s'ouvriraient, la foule réapparaîtrait.

Ce ne fut pas le cas.

Une fois dehors, Zoe s'efforça de ne plus y penser. Sadie trottant gaiement à leurs côtés, ils décidèrent d'explorer le village de fond en comble.

La question de ce qu'ils pourraient bien faire de leur temps les oppressait. Tous deux avaient le sentiment d'avoir hérité du rêve ultime en matière d'abondance matérielle, sans être sûrs qu'ils en étaient heureux. Les restaurants et les supermarchés étaient pleins à craquer de nourriture et de boissons. Ils étaient libres de prendre tout ce qu'ils souhaitaient, quelle qu'en soit la qualité, dans les magasins. Cela n'était même pas du vol, puisque rien dans les boutiques n'appartenait réellement à quelqu'un. De plus, ils n'avaient même pas à travailler pour s'offrir ce luxe délirant. La mort leur offrait du même coup l'opulence et l'oisiveté.

Jake suggéra un peu de shopping. Il essayait simplement de la réconforter. En temps normal, cette activité faisait apparaître sur son visage une expression rappelant celle d'un nazi dans un défilé de la Gay Pride juive ; mais c'était son idée.

Ils firent le tour des boutiques de ski où ils choisirent de nouvelles combinaisons, des gants et des lunettes. Ils remarquèrent également de nouvelles chaussures de ski à la pointe de l'innovation, qu'ils s'empressèrent d'essayer. Elles étaient magnifiques. Mais tous deux jugèrent les leurs plus confortables, aussi abandonnèrent-ils les belles chaussures neuves sur le rayon, se disant qu'ils reviendraient les chercher le jour où ils en auraient besoin.

Ils visitèrent ensuite les magasins chics, s'aidant mutuellement à se composer des panoplies entières. En temps normal, Jake se serait tenu à l'écart, les bras croisés, mais il participa cette fois avec enthousiasme. Zoe rit en découvrant les prix. Jake se moqua des mannequins.

— Quelle est notre position au sujet de la fourrure, maintenant qu'on est morts ? s'enquit-il.

Les boutiques proposaient toutes les marques de créateurs possibles et imaginables. Zoe ne s'intéressait pas particulièrement aux vêtements, mais elle était néanmoins capable de citer Prada, Gucci, Vuitton et Fendi, ne serait-ce que pour discourir sur un ton assassin des *fashion victims* qui les avaient rendus célèbres.

— Non mais regarde ça, dit-elle. C'est de la haute couture.

— Connais pas cette marque.

— Ce n'est pas une marque. C'est des trucs faits à la main, encore plus chers que toutes ces fringues de créateur.

— Ah. Eh bien, on va prendre de ça aussi, alors, hein ?

Ils s'amusèrent, pendant quelques minutes, à se choisir de nouveaux pantalons, sacs à main, écharpes et chaussures. Puis Zoe jeta un manteau par terre.

— Tu sais quoi ? J'en veux pas, de ces trucs.

— Moi non plus.

— Qui ça impressionnerait, de toute manière ?

— Pas moi.

— Et quel est l'intérêt de les ramener à l'hôtel ? Ça sera toujours là, si on en a envie. Et ce n'est pas le cas.

— Tout à fait.

— Putain, Jake, il doit bien y avoir autre chose à faire dans l'au-delà que du shopping.

— Tu sais que je suis d'accord. Qu'est-ce qu'on pourrait faire d'autre ?

Ils passèrent en revue les activités de loisirs, autres que le ski, que leur proposait la station. Il n'y avait bien sûr ni télé ni Internet, mais ni l'un ni l'autre ne leur manquaient. Jakc affirma que regarder la télé lui avait toujours donné l'impression d'être mort avant l'heure, et qu'Internet n'offrait qu'une demi-vie glauque peuplée d'errances sans but, de messages inutiles, de discussions débiles sur le football et de pornographie.

— Tu es allé traîner dans des chats sur le football ?

— Une ou deux fois…, confessa Jake.

Plusieurs hôtels comprenaient des complexes de spa, pourvus de saunas et de hammams. Il y avait des luges à ne plus savoir qu'en faire, ainsi que des Ski-doos qu'ils pouvaient toujours tenter de libérer. Ils pouvaient troquer leurs skis alpins contre des skis de fond, des snowboards ou même des patins à glace. Ils pouvaient pratiquer, à l'aide de pierres de granit poli et de balais, une sorte de sport incompréhensible baptisé « curling ». En dehors de ces activités, les loisirs que proposait la station n'étaient pas bien nombreux. Le village ne comportait pas de cinéma, mais il disposait en revanche d'un bowling.

Ils optèrent donc pour une partie de bowling.

Les machines étaient en parfait état de fonctionnement. Ils honorèrent même l'obligation de porter les chaussures adéquates ; en revanche, ils durent lutter pour décourager Sadie de poursuivre les boules le long des allées cirées. Ni l'un ni l'autre n'ayant jamais touché une boule de bowling, ils ignoraient comment marquer des points, aussi décidèrent-ils de ne pas les compter. Ils trouvèrent agréable de voir et d'entendre les boules leur revenir automatiquement, avec un cliquetis charmant. Et les quilles produisaient en tombant un fracas jubilatoire. Mais le plaisir d'une telle activité avait néanmoins ses limites.

— Je sais pas, soupira Jake. Je n'arrive pas à m'imaginer jouant à ça pour le restant de ma mort.

— Je ne suis pas d'accord, rétorqua Zoe.

La boule qu'elle venait de propulser dans l'allée finit dans la gouttière.

— Je me vois bien continuer pendant encore dix minutes, au moins.

Bientôt, ils avaient rechaussé leurs skis et gravissaient la montagne en télésiège. Sadie était assise entre eux, légèrement essoufflée, langue pendante. Ils prévoyaient de la déposer à *La Chamade*, à mi-chemin environ de la montagne. Elle pourrait alors choisir de rester au chaud ou de s'amuser dehors.

— Les mêmes bûches sont toujours en train de brûler, annonça Jake en ressortant du restaurant.

— C'est dingue.

— Oui. Il m'a semblé repérer un très léger changement dans la façon dont elles sont disposées.

— Un léger changement ?

Jake avait laissé Sadie sous le porche du restaurant. Elle avait remué la queue comme il partait rejoindre Zoe, ses skis écrasant la neige avec un craquement sonore.

— Je crois que l'une des bûches est inclinée selon un angle différent. Différent de quand on est partis la dernière fois, je veux dire. Elle penche à un angle de trente-sept degrés environ contre l'autre bûche, alors qu'avant, c'était plutôt quarante-cinq.

— Tu es sérieux ?

— Oui… Je crois.

Bien qu'elle ait à l'origine pensé qu'il plaisantait, Zoe était sérieuse, elle aussi. Ils examinèrent tous deux chaque détail du paysage ; ils étudièrent le climat, avides du moindre indice ; ils analysèrent l'état de la neige en quête de preuves ou de présages ; ils traquèrent les crevasses dans la glace et jaugèrent l'écoulement des ruisseaux ; ils sondèrent la surface du monde, à la recherche de la plus infime trace de changement.

Et ils se dévisagèrent avec le même air.

— Qu'est-ce qu'il y a ?

— C'est la virée shopping de ce matin, répondit Zoe, et la partie de bowling. Je suis un peu fâchée contre moi-même.

— À cause du temps perdu ?

— Tu me connais bien. Maintenant qu'on est… Allez, disons-le : maintenant qu'on est morts, je pense à ma vie tout le temps. À ce que je faisais. Et je ne parle pas seulement de mes bonnes ou de mes mauvaises actions. Je songe à tout le temps que j'ai gaspillé bêtement. À faire du shopping. Ou du bowling. Enfin, je n'en avais jamais fait, mais l'équivalent. Des passe-temps. Des pisse-temps, plutôt. Et du coup, je me dis… Est-ce que ça, c'est pareil ? Monter et descendre les pistes sur des bâtons ?

— Non, c'est différent.

— Pourquoi ?

Il n'eut même pas besoin de réfléchir avant de répondre.

— Parce que tu vis sur la pente, où tu es obligé de te concentrer, et tu ne peux pas te déconnecter ou t'endormir une seule seconde. D'un côté, tu es la somme de toutes ces forces colossales qui luttent pour garder le contrôle, et de l'autre tu n'es rien dans l'immensité de la montagne, rien qu'une tache, un grain de poussière, un flocon à demi fondu.

— Ça alors ! Tu parles comme un curé.

— Pas besoin de se mettre à genoux pour prier. C'est ça, ma prière. C'est ma façon de dire merci, perché sur la montagne. Je suis une prière ambulante. Tu vois les traces derrière moi ? Tu arrives à lire ce que j'ai écrit ?

Zoe leva les yeux sur la piste et fronça le nez.

— C'est juste des traces. Il n'y a rien d'écrit.

— Si. C'est ma façon d'écrire. C'est un hymne.

Elle le dévisagea en battant des cils, impressionnée. Il eut beau lui adresser un sourire éblouissant, elle déclara :

— Tu es cinglé.

— Peut-être. Tu viens skier ?

Il se laissa glisser sur la piste et elle le suivit, luttant pour le rattraper. Ses paroles ne la quittaient pas. C'était vrai : ils traçaient des hymnes sur la page de la montagne, se dit-elle. C'était ça qu'ils faisaient.

Ils filèrent le long de la piste noire. Leurs skis susurraient en crissant dans les endroits ombragés, où la neige était piquetée de glace ; et ils murmuraient, apaisants, lorsqu'ils émergeaient au soleil, où les rayons avaient fait fondre cette croûte glacée.

Quelques descentes plus tard, ils retournèrent à *La Chamade* pour y récupérer Sadie. Celle-ci les attendait toujours sur le porche. Elle se leva en remuant furieusement la queue à leur approche, et les suivit à l'intérieur.

Ils ôtèrent leurs blousons de ski et Jake sortit une bouteille de vin de derrière le bar. Il la déboucha et s'apprêtait à en verser deux verres lorsque Zoe demanda :

— Eh, tu entends ce bruit ?

Il posa la bouteille pleine à côté des verres vides, sur la table, et tendit l'oreille. Quelque chose bourdonnait dans le lointain. Cela faisait penser à des machines, ou à des fourgons blindés avançant d'un mouvement lourd, ou peut-être à un seul très grand camion.

— Est-ce que c'est une dameuse ?

Ils écoutèrent de nouveau, et le bourdonnement se mua en un grondement, qui rappelait effectivement celui d'un tracteur aplanissant la neige, mais sans les bips de l'alarme électronique. C'était un grognement sourd, d'une fréquence étrangement basse, profonde et inquiétante, qui leur donna l'impression d'avoir les oreilles pleines de coton.

— Ce n'est pas une dameuse, dit Jake. C'est le bruit d'une avalanche.

Le grondement s'intensifia et amena avec lui une autre onde sonore, une sorte de sifflement ; à ce bruit, le restaurant tout entier frémit. La bouteille et les verres que Jake avait posés sur la table s'entrechoquèrent et se rapprochèrent dangereusement du bord.

Le restaurant frissonnait toujours. Jake et Zoe avaient déjà bondi sur leurs pieds et scrutaient par la fenêtre le sommet de la montagne. Il n'y avait rien à voir, mais tout à entendre. Les rangées et les caisses de bouteilles derrière le bar tintaient bruyamment sous les secousses. La bouteille de vin et les verres tombèrent de la table sur le parquet sans se briser. L'un des verres se mit à rouler.

Jake cria qu'ils devraient s'allonger devant le bar, qui se trouvait entre eux et la source du bruit. Il tira une grande table à travers le restaurant et la poussa sans ménagement contre le bar. Le couple se réfugia en dessous.

— Sadie ! Viens là, ma grande ! Au pied !

Le chien tremblait comme une feuille. Le grondement s'était mué en un roulement étouffé, comme une sorte de tonnerre constant, et le sifflement évoquait celui d'un immense avion publicitaire en train de décoller juste devant la porte.

Des bouteilles dégringolèrent et se brisèrent derrière le bar. Des assiettes et d'autres ustensiles s'écrasèrent au sol de la cuisine. Incrédules, ils entendirent les rondins qui constituaient les murs grincer et se fendre sous la pression. Le restaurant menaçait de se désintégrer. Zoe et Jake se tapirent sous la table, agrippés l'un à l'autre, tandis que le tumulte rugissant et le crissement des rondins les submergeaient.

Enfin, les secousses s'apaisèrent. Le sifflement ainsi que le grondement bas et sourd s'atténuèrent avant de s'éloigner peu à peu. Ils demeurèrent blottis sous la table, enlacés, étreignant tous deux le chien.

En moins d'une minute, le bruit de l'avalanche se réduisit à un martèlement étouffé, puis disparut. Mais les sons qui retentirent ensuite furent plus difficiles à identifier. Sur le mur de rondins s'abattirent trois coups sourds, clairement audibles ; puis vint une série de petits cliquetis, peut-être le bruit des pattes d'un oiseau parcourant le toit en quête de miettes. Enfin, le silence retomba.

— Qu'est-ce qui s'est passé ?

— Sais pas. Attendons encore un peu ici.

Ils demeurèrent sous la table jusqu'à se sentir prêts à s'aventurer dehors. Jake rampa hors de l'abri et jeta un regard inquiet au plafond. Puis il s'approcha du mur qui avait arrêté le plus gros de la neige. Le plâtre et les lambris avaient été défoncés, et la neige s'était frayée un chemin entre les rondins de la façade, glissant ses longs doigts blancs à l'intérieur du restaurant. C'était comme si la neige avait tendu la main pour les attraper.

— Regarde-moi ça !

La porte par laquelle ils étaient entrés était condamnée. Un mur de neige leur barrait la route. Ils sortirent par la porte de la cuisine, à l'arrière du bâtiment, et contournèrent le restaurant pour découvrir les monceaux de neige qui en recouvraient l'autre côté.

Zoe était sur le point de faire remarquer que c'était la seconde avalanche à laquelle ils réchappaient, lorsqu'elle se souvint qu'ils n'avaient pas survécu à la première. Elle demanda alors :

— On peut mourir deux fois ?

Jake se tourna pour la regarder, et émit un petit ricanement en réponse.

— Tu crois que c'est comme les pelures d'un oignon ? poursuivit-elle. Que si cette avalanche nous avait eus, on serait toujours là ? Ou est-ce qu'on serait ailleurs ? Une fois, j'ai fait un rêve, et dans ce rêve je me couchais, je m'endormais et je rêvais. Et je le savais. Je savais que je rêvais à l'intérieur d'un rêve. Tu crois que c'est comme ça ? Hein ?

— Ça va ? demanda Jake en plissant les yeux.

— Oui.

— Tu t'emballes, c'est tout.

— Ça va. Le truc qui s'est passé, quand j'ai cru que tout le monde était revenu… Ça m'a retournée, Jake.

— On s'arrache ? suggéra-t-il. Je n'ai plus tellement envie de mourir, aujourd'hui.

— Envie de mourir ?

— De skier. J'ai dit, je n'ai plus tellement envie de skier.

— Non, tu as dit « plus tellement envie de mourir ».

— Mais non.

— Mais si. Tu voulais peut-être dire skier, mais tu as dit mourir.

— Zoe, tu viens d'échapper à une avalanche et tu racontes n'importe quoi.

— Non, pas du tout. Je suis très lucide, au contraire. Je sais ce que je dis et je sais exactement ce que tu as dit.

— On peut y aller ?

— Bien sûr. Allons chercher Sadie.

Ils retournèrent à l'intérieur, mais ne la trouvèrent pas. Elle avait disparu. Ils fouillèrent le bâtiment, tout en l'appelant. Ils savaient qu'elle allait bien, car elle s'était abritée avec eux sous la table et n'en était pas sortie avant qu'eux-mêmes ne le fassent. Mais à présent, elle semblait s'être évanouie.

— Elle a dû sortir.

Ils cherchèrent Sadie partout, devant et derrière le restaurant désormais en ruine, hurlant son nom dans l'air glacial, entre les arbres dont les ombres s'allongeaient peu à peu. Il n'y avait aucun signe d'elle, et pas la moindre trace de pattes. Jake était consterné de cette disparition, mais conclut qu'elle avait dû descendre dans la vallée.

Zoe fit une dernière fois le tour du restaurant. Tandis qu'elle se baissait pour regarder sous les tables, elle entendit une bûche crépiter dans l'âtre. Elle se retourna et observa le feu. La bûche qui était restée si longtemps adossée à l'autre, immobile, venait de se fendre et de tomber, roulant à un centimètre à peine de sa compagne.

Un centimètre à peine.

8

La perte de Sadie semblait avoir fichu un sacré coup à Jake. Il ne cessait de spéculer sur l'endroit où elle avait bien pu aller se fourrer. Zoe était déçue d'avoir perdu le chien, elle aussi. Afin de distraire Jake, elle lui proposa d'aller dîner dans un autre restaurant, pour changer. Ils avaient repéré un bel établissement, très chic et portant le nom un peu ridicule de *La Table de mon Grand-Père*.

Ils choisirent ce qu'ils supposèrent être la table préférée du grand-père, près de la fenêtre, et y allumèrent quelques bougies. Zoe prit possession de la cuisine et mitonna un bœuf bourguignon qui aurait certainement donné de l'urticaire au véritable maître des lieux ; mais c'était un des plats préférés de Jake, et elle le servit accompagné d'une purée de pommes de terre au beurre.

Jake l'attendait les poings sur la table, ses deux couverts à la verticale, bien qu'il ait affirmé ne pas avoir faim. Il essayait de paraître enthousiaste pour lui faire plaisir, elle le savait. Elle déposa un baiser sur son front tout en posant les assiettes sur la table.

— J'ai toujours adoré cuisiner pour toi, dit-elle. Te nourrir. Tout découper, tout préparer.

— Tu mets de l'amour dans tes plats. Ça se sent, au goût.

— Tu le sens toujours ? Même ici ?

— Si ce n'était plus là, je le sentirais.

— Dis donc, tu as une sacrée descente, ce soir !

C'était vrai. Il avait débouché une bouteille du vin le plus coûteux qu'il avait trouvé, et il en avait déjà englouti les deux tiers sans l'aide de Zoe.

— J'essaie de me soûler. Ça ne marche pas.

— Pourquoi est-ce que tu veux te soûler ?

— L'autre nuit, quand on avait bu du champagne et que tu t'es jetée sur moi dans l'ascenseur… Tu étais vraiment ivre ? Ou tu faisais semblant ? Parce que quelle que soit la quantité d'alcool que je bois, ici, je n'arrive pas à me soûler.

Zoe prit elle-même une gorgée de vin.

— Je me souviens avoir pensé que je devais être ivre, et je me suis sentie ivre. Ou peut-être que j'avais besoin de m'en convaincre. Tu veux bien m'expliquer pourquoi tu essaies de te soûler ?

— Parce que je n'ai aucune idée des lois de cet endroit ! J'ai besoin de savoir. J'ai l'impression que le sol se dérobe tout le temps sous mes pieds. La peur que je ressens échappe à mon entendement.

Jake vida le reste de la bouteille dans son verre.

Elle ne lui avait toujours pas parlé de la bûche qui brûlait dans l'âtre, à *La Chamade*.

— Quelque chose est en train de changer, dit-elle.

— Oui. Je le sens.

Ils mangèrent en silence. Zoe avait envie de lui demander s'il retrouvait le goût de son bœuf bourguignon, mais préféra s'en abstenir. Elle lui demanda plutôt s'il voulait qu'elle lui décrive ce qu'était l'ivresse, pour qu'il puisse la ressentir. Il répliqua qu'il voulait voir s'il pouvait y arriver sans aide extérieure. Il se leva et revint avec une autre bouteille. Elle décida de le suivre dans ce gouffre de solitude éthylique.

À l'extérieur, une lune gibbeuse éclairait la neige d'une lueur pâle. Jake ne cessait de jeter des coups d'œil au-dehors, espérant apercevoir Sadie. Les pins projetaient leurs ombres minces en direction du restaurant, et entre ces ombres, le clair de lune répandait sur la neige des paillettes d'une splendeur implacable.

— Je ne pense pas que Sadie soit partie. Je pense qu'on nous l'a prise.

— Quoi ?

— C'est mon avis.

Zoe le regarda attentivement. Il ne voulait pas dire qu'un amoureux des chiens avait kidnappé Sadie, elle le connaissait assez pour le savoir. Elle n'aima pas beaucoup les autres idées qui lui vinrent à l'esprit.

— Écoute ça, proposa-t-elle. Plutôt que de

penser qu'elle nous a été enlevée, on peut peut-être se dire qu'elle t'a été rendue pendant un moment.

Jake se pencha et mêla ses doigts aux siens.

— Tu vois toujours le bon côté des choses. Ou tu choisis de le faire.

— Mais c'est comme la vie, non ? On sait tous que la mort viendra, un jour. Et pourtant, on a toujours l'impression que les gens qu'on aime nous sont retirés, plutôt que de se dire qu'ils nous sont donnés, pendant le temps qui leur est accordé.

— Tu as raison, bien sûr, mais ce n'est pas simple de voir le bon côté des choses. Il est tellement plus facile de s'effondrer et de s'apitoyer sur son sort.

— J'ai toujours considéré la vie comme une sorte de cadeau. De la part de qui, je l'ignore… mais j'ai toujours su que c'était un cadeau. Et il me semble que cet espace supplémentaire, ce drôle de sursis qu'on est en train de vivre, nous a été offert aussi. Mais pour quelle raison ? Ça m'échappe totalement.

— Dis-moi, Zoe. Tu ne penses pas qu'on va rester là pour l'éternité, si ?

— Non.

Elle riva ses yeux aux siens, et il y avait quelque chose de cette neige baignée de lumière lunaire dans le regard qu'il lui rendit. Plus tôt, lorsqu'elle était entrée dans une bijouterie et qu'elle avait eu l'opportunité d'y choisir ce qu'elle voulait – Cartier, Tiffany et compagnie –, rien ne l'avait tentée. En quoi était-ce agréable d'être riche, si l'on pouvait obtenir tout ce qu'on souhaitait sans hésiter un seul instant ? Il ne pouvait y avoir aucune satisfaction à posséder quoi que ce soit, si aucun effort n'avait été consenti pour l'acquérir. On éprouvait alors sans doute le besoin pervers d'acheter dix ou vingt exemplaires de l'objet, afin de ressentir un peu d'excitation. Ou alors, on ne s'intéressait plus qu'aux choses qui risquaient d'entamer réellement sa fortune. Les seuls bijoux qu'elle désirait étaient les yeux de son mari, remplis d'admiration pour elle, comme ils l'étaient en ce moment ; le seul collier, son souffle alors qu'il l'embrassait dans le cou ; la seule bague, le simple anneau d'or qu'elle portait déjà. Elle lui fit part de tout cela.

Il rit.

— Tu es soûle et ça te rend sentimentale.

— Non. Je suis parfaitement sobre, froide et lucide.

— Je t'aime. Je t'aimerai même quand tout ça sera fini. Quoi que ça signifie, « tout ça ».

— C'est toi qui es soûl. Tu ne me dis que tu m'aimes que quand tu es soûl.

— C'est faux.

— Bon, au diable le dessert et le café. On rentre ?

Ils cheminèrent dans la neige baignée de lune, un million de diamants scintillant sur le givre fragile. Jake s'appuyait sur Zoe comme s'il était ivre, bien qu'il ne le soit pas. Avant de rentrer, il prit son visage dans ses mains et l'embrassa sous cette lueur laiteuse. Elle sentait le goût du vin sur sa langue ; elle en était sûre. Elle n'avait pas besoin de se souvenir du goût de ses baisers : ils avaient toujours celui du vin rouge, de la soie, du poivre ; le parfum du sang, de l'espoir.

De retour dans leur chambre, Jake se précipita aux toilettes. Elle entendit son urine gicler dans la cuvette. Jake pissait toujours de bon cœur, comme un cheval. Zoe suspendit son blouson de ski dans l'armoire et referma la porte. Elle se mit à déboucler sa salopette, mais une mélodie familière l'interrompit. Elle se tourna pour dire quelque chose à Jake, toujours enfermé dans la salle de bains.

Qu'est-ce que c'est ? se demanda-t-elle. *C'est ton… C'est ton téléphone, idiote. Quelqu'un t'appelle sur ton téléphone portable.*

Le refrain joyeux s'intensifia.

— Jake ! hurla-t-elle.

Dans l'armoire, se dit Zoe à elle-même. *Il est dans la poche de ton blouson. Tu devrais décrocher ! Allez ! Vas-y !*

Mais elle en était incapable. Elle était paralysée. Elle entendait son propre sang circuler dans ses veines en un flot torrentiel. L'intrusion soudaine de la sonnerie téléphonique l'avait clouée sur place. Elle voulut appeler Jake encore une fois. Il valait mieux que ce soit lui qui décroche, pas elle. Elle tenta de bouger, mais elle était comme piégée, les bras et les jambes immobilisés par une poigne de glace.

Le téléphone se remit à sonner.

— Jake !

Elle était de nouveau prisonnière sous la neige de la première avalanche. Comprimée dans la tombe. À l'envers, respirant grâce à une minuscule poche d'air, luttant pour bouger ne serait-ce qu'un doigt. Elle bougea un doigt, une main, le bras, et la neige dure qui l'enserrait s'effondra, dissoute. Elle tomba en direction de l'armoire, ouvrit violemment la porte pour récupérer son blouson. Les trilles stridents du téléphone continuaient. Il se trouvait dans une de ses poches zippées. Elle tira sur la fermeture éclair et plongea la main dans la poche. Tremblante, elle ouvrit le clapet et le carré de lumière bleue afficha : « Numéro masqué ».

— Numéro masqué, murmura Zoe pour elle-même.

Elle pressa le bouton vert et porta le téléphone à son oreille. Elle entendit une voix. Une voix masculine.

— Je suis désolée… Désolée, je… (De rage, elle secoua la tête.) Parlez plus lentement ! *Je m'excuse, lentement, s'il vous plaît. Plus lentement… Pardonnez-moi, monsieur… je ne comprends pas**.

— Qu'est-ce que tu dis ? cria Jake depuis la salle de bains.

— C'est un homme !

* En français dans le texte.

— Quoi ?

— Je ne comprends rien, il a un accent très prononcé… *Monsieur, monsieur, s'il vous plaît, parlez plus lentement…** Non, non !

Le téléphone s'était tu. Zoe tint l'appareil à bout de bras et le fusilla du regard, comme s'il avait essayé de la brûler.

Jake était sorti de la salle de bains dans une posture ridicule, tenant son pantalon au niveau de la taille. Il lui demanda à qui elle était en train de parler.

— C'était un homme.

— Un homme ?

— Oui, un homme.

— Un homme ? Mais qu'est-ce qu'il a dit ?

— Je ne sais pas, je n'arrivais pas à comprendre un mot.

— Mais… Putain !

— Je ne sais pas ! Je ne sais pas !

— Il… C'était du français ? Il parlait français ?

— Peut-être ! Mais je… Son accent… Et la ligne était mauvaise. Je n'ai pas compris ce qu'il disait.

— Tu peux le rappeler ? Tu ne pourrais pas le rappeler ?

— Le numéro était masqué.

— Est-ce que la ligne est rétablie ? Peut-être que tu devrais réessayer d'appeler quelqu'un ?

Jake se tenait près d'elle à présent, et la sur-

* En français dans le texte.

plombait. Ses doigts tremblaient à quelques centimètres du téléphone argenté, comme s'il brûlait de le lui arracher.

— Si quelqu'un a appelé…, balbutia-t-il. Je veux dire, quelqu'un en Angleterre. Appelle quelqu'un chez nous. Tu appelles ?

— D'accord. D'accord. Mais Jake, et s'il essayait de rappeler ? L'homme. Et si cet homme essayait de me rappeler ? Est-ce que je ne ferais pas mieux de ne pas utiliser la ligne ?

Jake se laissa tomber sur le lit, les deux mains plaquées sur ses tempes.

— Oui… Oui, n'y touche pas. Il est peut-être en train d'essayer de rappeler en ce moment même.

Zoe posa le téléphone sur la table. Puis elle s'écroula à côté de Jake et lui prit le bras. Ensemble, ils attendirent, les yeux rivés sur le téléphone, priant pour qu'il sonne, terrifiés à la perspective qu'il le fasse.

Vingt minutes s'écoulèrent ainsi. Puis Jake soupira et lui suggéra d'essayer d'appeler en Angleterre. C'est donc ce qu'elle fit, mais le résultat fut le même qu'auparavant. Le téléphone sonna, et personne ne répondit.

— Il parlait de quelle manière, le type ?

Jake était avide du plus petit détail.

— D'une manière difficile à comprendre.

— Mais il était français ?

— Peut-être.

— Ou catalan ?

— Catalan, oui, peut-être… ou occitan, va savoir.

— Il parlait français ?

— Peut-être, mais son accent était tellement prononcé et la ligne était tellement mauvaise que je n'ai pas compris un mot.

— Mais il parlait sur quel ton ? Avec quel genre d'attitude ?

— D'attitude ?

— Oui ! D'attitude, bordel ! Il était quoi, agité ? Calme ? Pressant ?

— Il n'avait pas l'air agité. Mais pas spécialement calme non plus.

Jake lui prit des mains le téléphone argenté et l'examina, furieux de ne pouvoir en extraire plus d'informations.

Ils n'étaient pas d'humeur à dormir. Ils se rhabillèrent et descendirent au rez-de-chaussée. Jake ne cessait de questionner Zoe au sujet du coup de fil. Il n'avait pas entendu la sonnerie du téléphone, seulement la voix de Zoe. Elle lui demanda comment il avait pu ne pas entendre le téléphone sonner. Elle lui en voulait presque. C'était important pour elle. S'il l'avait entendu, alors elle aurait été sûre de ne pas tout avoir imaginé.

— Tu crois que tu aurais pu tout inventer ? demanda Jake.

— Quelle question stupide !

— Mais non. Il n'y a qu'à voir ce qui s'est passé ce matin.

Zoe décida d'ignorer cette référence aux événements de la matinée. Ou plutôt à l'absence d'événement.

— J'aurais imaginé que le téléphone sonnait, puis cru entendre une voix parlant au bout du fil ? Non, c'est impossible. Si tu redis un truc pareil, je te colle mon poing dans la figure.

Ils prirent une bière au bar. Jake les tira lui-même, à la pression. Désireux de changer de sujet, il se mit à parler du goût de la bière. Il lui proposa de s'en souvenir pour elle, mais quand il parla de houblon et d'orge, elle déclara que cela ne lui disait rien du tout. Il se mit alors à énumérer : glands de chêne, vinaigre de malt, sucre, feuilles mortes, pièces de cuivre, désespoir, jour déclinant, éclats de rire, la croûte d'une miche de pain... jusqu'à ce que Zoe l'interrompe : c'était bon, elle l'avait retrouvé.

— Il y a une telle richesse contenue dans chaque chose, médita-t-elle. Quand on prend la peine de s'en souvenir.

— Se souvenir de toute notre vie, ou de la vie qu'on a perdue... C'est comme essayer de vider une boîte sans fond.

— C'est possible, ça, une boîte sans fond ?

— Eh, dit-il, il n'y a que toi et moi ici pour décider si c'est possible ou pas. Personne ne peut nous contredire.

— Maintenant, je pense à tout de cette manière-là. Chaque détail, chaque mot me semble intense et saturé de sens. Je crois que j'ai passé le plus clair de ma vie à dormir. Si l'enfer existe, je crois que c'est pour ce péché-là qu'on me punira le plus.

— Viens là. Tu es à bout. Tu as besoin de te détendre.

Ils finirent leurs bières et décidèrent de faire un tour au sauna. Ils descendirent donc jusqu'au spa, où de douces lumières illuminaient la piscine. Ils se déshabillèrent et nagèrent en attendant que le sauna soit suffisamment chaud. Jake avait posé maintes fois la question de l'énergie qui chauffait et illuminait la piscine, le sauna, l'hôtel… et de sa provenance ; il l'avait posée si souvent qu'il n'osa pas la formuler de nouveau. Mais quelque chose en lui savait qu'elle ne pouvait pas se déverser indéfiniment. La nature gardait toujours des comptes bien précis ; et d'après lui, ils habitaient toujours un petit coin de la même boîte sans fond qu'était la nature.

Ayant parcouru à la brasse plusieurs longueurs de piscine, ils firent la planche quelques minutes avant de se rendre au sauna, où ils restèrent une demi-heure. Ils dénichèrent ensuite une porte menant directement du spa vers la neige baignée de lune.

— J'ai toujours eu envie de faire ça, confessa Zoe. Sortir toute nue dans la neige.

— Je ne ressens toujours pas le froid.

— C'est parce que tu sors du sauna.

— Non, corrigea Jake avec fermeté. C'est parce que je suis mort.

— Tu veux que je te fouette avec des brindilles ? proposa Zoe. Tu le sentirais, ça.

Dans l'éclat cristallin du clair de lune, Jake lui apparaissait vraiment comme un spectre, pâle mais rayonnant d'énergie vitale. Sa peau avait une blancheur de porcelaine, mais une lueur l'éclairait de l'intérieur, et son œil brillait d'une manière qui lui donnait l'air vivant, comparé à elle.

Il surprit son regard et sourit.

— Tu crois qu'on peut voler ? demanda-t-il.

— Quoi ?

— Vu qu'on est morts. Est-ce qu'on peut sauter du haut de la montagne et s'envoler, si on se concentre assez ?

— Je suis absolument certaine que non. Alors n'essaie pas.

— Je crois qu'il y a une chance que ce soit possible, ici.

Zoe sentit soudain la morsure du froid. Les effets du sauna se dissipaient. Elle s'enveloppa dans une serviette et se leva.

— Promets-moi que tu n'essaieras pas !

— C'était juste une hypothèse…

— Promets-le-moi ! Promets-moi que jamais tu ne prendras un tel risque.

— D'accord, je te le promets. D'accord.

Elle retourna dans le spa.

— Allez, viens. Je vais me coucher.

Ils quittèrent le spa et prirent l'ascenseur pour regagner leur chambre. Ni l'un ni l'autre n'avait reparlé du coup de téléphone, mais l'incident les préoccupait tous les deux. Zoe posa l'appareil sur la table de nuit, allumé et en charge. Elle s'attendait à ce qu'il sonne d'un instant à l'autre.

Elle priait pour qu'il le fasse.

Il ne sonna pas, mais Zoe ne put fermer l'œil. Au son des légers ronflements de Jake, elle regarda, allongée, le paysage fantomatique qui s'étendait derrière la fenêtre. Ils s'étaient mis à dormir avec les rideaux ouverts, perdant peu à peu leurs vieilles habitudes. La pudeur n'était plus de mise, et la lumière était devenue pour eux un bien inestimable, un élément qui les reliait à la vie plutôt qu'à la mort. C'était presque lui faire affront que de la cacher, aussi ne fermaient-ils pas les rideaux.

Il n'était pas tombé de neige depuis quelques jours, et celle qui tapissait le sol avait été modelée et sculptée par le vent, comme un oiseau qui aurait replié ses ailes immenses pour se poser. Ses contours doux s'étaient courbés, comme la cire d'une bougie, et la lune au-dessus des arbres conférait au paysage un aspect fragile, comme s'il pouvait à tout moment se craqueler, à l'image d'un tableau de maître.

L'envie subite et impérieuse de peupler ce paysage envahit Zoe. Elle toucha son propre ventre, essayant de déceler la moindre trace de gonflement, même minuscule. Elle laissa reposer ses doigts sur son abdomen et contempla la lune dans le ciel sombre. Elle allait peut-être devoir avouer quelque chose à Jake.

Elle avait chipé de nombreux tests de grossesse, qu'elle avait utilisés chaque jour, et chaque jour n'avait fait que confirmer le même résultat. Positif, positif, positif. Elle avait caché sa réserve de kits en bas de l'armoire. Elle lui dirait tout, décida-t-elle encore une fois, lorsque le moment propice se présenterait. Si dans quelques mois, ils se trouvaient toujours dans cet endroit étrange, son état s'annoncerait de lui-même. À la lueur éclatante de la lune, elle s'endormit.

Mais elle se réveilla de nouveau, et quelque chose la poussa à s'asseoir. Il lui semblait n'avoir dormi que quelques minutes, mais la position de la lune dans le ciel avait changé radicalement, comme si elle se calquait sur une échelle différente de celle de Zoe. Un mouvement, un changement de pression dans l'air avait eu raison de son sommeil.

Elle porta son regard vers l'extérieur, puis se retourna pour regarder en direction de la porte. Celle-ci était ouverte.

La silhouette d'un homme de grande taille se découpait dans l'embrasure.

La terreur de Zoe l'éblouit un instant et la transperça comme une lame froide et acérée. Elle voulut crier, mais ne parvint à émettre rien d'autre qu'un gargouillis étouffé. Elle donna un coup à son mari endormi, et cet effort physique permit à son cri de franchir librement ses lèvres.

Elle était déjà debout, prête à combattre l'apparition.

— Quoi ? Quoi ? Quoi ?

Jake avait posé les mains sur ses épaules.

— Il y avait un homme ! Dans l'embrasure de la porte.

L'homme était visiblement parti, mais la porte était toujours ouverte. Jake connaissait assez sa femme pour accorder crédit à ses paroles. Il bondit jusqu'à la porte et regarda de chaque côté du couloir. Il n'y avait personne, et il régnait un silence absolu. Il tendit l'oreille afin de déceler le moindre bruit de portes, de pas, d'ascenseur. L'hôtel demeura muet comme une tombe.

— Est-ce que ça va ?

— Oui. Je venais de me réveiller, et je l'ai vu.

— Il t'a attaquée ?

— Non, il était à la porte. Il n'est pas entré.

— Qu'est-ce qu'il faisait ?

— Il avançait le bras vers l'intérieur de la chambre, lentement. C'est tout.

— À quoi est-ce qu'il ressemblait ?

— Il était habillé en noir. Une combinaison de ski noire. Son visage était dans l'ombre. Je ne sais pas.

— Eh ben… Bon, en tout cas, il n'est plus là, ma puce. Je te jure qu'il est parti. D'accord ?

Elle acquiesça.

Jake prit le visage de Zoe dans ses grandes mains.

— Tu as peut-être rêvé.

Elle secoua la tête pour dire « non ».

— Il est probable que tu aies rêvé. On n'est pas vraiment dans notre état normal, en ce moment. Tu étais en train de rêver, et quand tu t'es réveillée, tu as cru qu'il était réellement là.

— Non.

— Tu vois ce moment entre le sommeil et l'éveil, à la frontière entre les rêves et le monde réel ? C'est ça. C'est là qu'on voit ces choses-là, c'est là qu'elles habitent. Tu le sais.

— La porte était ouverte, Jake ! Elle l'est toujours.

C'était la faille, le trou béant dans son raisonnement. Jake regarda la porte ouverte par-dessus son épaule.

— Est-ce qu'on l'a fermée ? On a fermé la porte avant de se mettre au lit ?

— Bien sûr que oui ! s'exclama Zoe en se dirigeant vers la porte. Regarde ! Regarde ça !

Sur la moquette, juste devant la porte, on apercevait plusieurs petits morceaux de neige sale, dont les cristaux commençaient à peine à se liquéfier.

— Ça ne peut pas venir de nos chaussures ! lança-t-elle avec ferveur. Si cette neige provenait de nos après-ski, elle aurait fondu il y a des heures ! Un homme est venu ici. La neige prouve qu'il y avait un homme ici.

Prenant Zoe par l'épaule, Jake la fit pivoter et la poussa vers l'intérieur de la chambre. Puis il referma la porte, poussa le verrou et enclencha la chaîne de sécurité pour la première fois depuis l'avalanche.

— Il y a d'autres personnes ici, affirma Zoe.

— Tu n'en sais rien.

— Si. Il y a d'autres gens ici.

9

Arrivés au seuil de l'hôtel, ils hésitèrent. Ils étaient entièrement équipés pour sortir sur les pistes, mais ils avaient peur. Le monde, ce monde de la pénombre, de la mort et du passage, avait encore changé. La possibilité que les étendues blanches, lisses et ouvertes qui nappaient la montagne ne soient pas entièrement désertes avait tout bouleversé.

Jake barra le chemin de Zoe d'un bras en travers de la porte.

— Je crois que je sais ce qui s'est passé, dit-il. Je crois que j'ai compris. Le matin de l'avalanche, il a dû y en avoir d'autres. D'autres gens ont été tués dans l'avalanche.

— Et… ?

— Je pense que c'est l'un d'eux que tu as vu cette nuit. Il n'y a pas d'autre explication. Pareil pour l'homme au téléphone. Si on n'est pas les seuls à être morts ce jour-là, alors il y a d'autres personnes ici. Prisonnières. Comme nous.

— Tu veux dire qu'ils nous en veulent, Jake ? Je ne veux pas qu'ils nous retrouvent.

— Il n'y a aucune raison d'avoir peur. Et si c'était juste un type tout seul, qui essayait désespérément de prendre contact avec nous ? Imagine-toi ce que ça doit faire, de se retrouver tout seul ici.

— Mais qu'est-ce qu'il nous voudrait ? Qu'est-ce que ces gens pourraient bien nous vouloir ? À quoi ils ressembleraient ?

— Eh bien, à nous, évidemment.

— Pas forcément. Peut-être que certains d'entre eux ont été atrocement défigurés dans l'avalanche.

— On n'a pas été défigurés, nous, si ?

— Non. Mais j'y ai déjà pensé. Et si on se voyait l'un l'autre tels qu'on était avant, et pas tels qu'on est vraiment ?

Jake frissonna.

— Ne dis pas des trucs pareils. Tu n'as aucune raison de penser qu'ils ne seraient pas exactement comme nous. Regarde, le temps est en train de changer.

Il désigna les nuages à l'horizon, couronnant les cimes blanches du massif qui s'élevait à l'est de la vallée. C'était une tentative peu subtile de la distraire, mais elle s'y résigna de bonne grâce, pour le moment du moins. Les nuées gris perle et rose-orangé s'avançaient comme une armée de spectres aériens, prisonniers de l'entrelacs d'aiguilles et de saillies neigeuses du massif. Mais des renforts cheminaient à leur rencontre, sous forme de volutes s'étendant au nord et au sud. Les nuages gris et roses étincelaient, magnifiques et terrifiants à la fois.

— Ciel rouge le soir laisse bon espoir. Ciel rouge le matin avertit le marin…, commenta Zoe.

Ils méditèrent tous deux la mise en garde du dicton.

— Qu'est-ce qu'on fait ? reprit-elle.

— On continue comme avant, répondit Jake. Si on rencontre quelqu'un, on se comportera comme on l'a toujours fait en pareil cas. Mais j'aimerais que tu acceptes l'éventualité que peut-être – c'est une simple hypothèse, ne te fâche pas –, tu as été victime d'une hallucination cette nuit, voire hier soir, quand tu as cru recevoir ce coup de téléphone. Tout comme il t'a semblé voir une foule dans le vestibule. Sinon, il faudra qu'on s'habitue à la possibilité de rencontrer quelqu'un.

Zoe fit mine de répliquer, mais il leva les paumes dans sa direction :

— Paix.

Bien sûr, Zoe avait envisagé cette possibilité, mais elle n'y puisait aucun réconfort. Leur existence tout entière ayant déjà l'allure d'une gigantesque hallucination, comment étaient-ils censés considérer les plus petites apparitions qui peuplaient celle-ci ? Cet endroit était encore nouveau pour eux, et ils n'en connaissaient pas les règles. S'ils pouvaient, en se remémorant la saveur, l'odeur, le toucher et toutes les sensations terrestres, les faire remonter à la surface… alors peut-être étaient-ils aussi capables de faire s'incarner d'autres pensées. Ce monde, cette mort qui ressemblait tant à un rêve et qui en était pourtant si éloignée, regorgerait alors de possibilités. Peut-être qu'en souhaitant très fort que quelqu'un vienne les secourir, Zoe l'avait fait apparaître. Elle ignorait si elle désirait cette aide davantage qu'elle ne la craignait.

— Est-ce qu'on part à leur recherche ?

— Je préférerais éviter, répondit Jake. Je n'ai pas envie de partir à la recherche d'une chose qui n'existe peut-être pas.

— Et dont la nature exacte nous échappe.

Jake papillonna de ses yeux injectés de sang. Ils se laissaient mutuellement beaucoup d'espace. Au fil du temps, leurs conversations se faisaient de plus en plus courtes, mais de plus en plus lourdes de sens. Parfois, Zoe ne savait plus si Jake avait réellement parlé à voix haute, ou si elle avait tout simplement deviné ce qu'il pensait. Intersubjectivité. Leurs pensées s'emboîtaient parfaitement, comme des cristaux de neige hexagonaux.

L'une des bannières de l'hôtel se mit soudain à claquer contre son grand mât, avec une violence qui les surprit.

— Le temps se gâte, observa Jake. Allons skier tant que c'est possible. S'il y a quelqu'un dehors, il faudra bien qu'on fasse avec.

Le soleil brillait et le ciel était bleu, mais d'un bleu étrange, constitué d'une myriade de petites perles entremêlées qui ressemblaient à des pixels. L'air s'était rafraîchi et la brise se levait. Jake se figura brièvement que les autorités risquaient, plus tard, de fermer l'accès aux télésièges ; puis il se souvint qu'ils étaient désormais les seuls à en décider.

Ils se dirigèrent vers le télésiège Cadet afin de se rendre à l'extrémité ouest des pistes. Le Cadet était un appareil moderne et très rapide, équipé de bulles de protection en plexiglas que l'on pouvait rabattre devant soi comme un pare-brise. Ils se placèrent côte à côte sur le trajet du télésiège et s'y laissèrent tomber en même temps. Jake passa un bras protecteur autour de Zoe comme ils entamaient la montée.

— Ça va ?

— Oui. Je crois.

La bise qui balayait la montagne était aussi cinglante qu'une faux. Zoe frissonna, aussi Jake rabattit-il le pare-brise en plexiglas. La vitre était sale et rayée ; on ne voyait pas grand-chose à travers, mais elle avait le mérite de leur épargner la morsure du vent. Zoe aurait voulu scruter les pistes, pour tenter d'apercevoir d'autres skieurs. Mais elle resta silencieuse.

Le télésiège avançait à un rythme régulier, ne s'agitant légèrement qu'au passage de chaque pylône. La bulle avait réduit le bruit de la montée à un sifflement étouffé, mais le vent murmurait sur la vitre comme pour en lisser les contours, traquant la moindre fente où glisser ses doigts fuselés.

Le regard de Jake était vide, fixé droit devant lui sur la vitre crasseuse. Il semblait perdu dans ses pensées. Les événements de la veille l'avaient certainement moins secoué qu'elle, pensa Zoe, puisqu'il n'avait pas vu l'intrus ni entendu le téléphone sonner. Elle le connaissait assez pour savoir qu'il ne se contenterait pas de la juger idiote ou détraquée ; mais ils ignoraient tout de la flore et de la faune qui peuplaient cet endroit.

S'il s'agissait bien de l'au-delà, ou d'une quelconque forme d'existence postérieure à la vie, alors pourquoi serait-il désert ? Ils n'avaient pourtant passé que quelques jours dans cet endroit, mais Zoe s'était très vite habituée à l'idée qu'ils s'y trouvaient seuls tous les deux ; elle s'était même mise à y voir quelque chose de poétique et de merveilleux, une élévation de leur existence plutôt qu'une chute. Une sorte d'Éden personnel, ou peut-être d'anti-Éden. Ils étaient le couple du Dernier Jour, non pas nus dans un jardin mais emmitouflés au cœur de l'hiver. Les arbres ne portaient plus de pommes, et les femmes n'avaient plus besoin d'endosser la faute, car ce vieux mensonge avait été enfoui sous la neige. Mais s'il s'agissait bien de l'anti-Éden, les événements récents avaient convaincu Zoe de l'existence d'un anti-serpent.

Elle espéra que l'homme aperçu dans l'embrasure de leur porte, ainsi que l'homme qu'elle avait eu au téléphone, n'était pas le Diable. Zoe se tortilla sur son siège et Jake émergea de sa torpeur. Le télésiège vitré s'agita en dépassant un pylône.

— C'était notre première descente, ou la deuxième ? interrogea Jake en bas de la piste.

— Ce matin ? C'était la deuxième.

— J'ai du mal à tenir le compte.

Elle comprenait ce qu'il voulait dire. La neige était si douce, si clémente, qu'elle laissait leurs skis se fondre en elle, et ils auraient pu se contenter de glisser au bas de la montagne dans un état de semi-conscience. À un moment, Zoe jeta un coup d'œil en arrière vers le haut de la pente et estima qu'elle avait parcouru environ trois kilomètres sans s'en apercevoir. C'était une tache noire dans tout ce blanc. Comme si elle s'était endormie. Une petite mort, à l'intérieur de cette mort.

Elle n'en parla pas à Jake.

Ils devenaient plus intrépides, téméraires même, s'aventurant hors piste à travers les arbres, passant d'une pente à l'autre en contournant les ruisseaux argentés et les roches déchiquetées qui perçaient la neige comme de vieux chicots. Ils tentaient toujours de dépasser les limites de leur monde confiné, et quelle que soit la direction empruntée, elle les ramenait toujours, toujours dans les environs de Saint-Bernard-en-Haut.

Ils se trouvaient au milieu d'un bosquet de pins et d'épicéas couverts de neige, et louvoyaient lentement entre les troncs sombres, lorsqu'ils firent halte devant un ruisseau gelé. C'était un ruban sinueux de soie glacée, mystérieux et superbe, dans la pénombre féerique des frondaisons enneigées. Jake s'arrêta et tendit l'oreille.

— Qu'est-ce qu'il y a ?

— Chut.

Le silence était total. Tous les sons s'étaient figés. Il était impossible, dans le monde moderne, d'entendre un tel silence. Dans le monde d'autrefois non plus, probablement : il y avait le vent dans le désert, les insectes dans les profondeurs de la forêt, les vagues au milieu de l'océan. La nature ne tolérait pas le silence. Seule la mort l'acceptait ; et ici, le silence était complet.

Non, pas même ici, pensa Zoe. *Parce que dans un silence pareil, on entend son sang circuler dans ses veines.* Le vrai silence n'existe pas. Et de toute façon, même en cet instant, elle entendait autre chose. Elle mit un moment à comprendre ce que c'était. C'était le son de la neige. Un mécanisme gigantesque de particules microscopiques. Les milliards et les milliards de cristaux constituant une plaque de neige étaient en train de se séparer.

La neige chantait pour elle.

Son cœur s'emballa de terreur et d'extase. Elle s'apprêtait à ouvrir la bouche pour parler lorsqu'elle entendit, au loin, le jappement d'un chien.

— Tu as entendu ? demanda Jake.

— C'est Sadie ?

Il acquiesça.

— C'est forcément elle ! Ça venait d'où ?

Ils tendirent l'oreille.

Puis Zoe l'entendit de nouveau. Un unique aboiement. Elle se rapprocha du ruisseau et s'accroupit près de l'onde gelée.

— C'est fou, je sais, mais on aurait dit que ça venait du ruisseau. Est-ce que c'est possible ? Est-ce qu'un son peut se répercuter au fil d'une eau gelée ? Par exemple, si Sadie se trouvait plus haut sur la montagne, est-ce que son aboiement pourrait se diffuser le long de la glace ? Tu sais quelque chose à ce sujet ?

— Peut-être, répondit Jake d'une voix sceptique. Si un disque vinyle ou un CD peut le faire… pourquoi pas ?

Zoe écouta encore, l'oreille dirigée vers la glace. De là, dans les vagues et les spirales figées du torrent, lui parvinrent d'autres sons. Des éclats de voix humaines, des appels.

Elle se redressa.

— Qu'est-ce qu'il y a ? demanda Jake.

— Je veux partir d'ici.

— Mais…

— Il faut que je sorte de ce bosquet. Tout de suite.

Elle ne l'attendit pas. Elle orienta ses skis vers le bas de la pente et se faufila entre les troncs noirs et secs des épicéas, esquiva prestement un rocher et fila à travers les arbres, jusqu'à pouvoir quitter le bosquet qui se clairsemait et rejoindre la piste.

Là, elle attendit que Jake la rejoigne, ce qu'il fit une minute plus tard.

— Désolée. J'ai paniqué.

— C'est pas grave, dit-il. J'ai commencé à paniquer dès le premier jour. Je suis toujours en train de paniquer. Je suis juste un peu plus doué pour le cacher.

— J'ai entendu des voix.

— Des voix humaines ?

Elle hocha la tête.

— Oh, mon Dieu.

— Elles se diffusaient à travers la glace. Ça ne fait aucun doute. J'en suis sûre.

— Et le chien ?

— Pareil.

Jake fit glisser ses skis entre ceux de Zoe et l'étreignit.

— Allez. En traversant cette piste, on peut descendre jusqu'à *La Chamade*. On prendra un verre.

— Un verre qui n'aura le goût de rien.

— Je m'en souviendrai pour toi.

La Chamade était restée presque exactement dans l'état où ils l'avaient laissée. La façade donnant sur la piste était défoncée et bloquée par la neige. L'entrée principale ayant été recouverte, ils entrèrent par la petite porte. Le sol était jonché de débris et d'éclats de verre. Jake déblaya le chemin à coups de chaussures de ski, et se dirigea vers l'âtre.

Les bûches s'étaient consumées. Il n'en restait

guère qu'un tas de fines cendres grises, mais le foyer luisait toujours.

— C'est encore tiède. Après tout ce temps, c'est encore tiède.

Jake s'agenouilla devant les braises et souffla doucement. Il dénicha des morceaux d'écorce pouvant faire office de petit bois, les déposa dans l'âtre et souffla de nouveau. De petites flammes léchèrent les coins de l'écorce, qui s'embrasa. Il ajouta des brindilles et quelques instants plus tard, le feu avait repris.

— Eh bien, voilà qui est intéressant, dit-il en hochant la tête devant son œuvre.

— Quoi ?

— Ça veut dire que le temps passe, mais à un rythme… différent du nôtre.

— Le temps passe.

Ils burent, de la vodka cette fois ; Jake déclara que cela n'avait jamais eu de goût, de toute façon. Il devint maussade. Zoe se figura que l'aboiement du chien avait réveillé son chagrin. Il se mit à descendre la vodka comme si c'était de l'eau. Elle le pria de s'arrêter, mais il décréta qu'il n'était pas ivre, et cela avait l'air vrai. La boisson ne semblait produire aucun effet sur lui.

Soudain, il frissonna. Il regarda Zoe, et la lumière qui filtrait par la fenêtre joua sur ses yeux perpétuellement injectés de sang ; pendant un instant, ses iris ressemblèrent à des perles remplies d'eau.

— Oh. Depuis que c'est arrivé, dit-il, c'est la première fois que j'ai froid.

Elle aurait aimé qu'il ne prononce pas ces mots.

— Viens, proposa-t-elle. On s'en va. J'ai l'impression que le vent se lève, dehors. Peut-être que c'est ça que tu as senti.

— Peut-être.

Zoe enfila ses gants et se dirigea vers l'arrière du restaurant, les débris de verre crissant sous ses pas. Mais il ne la suivit pas. Elle se retourna et le vit verser du cognac sur le comptoir en bois.

— Qu'est-ce que tu fais ?

— Une expérience.

Il ouvrit quatre autres bouteilles d'alcool et en déversa le contenu derrière le bar. Elle le regarda, fascinée, se diriger vers l'âtre pour y attraper l'extrémité d'une bûche enflammée. Il jeta la bûche sur le bar, et l'alcool prit feu immédiatement. Les flammes parcoururent presque paresseusement la surface du comptoir jusqu'à atteindre les plus grandes flaques d'alcool. Quelques instants plus tard, un petit incendie rageait derrière le bar.

— Allons-y.

Ils se tinrent à cinquante mètres du restaurant pour le regarder s'embraser. Une épaisse fumée noire s'éleva en spirale à travers le toit.

— Est-ce que ton expérience a prouvé quelque chose ? s'enquit Zoe.

Appuyée sur ses bâtons, elle regarda les volutes s'échapper du restaurant. Le vent d'est attisait joyeusement les flammes. Le nuage noir tournoya dans les airs, dansant au-dessus du toit comme un djinn délivré de sa lampe, ou de sa prison de neige immaculée.

— Oui.

— Est-ce qu'on va rester là, à admirer l'incendie ?

— Pas besoin, non. On peut rentrer à l'hôtel.

— Tu crois que la mort nous rend tous les deux un peu cinglés ?

— Oui.

— Vas-y le premier, dit-elle. Je te suis.

Lorsqu'ils arrivèrent à l'hôtel, la tempête à venir s'annonçait déjà par le biais de violentes rafales de vent. Celles-ci faisaient claquer les bannières déployées sur le perron de l'hôtel, s'engouffraient dans les ruelles et poussaient la neige dans les fossés. Ils débattirent un moment de la nécessité d'aller désactiver tous les télésièges qu'ils avaient mis en branle. Jake déclara que cela ne servirait strictement à rien. Zoe était d'avis que le vent risquait de les abîmer, et que si c'était le cas, ils ne pourraient peut-être plus s'en servir par la suite.

— Ça n'a pas d'importance. J'ai la sensation que nous n'avons plus beaucoup de temps devant nous, de toute manière.

— Pourquoi tu dis ça ? Pourquoi ?

Le vent s'acharna sur les bannières, menaçant de les décrocher de leurs mâts. Sans un mot, Jake rentra dans le bâtiment. Zoe le suivit en se tenant le ventre.

Il se rendit à la cuisine, Zoe sur ses talons. Il s'avança jusqu'au plan de travail en inox et contempla, immobile, la viande et les légumes hachés qui étaient restés là depuis le matin de la première avalanche. Le bord des filets roses avait pris une teinte grisâtre, et la viande un reflet irisé. Les légumes paraissaient flétris. Les tiges de céleri avaient bruni, au niveau de la section bien nette du couteau. La peau des poivrons avait perdu son lustre. Les carottes avaient troqué leur belle couleur orange pour un blanc maladif.

Jake se pencha sur les tranches de viande. Il renifla. Son nez se fronça.

— On n'a qu'à tout balancer à la poubelle, suggéra Zoe.

Jake tendit le bras pour l'arrêter.

— N'y touche pas. C'est notre seule horloge.

Mais Zoe n'aimait pas ça. Elle tourna les talons et monta dans leur chambre.

Dehors, le vent avait fait place à la tempête. Celle-ci sifflait, gémissait et hurlait le long des façades et des gouttières de l'hôtel ; éplorée, mélancolique, comme si elle refusait d'abandonner sa quête de ce qu'elle avait perdu, de ce qui devait inévitablement lui revenir. Ils contemplèrent le spectacle depuis la fenêtre. Une bannière, arrachée de son mât, était partie s'enrouler autour d'un réverbère. Un panneau publicitaire était tombé en avant.

Fuyant le vacarme de la tempête, ils se réfugièrent dans le spa et tournèrent à fond les boutons du sauna. Ils se déshabillèrent et firent quelques brasses en attendant qu'il soit prêt. Zoe eut l'impression que la température de l'eau avait baissé d'un ou deux degrés, mais s'abstint de le faire remarquer. Lorsque le sauna eut terminé de chauffer, ils se glissèrent, encore humides, dans la cabine tapissée de pin. Jake versa de l'eau sur les braises artificielles.

Ils s'assirent et laissèrent la torpeur les envahir.

— Si seulement on pouvait faire quelque chose. Si seulement on pouvait influer sur le cours des événements, dit Zoe.

— On en a déjà parlé. Tout ce qu'on peut faire, c'est exister. Tant qu'on nous le permet encore.

Zoe caressa de nouveau son ventre. Une nuée de vapeur s'éleva des braises. La chaleur devenait trop étouffante à son goût.

— Ça suffit, dit-elle.

— Je ne transpire même pas, se plaignit Jake.

— Peut-être pas toi, mais moi, si.

Elle lui prit la louche des mains et la cacha derrière son dos.

— J'ai quelque chose à te dire, commença-t-elle.

— Je n'ai pas envie de l'entendre.

— Pourquoi ? C'est important.

— Non. Je sens dans ta voix que ce n'est pas quelque chose que je veux savoir. Dans ces circonstances, je préfère l'ignorer.

— Mais il faut que tu le saches. Si tu m'aimes, tu dois savoir.

— Tu crois que quand on s'aime, on doit tout se dire ?

— Oui, bien sûr.

— C'est ridicule.

— Qu'est-ce qui est ridicule, connard ? Chaque fois que je ne suis pas d'accord avec toi, ce que je dis est « ridicule ». Tu sais que tu es aussi chiant mort que vivant ? La mort ne t'a pas bonifié.

— Tu as fini ?

— À peu près, oui.

— Tu veux savoir pourquoi c'est ridicule ? Parce que deux personnes qui s'aiment ne se mettent pas à former un seul cerveau. Et il n'y a aucune raison de souhaiter ça, d'ailleurs. Penser pareil, savoir les mêmes choses. Au contraire, c'est important de rester séparés, de rester deux personnes distinctes et de s'aimer quand même. L'un est le violon, l'autre est l'archet.

— Seigneur.

— On peut inverser les rôles, mais c'est comme ça que ça marche.

— Jake, est-ce qu'il y a des choses sur toi que j'ignore ?

— Je l'espère. Et j'espère que l'inverse est vrai aussi.

— Eh bien, ça, ça ne peut pas rester secret.

— Vas-y, alors. Envoie.

Elle s'apprêtait à lui parler de l'enfant qui grandissait en elle, lorsque les lampes clignotèrent et s'éteignirent. La cabine fut plongée dans le noir complet. Ils patientèrent quelques instants pour voir si le courant reviendrait, comme la fois précédente. Ce ne fut pas le cas. Prudemment, ils sortirent du sauna et longèrent la piscine. Le clair de lune qui se reflétait sur la neige, à l'extérieur, leur permettait tout juste de voir devant eux.

— Est-ce que c'est le vent, tu crois ? demanda Zoe. Peut-être que les poteaux électriques ont été renversés.

Jake lui tendit ses vêtements sans répondre.

Ils cheminèrent dans la pénombre jusqu'à la réception. Jake savait où trouver des bougies dans le restaurant. Il abandonna Zoe un instant et revint avec une poignée de bougies, en brandissant une, allumée, devant lui. La jeune femme le suivit jusqu'à leur chambre.

À l'extérieur, la tempête se faisait de plus en plus violente ; mais le village avait été construit en prévision de telles intempéries. Ils ne constatèrent pas le moindre signe de dégâts sur les lignes électriques. Laissant quelques bougies allumées sur la table de nuit, ils se mirent au lit et s'enlacèrent tandis que le vent hoquetait, soupirait et gémissait dans les gouttières. Zoe affirma qu'elle entendait des voix parmi les rafales, des voix d'hommes qui criaient. Jake l'embrassa, la serra dans ses bras et lui conseilla de s'endormir.

Jake pouvait passer, sans prévenir et avec une rapidité déconcertante, du sage au soldat, du mari au petit garçon. C'était en partie pour cela qu'elle l'aimait. Ils firent l'amour, mais il se montra trop doux avec elle, sans qu'elle sache pourquoi. Après avoir éjaculé en elle, il rit ; et un instant plus tard, il fondit en larmes. On aurait dit qu'il était ivre. Elle l'étreignit tandis que ses sanglots, violents au début, se calmaient peu à peu. Il s'endormit.

Au milieu de la nuit, il la réveilla. Encore ensommeillée, elle le sentit qui lui secouait l'épaule.

— Réveille-toi, Zoe ! J'ai tout compris.

Elle ouvrit les yeux. Les lumières étaient allumées, mais les bougies brûlaient encore.

— Oh, le courant est revenu, remarqua-t-elle.

Jake regarda par-dessus son épaule et leva les yeux vers le plafond, comme soudain tiré d'une rêverie, ou stupéfait de découvrir qu'elle avait raison.

— Ah oui, tiens. Mais j'ai tout compris. Je sais où on est. On est à la frontière entre les lois de la physique et les lois du rêve.

— Quoi ?

— C'est exactement ça. Je me suis réveillé et je le savais.

Elle le tira vers le creux du lit, près d'elle.

— Rendors-toi, mon chéri. Rendors-toi.

— Oui.

Il obéit, instantanément. Zoe sortit du lit pour éteindre les lampes. Une lune presque pleine s'était levée derrière les nuages et diffusait sa lumière blanche, radieuse, sur le paysage enneigé. Cela lui rappela son père. Elle se coucha et contempla la lune, comme pour en extraire ses secrets, comme pour en extraire son savoir.

10

Son père lui avait dit : *« IL FAUT QUE TU T'ACCROCHES au moindre instant de ta vie, Zoe, parce qu'elle s'enfuit, elle s'enfuit très vite. »* Et il était bien placé pour le savoir : il avait perdu ses deux parents alors qu'il n'était encore qu'un gamin en culotte courte, puis un frère dans un accident de voiture, et une sœur délicieuse qui avait glissé sur du verglas en allant à l'église ; elle s'était peut-être bien fendu le crâne en deux, il n'en était plus très sûr… Et enfin, bien entendu, la propre mère de Zoe. *« Tout peut se terminer d'un coup, Zoe, d'un coup, comme ça. »*

Il avait alors illustré son propos par un claquement de doigts.

Zoe était venue chez lui pour décorer le sapin. Elle décorait son sapin chaque année, depuis la mort de sa mère. Ils avaient eu un désaccord à ce sujet, sans vraiment se disputer. Mais Archie lui avait demandé pourquoi elle se donnait cette peine, étant donné qu'il ne passerait pas Noël à la maison. Zoe avait répondu que ce ne serait pas pareil, sans sapin.

Archie, ingénieur à la retraite, était originaire de Dundee ; c'était un prolétaire qui s'en était bien sorti. Il habitait un bungalow dans un lotissement pour retraités, ayant vendu la maison confortable qu'il possédait et offert ce qu'il restait des bénéfices à Zoe et à Jake, afin qu'ils puissent s'acheter la leur. Le lotissement employait un gardien, qu'un système d'alarme permettait d'avertir en cas de chute ou de tout autre problème. Archie avait immédiatement désactivé l'alarme en bougonnant que c'était très vexant.

Oui, accroche-toi au moindre instant, Zoe.

Mais un instant, qu'est-ce que c'était ? L'écume à la crête d'une vague ensoleillée ? La queue d'un renard disparaissant dans les buissons ? L'éclat d'une météorite dans le ciel d'une nuit d'août ? Tout se termine ou se transforme. Zoe ne pensait pas qu'on puisse figer un instant, ni s'y accrocher.

Archie la regardait décorer le sapin de Noël, les poings sur les hanches. Il était le genre de type à ne porter que des manches courtes, par tous les temps. Ainsi, on pouvait admirer ses bras velus et bronzés ; mais Zoe savait que ce n'était pas par vanité qu'il portait des manches courtes. C'était parce que les manches longues s'empêtraient partout et qu'il fallait sans arrêt les retrousser.

Archie s'était offert un séjour hivernal dans un hôtel en Tunisie, avec deux copains du club de bowling. Jake devait passer les chercher le lendemain matin pour les emmener à l'aéroport. Archie prétendait qu'il était inutile que Zoe décore le sapin de Noël parce qu'il n'y aurait personne pour le voir.

— Si un arbre tombe dans les bois sans personne pour le voir, est-ce qu'il fait quand même du bruit ? demanda Zoe.

— De quoi ?

Zoe savait qu'Archie ne voulait pas de sapin parce qu'il avait de plus en plus de mal, chaque année, à supporter les souvenirs.

Le sapin de Noël, chez eux, avait toujours été unique. Différent de ceux des autres familles. Plutôt que d'y accrocher des boules colorées, on y suspendait des souvenirs. Tout avait commencé à la naissance de la grande sœur de Zoe, trente-quatre ans auparavant. Ses parents s'étaient mis à accrocher au sapin des objets représentant les événements significatifs de leurs vies. Chaque anniversaire, chaque commémoration, chaque séjour en famille y avait sa place. Lorsqu'ils partaient en vacances, ils achetaient quelque chose à suspendre au sapin. Lorsque les enfants réussissaient un examen, ou franchissaient toute autre étape importante de leur vie, un objet symbolique y trouvait sa place. Il y avait des cadeaux de baptême en argent, un minuscule chausson de danse, une boîte argentée contenant toutes leurs dents de lait, une médaille de natation, des coquillages et des cailloux ramassés sur des plages et percés d'un trou par Archie, des amulettes achetées à des marchands ambulants dans des lieux exotiques… et petit à petit, il n'était plus resté de place pour les boules colorées, comme le sapin devenait une carte de leurs souvenirs, partagés ou non. Des instants terminés ou transformés, suspendus aux branches.

C'était un Arbre de Vie, littéralement. Et Archie avait de plus en plus de mal, chaque année, à le regarder.

Il l'observa tandis qu'elle décorait le sapin, et décolla les poings de ses hanches pour les enfoncer dans les poches de son pantalon.

— Ah, on n'est que des flocons sur un gril, ma petite fille. Des flocons sur un gril.

— Tu ne sais pas ce qu'il y a, après, dit Zoe en enroulant un bracelet sur une branche de l'épicéa. Personne ne le sait.

— Personne ne tient à le savoir, tu veux dire. Personne n'a envie de savoir. C'est rien qu'une longue descente dans le noir, avec les yeux fermés et les oreilles bouchées. Bon, de toute façon, l'important, c'est pas où on va. C'est ce qu'on laisse derrière soi. Tu sais, le musulman, il…

— Tu me l'as déjà dit, papa.

Archie ne s'interrompit pas pour autant. Il parlait toujours du « musulman », comme s'il n'y en avait qu'un.

— Eh bien, le musulman, il dit qu'on doit creuser un puits pour les générations qui viennent après soi. Ça me plaît bien, ça. J'aime bien.

Archie avait creusé ses puits. Il avait construit des ponts, et avait été responsable de l'édification de deux barrages importants à l'étranger. Archie n'avait jamais eu besoin qu'on lui dise de retrousser ses manches.

— Personne ne sait, insista Zoe. C'est le plus grand des mystères.

— Ah, tu dis ça, mais…

Zoe attendit qu'il continue, même si avec Archie, les « mais » ne débouchaient jamais sur rien.

Il reprit alors :

— Ta mère, par exemple. Elle n'y croyait pas non plus. Tu sais, il y a des gens qui disent qu'ils sont hantés par un fantôme ? Eh bien ta mère, elle m'avait promis que s'il y avait un au-delà, elle ne reviendrait jamais, jamais pour me hanter. Comme ça, si ça m'arrivait un jour de la voir sous forme de fantôme, je saurais que c'est dans ma tête.

— Et alors, tu l'as vue ?

Archie soupira et s'assit dans son fauteuil préféré. Il s'y enfonça, étira ses jambes et parut fixer un point sur le mur. Après un moment, il répondit :

— Partout.

Zoe s'arrêta de décorer le sapin et s'agenouilla aux pieds d'Archie, posant la tête sur son genou. Il passa la main dans ses cheveux, comme quand elle était petite fille.

— Partout. Il m'a fallu trois ans pour arrêter de sortir deux tasses du placard quand j'avais envie de faire du thé. Elle était derrière moi. Ou quand je sortais du bain, elle me tendait une serviette. Ou alors j'étais en train de regarder la télévision et quelque chose me faisait rire, ou bien j'avais envie de dire : « C'est pas croyable, hein ? » et je levais les yeux vers elle. Elle était partout.

— Papa…

— Et après, ça se dissipe, et tu ne voudrais pas que ça se dissipe, mais ça devient dur de se souvenir. Et parfois, tu as besoin d'aide pour te souvenir. J'adore ce sapin et je le déteste, mais… Allez hop, debout, finis le travail.

Archie avait le goût du travail bien fait.

Lorsque le sapin fut terminé, elle l'aida à faire sa valise, bien qu'il n'ait pas besoin de son aide.

— Jake passera te chercher à 7 heures du matin. Tu l'as dit à Bill et à Éric ?

— C'est gentil de sa part. Il n'était pas obligé, tu sais…

— Ça lui fait plaisir. Il t'aime bien.

— C'est gentil de sa part. Vous êtes trop gentils avec moi, tous les deux.

— Je sais. Tu devrais te raser. Allez, embrasse-moi, il faut que j'y aille.

— Ça s'est bien passé, le départ ? demanda-t-elle à Jake à son retour de l'aéroport, le lendemain. Je lui ai trouvé l'air fatigué, hier.

— Fatigué ? On aurait dit trois ados. Ils ont

prévu je ne sais combien de tournois de bowling et de thés dansants. Ils ont bien l'intention de ferrer quelques mamies. Ne sois pas surprise s'il te ramène une copine.

— Tant qu'elle a plus de seize ans, pas de problème.

Une semaine plus tard, deux jours avant Noël, on célébra le trentième anniversaire de Zoe. Le couple invita quelques amis à dîner. Ils burent beaucoup et rirent trop fort. Puis, au moment du café, quelqu'un déclara que le trentième anniversaire était un des plus importants, et toute la tablée acquiesça. Quelqu'un d'autre dit que c'était la première fois qu'on entendait la cloche.

— Quelle cloche ? demanda un autre.

Mais ils savaient tous de quelle cloche il s'agissait. À cet âge-là, on avait déjà fait quelques tours, observa quelqu'un ; mais c'était la première fois qu'on entendait vraiment la cloche. Il y en avait une à sept ans, qu'on n'entendait pas parce qu'on était trop jeune. Il y en avait une autre à quatorze ans, mais on ne l'entendait pas non plus, trop occupé qu'on était à regarder derrière soi. Encore une à vingt et un ans, qu'on n'entendait pas par-dessus le son de sa propre voix. Et puis une à vingt-huit ans, que pour une raison mystérieuse on mettait deux ans à entendre. Mais à ce moment-là, s'accorda l'assemblée, c'était sûr qu'on l'entendait bel et bien.

— Ton job pourri, dit quelqu'un.

— Les bébés, ajouta une des femmes.

— Les amants, les amis, les voyages, continua une autre.

— Les parents qui vieillissent.

Bong.

— Toutes les choses que tu n'as pas faites. Que tu ne feras peut-être jamais.

Bong.

Et dans le silence qui suivit la cloche, quelqu'un dit :

— Joyeux anniversaire, Zoe, on t'adore !

— Oui, joyeux anniversaire.

— Joyeux anniversaire.

Après le départ de leurs hôtes, Zoe et Jake nettoyèrent les reliefs du dîner et montèrent se coucher. Jake s'écroula sur le lit et s'endormit aussitôt. Zoe avait la tête qui tournait, à cause du vin. Elle s'allongea, mais sa tête tournait toujours comme une toupie, aussi elle tendit la jambe et posa son pied à plat sur la moquette pour tenter de freiner la rotation de la chambre. Finalement, elle s'endormit.

Elle fut réveillée, quelques heures plus tard, par quelqu'un qui lui braquait une vive lumière dans la figure. Elle s'assit et scruta ce qui l'éblouissait en papillonnant des yeux, une main devant le visage.

— Qui c'est ?

Elle ne reçut pas de réponse.

Elle regarda Jake par-dessus son épaule. Éclairé par la lumière, il dormait toujours paisiblement.

— Qui est là ? tenta-t-elle encore.

Personne ne répondit.

Elle passa les jambes hors du lit et c'est à ce moment qu'elle s'aperçut que la lumière ne venait pas de l'intérieur de la chambre. Elle s'infiltrait par la fenêtre. Jake n'avait pas bien fermé les rideaux avant de s'effondrer, et cette lumière baignait à présent la pièce. Zoe marcha jusqu'à la fenêtre.

C'était la lune. Pâle, éblouissante et très basse dans le ciel, elle semblait d'une taille surnaturelle, comme une énorme baie de gui, ou une boule nacrée sur un sapin de Noël. Zoe hoqueta. Sa lumière paraissait laiteuse, liquide, collante même. Zoe distinguait parfaitement l'ombre des cratères à la surface de l'astre. C'était presque comme un œil fixé sur elle, l'observant depuis ce ciel sans nuages, lointain mais néanmoins curieux. Jamais elle n'avait vu la lune descendre si bas dans les cieux. Elle avait l'air à deux doigts de s'écraser au sol.

On entendait de la musique au loin, une douce mélodie orchestrale, flottant au-dessus des toits. Zoe supposa que quelqu'un d'autre avait invité des amis à dîner. La musique enfla puis s'évanouit, comme emportée par une brise.

Par-dessus son épaule, elle observa son mari endormi et envisagea de le réveiller ; mais elle écarta cette idée, de peur de briser l'instant. Elle resta donc près de la fenêtre, agrippant d'une main l'ourlet du rideau, à contempler la lune en retenant son souffle.

Elle ignorait combien de temps elle avait passé à l'admirer, mais au bout d'un moment, sans que rien ne semble bouger ni que l'écoulement du temps ne se fasse sentir, la lune parut se retirer, s'estomper, et retrouver un degré de beauté ordinaire.

Zoe retourna se coucher et continua, allongée, à regarder par la fenêtre. Elle finit par se laisser glisser de nouveau dans le sommeil.

Le lendemain matin, au petit déjeuner, tandis qu'ils se préparaient tous deux à partir au travail, elle décrivit à Jake ce qu'elle avait vu.

— Tu aurais dû me réveiller.

— Oui. Maintenant, je ne saurai jamais si j'ai rêvé ou non.

Il s'apprêtait à répondre lorsque le téléphone sonna. C'était Éric, l'ami d'Archie, qui téléphonait de Tunisie.

— Zoe, ma grande, je voudrais que tu t'asseyes, commença Éric.

Lorsqu'il dit cela, Zoe avait déjà tout compris.

— Je suis désolé, ma chérie. Je suis désolé.

— Quand ?

— Bill et moi ne l'avons pas vu au petit déjeuner, alors nous sommes montés dans sa chambre.

— Je vois.

— Je veux que tu saches combien il était heureux hier soir. Combien il était heureux. Nous sommes allés à un thé dansant, l'après-midi. Il n'arrêtait pas de rigoler. Nous avons dansé avec des femmes charmantes. Puis le soir, nous avons très bien dîné, et nous avons bu du vin, et ensuite nous sommes allés faire une promenade sur le front de mer. La lune était incroyable, cette nuit. Magnifique.

— Je sais.

— Archie dansait. Il faisait valser une cavalière imaginaire le long du remblai. Il n'était pas ivre, tu connais ton papa. Mais il n'arrêtait pas de dire : « Regardez la lune, regardez la lune, les gars ! » Tu es là, ma chérie ? Tu es là ?

— Oui.

— « Regardez la lune », il disait. Je ne l'avais jamais vu si heureux, ma chérie. Bill est aussi de mon avis. C'était un homme délicieux, Archie. Un homme délicieux. Je suis désolé.

— Il n'a pas pu s'en empêcher, commenta Zoe. Il a fallu qu'il me rende visite, malgré lui.

— Qu'est-ce que tu racontes, ma chérie ?

— Rien.

— Il fallait que je t'appelle. On l'aimait tant. Tu es là, ma grande ?

Jake, qui la regardait lorsque ses larmes se mirent à couler, lui prit le téléphone et lui tint la main en poursuivant la conversation avec Éric, tout doucement.

Éric et Bill avaient insisté pour s'occuper de tout. L'assurance d'Archie était à jour ; ils traitèrent avec les autorités, signèrent les papiers et firent renvoyer Archie chez lui dans un cercueil de zinc, conformément à la réglementation. Sa dépouille fut incinérée dans le cimetière local. Il fut honoré par une cérémonie laïque.

Zoe laissa le sapin de Noël dans son bungalow jusqu'à la nuit précédant l'Épiphanie, comme le voulait la tradition. Puis elle rangea soigneusement tous les souvenirs qu'elle y avait accrochés. Elle rassembla ses vêtements en bon état dans des sacs à destination d'une organisation caritative, et demanda à Bill et à Éric de prendre ce qu'ils voulaient parmi ses outils. Elle se mit de côté quelques affaires et leur donna les boules de bowling d'Archie, pour qu'elles servent à quelqu'un du club.

Éric lui parla de quelque chose qu'elle avait dit, le matin où il lui avait téléphoné de Tunisie.

— Tu as dit qu'il était revenu te voir, malgré lui. Que voulais-tu dire ?

Elle leur raconta donc l'histoire de la lune. Éric et Bill la regardèrent en ouvrant des yeux comme des soucoupes, sans dire un mot.

Zoe garda la boîte contenant les décorations de Noël, afin qu'elle et Jake puissent perpétuer la tradition et accrocher à leur sapin des souvenirs radieux. Elle sortit acheter un disque couleur de lune pour commémorer le décès d'Archie, et au fil des années qui suivirent, son regard se posa bien des fois sur le disque accroché au sapin, sans que jamais cette vision ne la rende triste.

11

Le vent s'était calmé et la station tout entière semblait avoir été ratissée, comme raclée par les griffes d'un râteau géant. La neige avait été soufflée et s'amoncelait le long des portes et des immeubles ; le côté des voitures qui faisait face au vent avait été nettoyé de la glace et de la neige qui le recouvraient ; et le village entier paraissait avoir été poussé d'un millimètre vers l'arrière. On aurait dit qu'il venait d'émerger de sa torpeur et découvrait avec surprise, d'un œil ensommeillé, le soleil du matin.

Le moindre nuage avait été chassé d'un ciel qui était désormais éblouissant, couleur lapis-lazuli, le bleu du masque mortuaire d'un pharaon. Le soleil ressuscité, quant à lui, s'était paré d'or blanc.

— Aujourd'hui, je vais skier pour la dernière fois, déclara Jake.

— Ah ?

— C'est magnifique. Les conditions sont absolument parfaites. On n'aura plus jamais un jour comme celui-ci. Je voudrais finir sur cette note-là.

— Mais pourquoi « finir » ?

Zoe ne parvenait pas à dissimuler le léger tremblement dans sa voix. C'était comme si Jake lui annonçait qu'il avait cessé d'y croire.

— Pourquoi ne pas skier autant qu'on peut ?

— Je pense que le temps nous est compté. Je ne pourrais pas t'expliquer pourquoi. Je le sens, c'est tout. Et je n'y prends plus plaisir.

Zoe ne protesta pas. Jake paraissait résigné. Mais elle ne le croyait pas ; elle ne pouvait pas le croire. Ce n'était pas la fin. Il était retourné dans la cuisine, ce matin, et l'avait informée en revenant que le bœuf sur le plan de travail commençait à sentir mauvais. L'horloge de Jake tournait. Mais celle de Zoe, après tout, tournait à rebours dans son ventre.

Elle faisait toujours des tests, régulièrement, et chaque fois le résultat était positif. Le bébé vivait toujours en elle et elle savait, sans besoin de test pour le confirmer, qu'il grandissait. Il n'était peut-être pas plus grand qu'un ongle, qu'un croissant de lune dans l'immensité du ciel, mais elle sentait sa ponction, elle le sentait se nourrir du moindre battement de son cœur. Tant qu'il grandissait, tant qu'il bougeait – et elle se fichait bien de l'âge du fœtus : elle percevait en elle un mouvement d'ailes de papillon dont aucun docteur ne pourrait jamais la convaincre qu'il s'agissait de gaz ou de maux d'estomac – alors ce ne pouvait être la fin pour eux.

Elle aurait voulu le hurler à Jake, mais elle n'en

avait pas la force. Cela lui semblait absurde de philosopher sur leur situation. Elle refusait que cette « mort » ne soit qu'une interminable succession de débats. Elle savait que ce bébé était en elle, vivant, et qu'il arriverait à son terme. Elle ignorait ce qui se passerait alors. C'était tout simplement impossible d'imaginer être morte et enceinte à la fois. Sauf si Jake avait raison, et qu'ils n'étaient tous que les rejetons malformés de la physique et du rêve.

Jake était sorti de l'hôtel et chaussait ses skis. Zoe traversa lentement le vestibule pour le rejoindre. Tandis qu'elle avançait vers les portes de verre, un de ses gants de ski lui échappa des mains et elle se baissa pour le ramasser.

À cet instant, elle entendit le souffle caractéristique des freins d'un bus haut de gamme, et lorsqu'elle se redressa, son gant à la main, elle faillit le laisser tomber une seconde fois. Le bus était là, garé devant l'hôtel, et une foule bavarde avait de nouveau envahi le vestibule. La pièce résonnait d'éclats de voix. Zoe sentit la chaleur de leurs corps agglutinés près de la réception. Tous conversaient avec beaucoup d'animation.

Elle se retourna pour faire face à la réception et vit les trois mêmes femmes au même endroit, dans leurs uniformes élégants, chacune exécutant les mêmes gestes que la première fois. La jeune femme à queue de cheval pressait le téléphone contre son oreille. La femme aux cheveux auburn et aux lunettes à montures noires s'occupait d'un paiement par carte de crédit, et la troisième réceptionniste luttait pour déchiffrer les paroles du responsable en costume gris par-dessus le vacarme.

Les personnes qui composaient la foule portaient pour la plupart des combinaisons de ski, à l'exception des nouveaux arrivants qui s'avançaient en tirant leurs valises à roulettes. Bien qu'elle ne se trouve pas au même endroit dans le vestibule, le même homme lui adressa un clin d'œil en passant devant elle, suivi de la même bouffée d'eau de Cologne. Elle dut baisser les yeux pour s'assurer qu'elle n'était pas vêtue, comme la première fois, que de son peignoir de bain ; mais non, cette fois, elle était convenablement habillée pour aller skier. Elle se tourna de nouveau vers la réception. Les deux Anglaises étaient là, et parlaient d'une avalanche.

Zoe sentit son souffle devenir de plus en plus court. Elle regarda dehors à travers les portes de verre, pour tenter d'apercevoir Jake. Mais la foule si dense et le bus qui venait d'arriver l'empêchaient de distinguer la route.

Déboussolée, elle s'apprêtait à parler aux deux Anglaises près de la réception, mais à cet instant le concierge derrière son bureau de bois blond leva les yeux et croisa son regard. Il haussa les sourcils d'un air interrogateur, puis ouvrit de grands yeux, comme s'il venait seulement de se souvenir de quelque chose.

— Madame ! l'appela-t-il. Madame !

Il leva le bras bien haut, et agita les doigts en direction de Zoe pour lui signifier de s'approcher.

Zoe resta d'abord médusée face au concierge, qui lui souriait tout en continuant de lui faire signe. Puis elle fut certaine qu'il ne l'appelait pas, elle ; qu'il s'adressait en réalité à quelqu'un d'autre derrière elle, peut-être à un client qui se trouvait devant la réception. Elle se tordit le cou pour regarder par-dessus son épaule.

Mais il n'y avait personne derrière elle. Personne.

Les Anglaises, les trois réceptionnistes, leur responsable et les clients qui faisaient la queue devant le bureau avaient tous disparu. Les conversations animées s'étaient brusquement éteintes. Même le parfum de l'eau de Cologne s'était évanoui dans l'espace.

Zoe se retourna et le concierge avait disparu, lui aussi, de même que les autres skieurs et clients de l'hôtel, ainsi que le bus de luxe qui s'était garé à l'extérieur. Elle voyait, maintenant, à travers les portes de verre, Jake qui l'attendait.

Elle resta figée quelques secondes, puis jeta un dernier coup d'œil au bureau de réception désert avant de quitter l'hôtel. Jake était campé sur ses jambes écartées, les bras croisés. Il lui sourit. Il était évident qu'il n'avait rien vu.

— Ça va ?

— Oui, répondit Zoe.

Depuis le sommet de la montagne, le disque d'or du soleil rayonnant derrière elle, Zoe regarda skier Jake. Il s'était lancé le premier sur la piste et décrivait des virages parfaits, sculptant la neige, attaquant la pente. Son ombre longiligne le précédait, comme un être doté d'une volonté propre. Elle ne l'avait jamais vu skier avec une telle aisance. Il semblait avoir atteint une forme de perfection technique. Bien qu'elle ait toujours été meilleure que lui, il ne faisait aucun doute à présent qu'il l'avait surpassée. Elle le regarda filer entre les arbres le long de la courbe, et disparaître derrière un monticule de neige.

Elle se lança à sa poursuite, déterminée à le rattraper. Mais ses premiers virages furent lourds et maladroits. Lorsqu'elle laissa les pointes de ses skis se croiser, elle dut s'arrêter pour reprendre ses esprits. Exaspérée, elle se dit que si Jake n'avait cessé de se perfectionner, elle-même semblait avoir régressé. Peut-être devait-elle ce malaise à sa nouvelle hallucination dans le vestibule. Ou peut-être était-ce la présence du bébé qui l'exhortait inconsciemment à la prudence. La moindre chute pouvait représenter un danger. C'était une bonne raison de ne pas vouloir défier trop violemment la piste.

Le silence angoissant de l'endroit la prit par surprise. Les épicéas et les pins, toujours couverts de neige, étendaient leurs branches en un ballet figé. Nichées sous leurs frondaisons, des chapelles sombres et arides diffusaient un encens fantomatique. Zoe aspira profondément l'air glacial, aussi âcre que du vin. *Grandis, mon bébé, grandis. La mort ne nous aura pas.*

Elle s'était parlé à elle-même sur un ton de défi, mais songea ensuite qu'elle venait peut-être de déclencher la colère d'un dieu des Enfers. Elle porta son regard en direction de la pente. Son ombre s'étirait devant elle sur une douzaine de mètres. Puis elle remarqua un mouvement, presque imperceptible, à la frontière de son champ de vision.

Sur sa droite se trouvait un groupe d'ombres, de forme vaguement humaine, qui se balançaient doucement. Leurs silhouettes sombres se découpaient clairement sur la neige devant elle. Elle cessa de respirer. Elle n'osait pas tourner la tête pour regarder derrière elle. Là, elle sentait la présence de plusieurs êtres vivants. Peut-être des humains. Peut-être pas.

Elle garda les yeux rivés sur les ombres qui se balançaient, convaincue qu'ils ignoraient qu'elle les avait repérés. Elle eut la chair de poule. Sa peau lui parut soudain très froide et très rugueuse, comme du papier de verre. Elle sentit le fluide qui recouvrait ses yeux se figer.

Ils étaient cinq ou six peut-être, blottis les uns contre les autres. Il lui sembla incroyable qu'ils ne l'aient pas vue. Elle les entendit parler, murmurer doucement. Elle étudia les contours de leurs silhouettes sur la neige immaculée. Ils étaient de forme humaine, sans aucun doute ; mais ils avaient des membres supplémentaires, comme de longs bâtons ou de minces trompettes jaillissant devant eux, peut-être de leurs bouches. Ils bougeaient, avançant dans sa direction, et pourtant ils ne semblaient jamais se rapprocher.

Zoe était déjà prête et empoignait fermement ses bâtons. Elle s'étira un peu, crispa et relâcha les muscles de ses pieds dans ses chaussures, et se prépara à foncer le long de la piste à une vitesse jamais atteinte auparavant. Au dernier moment, elle arracha son regard aux ombres mouvantes et, d'un geste d'une hardiesse insensée, elle tourna la tête pour affronter ses adversaires.

Elle faillit tomber à la renverse. La piste était déserte.

Derrière elle, elle vit la crête d'où partait la piste, et derrière la crête, la corne immense et intimidante d'une cime enneigée, jaillissant vers le ciel bleu pour l'empaler. Au-delà, le soleil implacable.

Les ombres aussi s'étaient évanouies. Elle chercha quoi que ce soit susceptible de former une ombre, mais il n'y avait rien. Quelques secondes plus tôt, des personnes – ou des choses – s'étaient trouvées derrière elle. Elle avait senti leur souffle. Elle avait perçu le murmure de leurs voix. Désormais, rien. Rien que la corne de la montagne qui parut acquiescer dans sa direction, avec indifférence.

Elle resta immobile, en état de choc. L'idée qu'elle était parvenue à imaginer la présence d'autres personnes – d'autres êtres vivants – était insupportable. Leurs ombres mouvantes s'étaient découpées sur la neige blanche. Leurs voix avaient résonné dans l'air glacial. Leurs souffles lui avaient presque chatouillé la nuque.

À présent, leur absence était presque aussi atroce que leur présence. Pour la première fois, elle se demanda si cet endroit pourrait être habité non pas par d'autres gens, non pas d'autres fantômes, mais par des êtres qu'elle pourrait appeler des démons. Il fallait à tout prix qu'elle rattrape Jake. Elle resserra sa poigne sur ses bâtons et fit pivoter ses skis dans la neige.

Puis son téléphone sonna derechef.

Le son fit s'évanouir sa terreur et en déclencha une autre. La mélodie enjouée provenait de la poche intérieure de son blouson. En un éclair, elle leva une main gantée jusqu'à son col et se mit à tripoter la fermeture, mais ses doigts matelassés n'étaient pas assez fins pour tirer sur la languette. Elle avait peur de ne pas réussir à s'emparer du téléphone avant que son interlocuteur ne raccroche.

Elle lâcha son bâton de ski et arracha le gant de sa main droite tandis que la sonnerie s'intensifiait dans son blouson. Elle défit la fermeture et fourra les doigts dans sa poche, finissant par les refermer sur le contour froid et métallique du téléphone. Elle ouvrit le clapet et pressa l'appareil contre son oreille.

— Allô ? Allô ? Qui est-ce ?

Il s'agissait de la même voix que la dernière fois. Une voix d'homme, rauque, et parlant dans une langue ou avec un accent qu'elle ne parvenait pas à déchiffrer. La ligne était mauvaise. Le son était comme étouffé, lointain, et l'homme semblait répéter les mêmes phrases encore et encore.

— Je ne vous entends pas ! S'il vous plaît ! *Je ne comprends pas !*

La voix aboya un ordre ou une expression.

— *Encore !* Répétez ! Oh mon Dieu ! S'il vous plaît ! Qui êtes-vous ?

L'homme parla de nouveau. Il lui sembla qu'il répétait les mots « *la zone, la zone* ». Mais la ligne grésillait. Elle était incapable de comprendre ce qu'il disait. Il aurait aussi bien pu l'appeler depuis la face cachée de la lune.

La ligne fut coupée.

« *La zone* ». Ou alors « *La Zoe* » ? Non, non. Cela ressemblait plus à « *la zone* ». Il avait bien pu dire ça. C'était fort possible. « La zone ». Mais que voulait-il dire par là ?

Zoe aligna ses skis sur la ligne de pente et les laissa fendre la neige duveteuse. Elle parcourut des centaines de mètres en quelques secondes. Jake l'attendait.

— Jolie descente, la complimenta-t-il comme elle décrivait une boucle pour s'arrêter près de lui.

Elle le regarda. Ses grosses lunettes dissimulaient ses yeux, faisant ricocher les vifs rayons du soleil sur le verre bleuté. Elle se demanda jusqu'à quel point elle devait se montrer sincère avec lui.

— Ça va ?

— Le téléphone a sonné de nouveau.

— Quoi ?

— Même voix. Mêmes paroles incohérentes.

— Ça ne va pas du tout, en fait. Tu n'as pas…

— Non, je n'ai pas halluciné. Pourquoi est-ce qu'il sonne toujours quand tu n'es pas là ? Je vais te donner mon téléphone. Comme ça, la prochaine fois, c'est toi qui t'en occuperas.

— Non, garde-le. J'ai le mien.

— J'ai eu l'impression qu'il disait « *la zone* ». La zone. Mais je me trompe peut-être. Je ne sais pas. C'était tellement assourdi et lointain.

— La zone…

— Peut-être.

— Allez. Ça suffit. On rentre.

Ils n'eurent pas d'appétit, ce soir-là. Jake inspecta une fois encore les légumes et la viande dans la cuisine, et affirma en revenant qu'ils commençaient enfin à pourrir. Les tiges de céleri avaient bruni. Une patine grise recouvrait peu à peu les morceaux de pomme de terre. Mais tout cela continuait de se produire à un rythme extrêmement lent.

Ils sortirent dans un bar. Ils dénichèrent un CD des Kinks et burent un malbec riche, sombre et juteux ; mais ils n'avaient pas le courage de se remémorer le goût du vin, ni les sensations que provoquait l'ivresse. La musique qu'ils aimaient ne leur procura que peu de plaisir, car ça aussi, ils étaient obligés de se le rappeler. À court de sujets de conversation, ils rentrèrent tôt et se douchèrent.

Zoe remarqua l'érection de Jake alors qu'il se séchait. Elle fit un commentaire à ce propos.

— C'est bizarre. Je bande tout le temps, ici.

— Tout le temps ?

— Oui. Enfin, sauf quand on vient de faire l'amour, mais ça ne dure pas longtemps.

— Tu aurais dû me le dire.

— Mon cœur, je ne peux pas être en toi tout le temps. Tu sais que tu n'aimerais pas ça.

Elle haussa les sourcils en le regardant.

Leur vie sexuelle était depuis longtemps réglée comme une horloge. Zoe n'avait jamais utilisé le sexe, comme le faisaient certaines femmes, afin d'obtenir gain de cause dans d'autres domaines. Mais elle ne s'était jamais soumise à lui non plus. Elle avait toujours gardé le contrôle. Le sexe n'était pas rationné, mais il n'était pas non plus exempt de contraintes. Il aimait la prendre par-derrière ; pas elle. Il aimait faire ça à l'extérieur ; elle n'était pas trop pour. Il aimait qu'elle s'assoie à califourchon sur lui ; elle préférait les positions plus conventionnelles. Il avait quelquefois suggéré qu'ils se déguisent ; elle trouvait cette idée grotesque.

— Je t'ai beaucoup déçu, de ce point de vue, pas vrai ? dit-elle.

— Mais non, contra-t-il.

— J'étais paresseuse.

— C'est faux.

— Ça ne veut pas dire que je ne t'aimais pas.

— Je le sais bien.

— Le sexe n'est pas une manière de mesurer l'amour. Parfois, il n'a rien à voir avec l'amour. Rien du tout.

Jake s'assit sur le lit, enroulé dans sa serviette, et passa un bras autour des épaules de Zoe.

— Pourquoi est-ce que tu me dis tout ça ? demanda-t-il.

— Parce qu'ici, j'ai l'impression que tout ce que je dis doit compter et avoir un sens.

— Ce n'était pas le cas, avant ?

— Non. Pas toujours. Je ne faisais pas attention à ce que je disais. Ni aux décisions que je prenais. Je ne faisais pas attention.

— Peut-être que ça n'a plus d'importance.

— Oh, si. Tout est important. Et ici, les règles ne sont pas les mêmes.

— Ici, on invente les règles au fur et à mesure, j'ai l'impression.

Elle soupira. Elle savait que ses paroles l'avaient un peu déprimé. Tout ce qu'il voulait, c'était baiser, et elle l'avait démoralisé. Mais s'ils ne faisaient pas l'amour ce soir, ce serait leur première pause depuis l'avalanche. Zoe ne voulait pas laisser une telle chose se produire. Si une nuit s'écoulait ainsi, le jour suivant pourrait bien l'imiter, de même que la nuit suivante. Et la plus grande peur de Zoe, c'était l'écarteur.

Elle n'aurait pas su dire exactement quand elle avait commencé à sentir la présence de l'écarteur.

Cela s'était peut-être manifesté dès les premiers jours, quand ils s'étaient disputés sur la manière de quitter cet endroit. Mais il lui semblait qu'une force, une puissance magnétique ou antimagnétique faisait tout ce qu'elle pouvait pour s'insinuer discrètement entre eux deux. Une fois de plus, c'était comme une loi de la physique, comme une énergie ancrée dans cet endroit, qui essaierait à la manière d'une rivale de les manipuler pour provoquer leur séparation, par des moyens presque imperceptibles et insidieux.

Sa grossesse était intimement liée à cette sensation. Elle effectuait toujours des tests, de manière obsessionnelle. Et à chaque résultat confirmant l'existence de ce bébé qui grandissait en elle, elle devenait un peu plus sensible à l'éventualité d'une séparation entre elle et Jake. Cela n'avait rien à voir avec l'amour ou le désamour. L'amour et la tendresse qu'elle ressentait pour lui, ainsi que le besoin qu'ils avaient l'un de l'autre dans ce monde de ténèbres, n'avaient fait que s'intensifier. Mais quelque chose travaillait à anéantir cette force-là. Si l'amour était une force gravitationnelle, cet endroit contenait une force centrifuge, qui tirait sur son âme.

Elle voulait s'armer contre cette force centrifuge, et le sexe faisait partie de son arsenal. Elle posa sa main à plat sur le rebondi du ventre de Jake, puis se pencha pour lécher le point sensible juste au-dessus de son pubis, car cela lui déclenchait toujours un spasme. À ce contact, le pied de

Jake fouetta l'air. Elle cracha dans sa main et se servit de cette salive pour le masser, juste sous le gland. Elle resserra la main. Sa queue durcit sous ses doigts.

Elle la glissa dans sa bouche et fit passer sa langue autour du gland ; comme sa queue durcissait davantage et gonflait dans sa bouche, elle sentait en contraste le corps de Jake s'abandonner à elle et s'amollir de plus en plus. Il se laissa tomber en arrière, conquis, soumis à sa volonté. Elle lâcha sa queue et s'assit à genoux, passant une jambe au-dessus de lui pour le chevaucher. À l'extérieur, la clarté hivernale s'était teintée d'un bleu mystérieux que Zoe trouvait presque fluorescent, ultraviolet même. Cette lueur éclairait les dents de Jake, les blancs de ses yeux injectés de sang, et donnait à sa peau des reflets hâlés.

Il lui avait dit, une fois, qu'elle était si sensuelle de nature qu'elle aurait pu faire jouir un mort ; elle était en train de le prouver. Elle se laissa descendre pour s'empaler sur lui, hoquetant lors de cet instant d'abandon durant lequel les muscles de son vagin se détendaient pour l'accueillir en elle. Elle se pencha en avant, laissant ses longs cheveux tomber sur le visage de Jake, inspirant le parfum de ses cheveux à lui, de sa transpiration. L'odeur de baise emplissait la pièce, tournoyant autour d'eux comme une fumée, comme un fantôme. Elle s'appuya du bout des doigts contre le mur blanc, au-dessus de la tête du lit, afin de mieux pouvoir s'élever et s'abaisser sur lui. Elle le baisait violemment, avec colère, avec quelque chose de désespéré, comme si ce devait être la toute dernière fois. La tête de lit heurtait le mur avec fracas au rythme de ses coups de reins, menaçant de fendre la cloison, et elle ne s'arrêta pas même après l'avoir senti éjaculer et frissonner sous l'emprise étourdissante de l'orgasme. Elle continua, repoussant ses limites, faisant s'écraser le lit contre le mur jusqu'à sentir le mur lui-même s'émietter au bout de ses doigts, se transformer en poudre, se dissoudre jusqu'à ne plus être constitué de plâtre mais de neige, glacée au toucher, et elle se sentit retomber dans un tourbillon vertigineux, béant, où le bras d'un homme plongea et lui agrippa le cou, lui agrippa la gorge d'une poigne de glace, l'empêchant de respirer, la tirant, luttant pour l'arracher à Jake, l'étranglant jusqu'à la faire hurler, non pas d'extase mais de terreur.

Jake se redressa.

— Quoi ? Quoi ? Qu'est-ce qu'il y a ?

Le bras tendu la relâcha, et la flaque de neige, le tourbillon blanc sur le mur se referma brusquement, redevenant du plâtre sur le mur d'une chambre.

Jake tenait à présent son visage dans ses grandes mains, ses yeux scrutant les siens à la recherche d'une explication.

Elle le regarda. Elle regarda le mur.

— Je vois des choses, Jake. Je vois des choses.

— Quelles choses ?

— Des choses de cauchemar.

— Dis-moi.

Mais elle secoua la tête. Elle avait reconnu le bras qui avait traversé le mur. Elle avait reconnu la bague au majeur et la petite cicatrice sur le dos de cette main avant qu'elle ne se mette à l'étrangler.

Ils restèrent allongés un moment, tous les deux, Jake caressant les cheveux de Zoe. Mais même les yeux fermés, il pouvait voir à quel point elle était nerveuse, et il le lui dit.

— Endors-toi, ma chérie, endors-toi.

— Non. Je ne peux pas. Il faut que je te parle.

— Oh, je n'aime pas beaucoup cette phrase.

— Il me semble que c'est l'occasion pour moi de me soulager d'un poids. C'est à propos de Simon.

— Oui. Mon témoin de mariage. Je sais, pour lui.

Zoe cilla.

— Oui. J'ai toujours craint que tu l'aies su.

— On peut parler d'autre chose ?

— Ce n'était pas une bonne période, pour moi. Tu ne faisais pas beaucoup attention à moi. Je n'essaie pas de te faire porter le chapeau. Je te dis que ça ne signifiait rien pour moi, c'était une connerie et une folie. C'est tout. Je savais que tu savais, depuis le début. J'avais juste besoin que ça soit dit.

— Tu te sens mieux, maintenant ?

— Un peu.

— Eh bien, ne crois pas que ce soit mon cas.

Tu t'es soulagée d'un fardeau en me le jetant en pleine figure. Et ça fait mal.

— Je suis désolée, Jake. Je suis désolée.

— Ne pleure pas. C'est pas grave. S'il y a bien une signification au mariage, c'est que chacun partage les fardeaux de l'autre.

Ils restèrent là, ensemble dans la pénombre. Les lumières de l'extérieur, qui se reflétaient sur la neige, suffisaient à y voir clair. Rien de plus ne fut dit.

Au bout d'un moment, la respiration de Jake changea : il s'était endormi. Zoe sombra elle aussi dans le sommeil, mais se réveilla peu après au son de petites cloches tintant gaiement dehors.

C'était le genre de cloches que l'on associait aux attelages, aux distractions pour touristes. Zoe hasarda un regard vers la silhouette de Jake et passa les jambes à l'extérieur du lit. Les cloches s'étaient arrêtées. Elle se rendit à la fenêtre.

Depuis qu'ils avaient déménagé de l'autre côté du couloir, leur fenêtre donnait sur la route qui jouxtait l'entrée de l'hôtel. Et là, elle vit la grande forme ténébreuse d'un cheval de trait noir, superbement musclé, attelé à un vaste traîneau. C'était un étalon aux flancs noir de jais, lisses et étincelants de sueur fraîche. Le souffle de ses naseaux s'élevait dans l'air glacial comme une vieille locomotive sur le quai d'une gare. Les sabots de l'animal étaient frangés de magnifiques fanons et sa tête s'ornait d'une plume cramoisie qui, au clair de lune, avait la couleur du sang frais. Le cheval mâchonnait son mors argenté, mais il se tenait par ailleurs parfaitement immobile, comme s'il attendait.

Zoe hoqueta à la vue de la créature. Elle recula d'abord, tendant la main par réflexe pour réveiller Jake, mais se ravisa. Elle jeta une couverture sur ses épaules, quitta rapidement la chambre et emprunta l'ascenseur pour descendre dans le vestibule. Elle courut pieds nus dans la neige, ignorant le froid glacial.

Il neigeait toujours. Les flocons étaient énormes et dentelés, certains déjà rassemblés en grappes. Demeurant totalement immobile à son approche, le cheval ne semblait pas l'avoir vue.

C'était un étalon immense, au garrot puissant et à la croupe parfaitement sculptée. Zoe en savait assez sur les chevaux pour estimer que celui qu'elle avait sous les yeux mesurait plus de deux mètres. Bien que le cheval ne soit pas sellé, Zoe aurait eu besoin d'une petite échelle si elle avait voulu l'enfourcher. Elle posa une main timide sur son flanc et sentit sa tiédeur musculeuse. Les flocons de neige se dissolvaient dès l'instant où ils touchaient sa robe fumante. Des rangées de clochettes avaient été cousues sur son harnais de cuir poli, et le métal de chaque clochette était gravé du même emblème : un flocon à six branches.

Le cheval patientait calmement, comme attendant un ordre. Zoe passa la main sur ses épaules et son encolure, mais ne parvint pas à atteindre son garrot, tant il était grand. Le cheval dressa cependant les oreilles sous sa caresse, et des panaches de fumée s'élevèrent de ses naseaux.

— Si noir sur la neige blanche ! Tu es magnifique ! s'émerveilla Zoe. Magnifique !

Elle s'avança jusqu'à se trouver face au cheval. Ses naseaux étaient terrifiants, deux trous noirs et béants d'où s'échappaient des geysers de vapeur. C'était comme une créature venue des premières heures de l'univers. L'animal détourna légèrement la tête, et son œil, qui posait sur elle un regard tranquille, était tel un miroir d'obsidienne, noir et lisse, où elle se voyait déformée : une petite chose, drapée dans une couverture, levant des yeux pleins d'espoir et d'admiration. Le cheval secoua la tête, faisant s'agiter sa plume cramoisie, puis se remit à mâchonner son mors. Zoe voulut lui souffler tout doucement dans les naseaux, mais il secoua de nouveau sa plume à son intention. Elle en conclut qu'il valait mieux ne pas se trouver devant lui.

Elle contourna donc le patient animal pour examiner le traîneau qu'il tirait. C'était une structure simple, constituée d'une robuste ossature de bois et de grands patins d'acier lui permettant de glisser sur la neige. Le siège, confortablement rembourré, était tendu d'un luxueux cuir noir doublé de velours. Bien qu'il soit assez large pour accueillir deux passagers, voire plus, il ne semblait pas y avoir de banquette destinée au conducteur. Les rênes cloutées étaient enroulées autour de l'avant du traîneau, comme si elles n'attendaient que d'être saisies.

Zoe voulut essayer le siège. Elle s'apprêtait à grimper sur le marchepied lorsqu'elle s'aperçut qu'il était beaucoup trop haut pour elle. Elle trébucha en arrière avec un petit cri de surprise. Le marchepied se trouvait à présent au même niveau que le sommet de son crâne, et le cheval ainsi que le traîneau avaient apparemment grandi en même temps. L'animal était désormais terrifiant, gigantesque, et elle se sentit comme une petite fille face à lui. À la seconde où elle recula, le cheval, comme sous la morsure d'une cravache invisible, secoua la tête et partit au trot.

— Eh ! le rappela Zoe. Eh !

Mais l'étalon s'était déjà éloigné et filait sous le lent ballet des flocons de neige, trottant à un rythme régulier, ses clochettes frémissant avec un tintement désapprobateur. Zoe le regarda s'en aller. Le cheval et son traîneau vide suivirent les lacets de la route et disparurent derrière un rideau sombre de sapins couverts de neige.

Zoe attendit que le bruit s'évanouisse, laissant de nouveau place au silence. Elle regarda de chaque côté de la rue. Puis elle rentra dans l'hôtel, et dans la chambre où Jake dormait toujours.

Elle s'assit sur le lit et regarda son torse se soulever et s'abaisser doucement dans son sommeil. Elle tendit la main pour saisir la sienne, ne sachant au juste si elle espérait qu'il se réveille. Elle décida de s'en remettre au destin. S'il ouvrait les yeux, elle lui parlerait du cheval. Dans le cas contraire, elle n'en dirait rien. Elle se dcmanda pourquoi elle ne s'autorisait pas à lui parler de certains événements qui se produisaient autour d'eux. Le silence qu'elle s'imposait était un mystère pour elle aussi. C'était comme si une part primitive d'elle-même craignait que rien de bon ne puisse se passer dans cet endroit. Il lui semblait – cela avait beau être irrationnel, cette conviction était ancrée dans ses tripes – qu'à travers chaque nouvelle péripétie, quelque chose cherchait à s'insinuer entre eux. Seul un état d'inertie totale les épargnerait.

Elle s'accrocha à sa main. L'une des premières choses qu'elle avait remarquées, lorsqu'ils s'étaient rencontrés, était ses mains. Grandes, viriles, mais aussi élégantes et évocatrices. Il avait tendance à les agiter quand il prenait la parole. Elle aurait voulu garder sa main dans la sienne pour l'éternité.

Elle s'endormit près de lui.

12

Le soir suivant, le courant fut coupé une nouvelle fois. Ils se trouvaient dans le vestibule lorsque les lampes clignotèrent, puis s'éteignirent. Le village entier était plongé dans le noir.

C'était déjà arrivé, cependant, et le courant était revenu peu de temps après. Ils avaient des bougies, qu'ils allumèrent et posèrent sur le comptoir de la réception. Puis ils attendirent. Une heure plus tard, le courant n'était toujours pas revenu, aussi décidèrent-ils de sortir. Ils y voyaient bien mieux dans le clair de lune amplifié par la neige.

Les boutiques et les restaurants étaient à présent uniformément plongés dans les ténèbres. Comme ils les dépassaient, ils trouvèrent aux magasins une allure différente, maussade. La neige et la lune diffusaient, en se répercutant sur les vitrines sombres des boutiques, une étrange lueur bleu pâle.

— Le courant n'a jamais été coupé si longtemps. Ça veut dire quoi, à ton avis ? demanda Zoe.

Jake resta muet et la question sans réponse se

cristallisa dans l'air glacé. Elle le suivit comme il cheminait le long de l'avenue déserte, les bottes crissant sur la neige compacte. Ils ignoraient où ils allaient : ils étaient sortis avec la conviction que le courant allait revenir d'une minute à l'autre. Mais lorsqu'ils atteignirent le côté opposé du village, où les bâtiments s'arrêtaient pour laisser place à une étendue neigeuse qui elle-même s'abîmait dans une forêt noire, les lumières ne s'étaient toujours pas rallumées.

— Je crois qu'on pourrait se fendre d'une lettre à la mairie, fit Jake.

Mais Zoe avait perdu son sens de l'humour. Ils revinrent sur leurs pas en silence.

À mi-chemin, les lumières vacillantes se rallumèrent dans tout le village. Ils laissèrent tous deux échapper un cri de joie. Ils entendirent également des bruits de générateurs et de turbines se remettant en marche, sans doute en provenance des télésièges qui tournaient toujours.

Ils trouvèrent un bar à vins, dévalisèrent les rangées de bouteilles et allumèrent la chaîne hi-fi. Zoe mit la chanson « Winter » de Tori Amos, car Jake avait déclaré une fois qu'elle lui donnait envie de pleurer mais qu'il ne s'y autoriserait jamais. Zoe lui demanda s'il se souvenait où ils l'avaient entendue pour la première fois.

— Non, répondit-il, je ne sais pas.

— Réfléchis.

— Non. Je ne vois pas du tout.

Elle lui rafraîchit donc la mémoire. C'était pendant l'un de leurs tout premiers séjours au ski. Ils l'avaient entendue dans un bar, et Jake était allé voir le barman pour lui demander qui était l'interprète.

— Je ne me souviens pas de ça, non plus.

Elle lui rappela alors de quelles vacances il s'agissait, où, avec qui ils étaient et les personnes qu'ils avaient rencontrées.

— Non, gros blanc.

— Mais tu t'en souviens forcément ! C'est obligé ! Forcément ! Comment oublier ça ?

— Non, vraiment.

Elle lui décrivit alors la chambre où ils avaient dormi, et la vieille femme qui allait chercher du bois dans la cabane au fond du jardin, pour remplir le poêle qui faisait chauffer l'eau pour le bain ; et la façon dont chaque soir, elle se tenait le dos en grimaçant et partait chercher du bois en traînant les pieds, comme si leur désir de prendre une douche ou un bain après une journée de ski était tout à fait déplacé. Et elle lui parla du tyran à la mine revêche qui leur servait d'instructeur de ski, et qui les avait forcés à descendre une piste sur des plaques de glace.

Il ne se souvenait de rien de tout ça.

Il était vrai qu'ils étaient partis de nombreuses fois en vacances au ski, et qu'il devenait difficile, au bout d'un moment, de distinguer les souvenirs ; mais Zoe trouvait dérangeant qu'il ait tout oublié.

— Où il est passé, ce séjour ? se demanda Jake. Pourquoi je me souviens des autres, mais pas de celui-là ? Ce n'est pas comme si mes souvenirs étaient un DVD tombé derrière l'étagère... Ils ont tout simplement disparu.

— Peu importe, dit-elle.

— Bien sûr que si, ça importe carrément. Qu'est-ce qu'on est, si ce n'est la somme de nos souvenirs ?

— Tu oublies ce qu'on peut devenir. Est-ce que ce n'est pas plus important ?

Jake fit la grimace et passa la main dans ses cheveux, comme s'il essayait de localiser et de faire resurgir les souvenirs perdus, enfouis quelque part sous son crâne.

— Au moins, tu n'as pas oublié cette chanson, fit remarquer Zoe.

— Non, en effet. Il y a des chansons, des livres, et des films qui sont comme des sommets dans la mémoire. Comme s'ils étaient plus importants encore que ce qu'on a vécu. Ils ne s'effacent jamais.

— Et beaucoup qu'on oublie.

— Oh, oui. Beaucoup qu'on oublie.

Ils restèrent dans le bar un moment, à écouter de la musique et à traquer leurs souvenirs. Ni l'un ni l'autre n'avait envie de manger, aussi ils repartirent, bras dessus bras dessous, vers leur hôtel. Lorsqu'ils entrèrent dans le vestibule, Jake remarqua que quelque chose avait changé.

— Les bougies qu'on avait allumées ont diminué. Pendant qu'on était sortis.

— Est-ce qu'elles fondent toujours ?

— Je n'ai pas l'intention de rester ici pendant des heures pour le découvrir, mais je me le demande, oui. Parce que bon, ce serait bizarre, non ? Si les bougies ne fondaient que quand le courant est coupé ? Ce serait bizarre, non ?

— Tu sais quoi ? répondit-elle. Je n'arrive plus à trouver des solutions aux énigmes. Ça me rend folle. On devrait se laisser porter, de temps en temps.

— Ce serait trop facile.

— Allez. Au lit, dit-elle.

Zoe se réveilla au milieu de la nuit. Elle avait froid. Les chambres avaient tendance à trop se réchauffer, aussi laissaient-ils toujours une fenêtre entrouverte, bien que Zoe soit la seule à percevoir les fluctuations de température. Elle se leva et ferma la fenêtre, mais en regardant à l'extérieur, elle s'aperçut que le courant était de nouveau coupé. Le village entier était plongé dans l'obscurité. Elle frissonna et se réfugia sous l'édredon.

Elle n'arriva pas à se rendormir. Elle envisagea de réveiller Jake pour lui signaler que le courant était coupé, mais décida de ne pas le déranger. Après tout, il ne pouvait rien y faire. Elle resta éveillée, les yeux ouverts, scrutant la pénombre. Peut-être sa nervosité le réveilla-t-elle, car elle l'entendit murmurer :

— Tu ne dors pas ?

Elle se retourna pour le regarder. Ses yeux

étaient deux flaques d'huile noire dans les ténèbres.

— Non. Le courant est encore coupé.

— Depuis combien de temps ?

— Sais pas. Une heure peut-être. J'avais froid. J'ai dû refermer la fenêtre. Tu as froid, toi ?

— Viens contre moi. Essaie de te rendormir.

Au matin, ils découvrirent en s'éveillant que le courant n'était pas revenu pendant la nuit. Zoe déclara percevoir un changement de température : l'hôtel, habituellement surchauffé, s'était rafraîchi durant la nuit. Jake dit qu'il ne sentait aucune différence, mais qu'il fallait qu'ils discutent du comportement à adopter si cette situation s'avérait permanente. Ils la baptisèrent la « crise énergétique ». Ils évoquèrent leurs réserves de nourriture. Les congélateurs de leur propre hôtel, du supermarché et probablement de tous les autres hôtels étaient remplis d'aliments congelés, aussi n'avaient-ils jamais eu à s'en inquiéter auparavant. Mais si les congélateurs cessaient de fonctionner, tous ces aliments pourriraient en quelques jours. Sauf, bien sûr, s'ils les emportaient à l'extérieur et qu'ils les enterraient sous la neige.

L'hôtel disposait d'une grande cheminée dans le vestibule. Ils devraient faire du feu pour se réchauffer. Les réserves de bois étaient amplement suffisantes. Jake ajouta qu'ils pourraient aussi brûler les autres hôtels planche après planche s'ils venaient à en manquer. Zoe posa une main sur son ventre. L'avenir dans cet endroit lui faisait peur.

Ils descendirent dans le vestibule pour inspecter la cheminée. Les marques de brûlure, dans l'âtre, indiquaient qu'elle était fonctionnelle et pas seulement décorative, bien qu'elle ne semble pas avoir été utilisée depuis longtemps. Jake proposa d'aller voir à l'extérieur s'ils trouvaient des piles de bûches, qu'ils pourraient traîner jusque dans l'hôtel.

Ce fut lui qui remarqua que les bougies qu'ils avaient placées sur le comptoir de la réception avaient totalement fondu. La cire blanche formait une flaque sur le hêtre verni.

— Tu te souviens des flammes éternelles ? dit-il. Eh bien, elles ne sont plus éternelles.

— Ça me fait peur, répondit Zoe. Qu'est-ce que ça veut dire ?

— Que les lois de cet endroit changent tout le temps. Allez, viens, on va chercher du bois.

À une centaine de mètres de l'hôtel s'élevait une maison ancienne, bâtie en pierre bleu-gris et pourvue de balcons et de volets en bois. Il s'agissait peut-être de l'une des fermes du village datant d'avant le bouleversement de l'ère des sports d'hiver. Ses poutres patinées étaient d'un autre temps, fendues, grisâtres et rayées, et un appentis précaire était adossé à l'une des façades. Derrière celui-ci, une réserve de bûches avait été soigneusement empilée et recouverte d'une bâche. Jake étala celle-ci sur le sol et ils se mirent à y entasser le bois, afin de pouvoir le traîner jusqu'à l'hôtel.

— Une belle pile de bûches, déclara-t-il. On devrait remercier la personne qui vivait ici, elle s'est donné de la peine.

Zoe cessa de déplacer les bûches.

— Je veux aller voir à l'intérieur.

Jake continua de jeter du bois sur la bâche.

— Je ne suis pas sûr que ça soit une bonne idée, dit-il.

— Quelle différence ça fait ?

Ils avaient dévalisé tous les hôtels, magasins, bars et restaurants qui leur chantaient ; mais jusqu'ici, ils s'étaient tenus à l'écart de toutes les habitations privées. Peut-être était-ce une marque de respect. Peut-être entretenaient-ils le fol espoir qu'un jour, les habitants reviendraient dans leurs maisons, que le village se repeuplerait. Dans tous les cas, il ne leur était pas venu à l'esprit d'entrer par effraction dans une maison.

— J'ai envie d'en savoir plus sur la personne qui vivait ici, déclara Zoe.

Jake ramassa un monceau de bûches tandis qu'elle contournait la vieille maison.

La porte de derrière n'était pas verrouillée. Zoe tourna la poignée et entra. Elle dut résister à la tentation d'appeler, de s'annoncer.

L'intérieur de la maison était sombre. La porte donnait sur une cuisine, qui elle-même se prolongeait en une salle à manger bien ordonnée, des chaises anciennes disposées autour de la table. À droite, elle découvrit une sorte d'atelier. La maison était froide et sentait le plâtre humide, ainsi qu'une autre odeur – sans doute de la naphtaline.

Une cheminée ouverte surplombée d'un manteau trônait dans la salle à manger. Un miroir était suspendu au-dessus de l'âtre. Des chandeliers en laiton garnis de bougies neuves, toujours dans leur emballage en cellophane, étaient posés de part et d'autre de la cheminée. Zoe trouva des allumettes, aussi déballa-t-elle les bougies pour les allumer. Elle contempla son visage dans le miroir.

Le revêtement argenté du miroir était un peu flou, écaillé par endroits et piqueté de taches de rouille. Il devait être pendu là depuis plus d'un siècle. La lueur des bougies donnait à sa peau un reflet jaune, et le miroir rouillé lui dessinait des taches de rousseur. Ce n'était pas très flatteur. Elle avait une mine sinistre. Sous le manteau, le foyer était plein de cendres. Zoe se pencha pour les toucher, espérant y trouver un peu de chaleur, mais elles étaient froides et humides.

Deux vieux fauteuils en cuir encadraient la cheminée. On avait posé des napperons de dentelle en haut de leurs dossiers. Les napperons étaient marqués d'une auréole là où les têtes s'étaient reposées au fil des ans. Zoe pouvait presque sentir le sébum de leurs occupants.

Des photographies s'échelonnant sur deux ou trois générations étaient accrochées au mur, les épais cadres de bois des photographes traditionnels jouxtant ceux, en chrome et en plastique, qui ceignaient plus prosaïquement les clichés modernes. Zoe reconstitua les liens familiaux à partir des clichés aux couleurs passées des années 1970, dont les pigments s'étaient délavés, ne pouvant rivaliser avec les photos vives et colorées des plus jeunes générations.

Il lui vint à l'esprit que certaines des personnes qu'elle voyait étaient mortes, et d'autres vivantes ; cependant, elle se sentit tout aussi éloignée des unes que des autres.

Une horloge, dont on apercevait le pendule derrière sa vitrine, était suspendue au mur. Ses aiguilles s'étaient arrêtées à 8 h 50 du matin. Zoe calcula qu'il aurait pu s'agir de l'heure exacte de l'avalanche. Elle ouvrit la vitrine et relança le balancement du pendule, afin de faire repartir l'horloge. Le pendule se balança plusieurs fois avec une série de cliquetis encourageants, mais finit par s'arrêter. Zoe réessaya et obtint le même résultat. Elle chercha une clé pour remonter l'horloge. Cela lui semblait important, sur le moment, mais elle finit par renoncer.

Elle passa de la salle à manger à l'atelier. Il y régnait une odeur agréable de sciure de bois. Des outils de menuiserie y étaient soigneusement alignés : ciseaux, rabots, scies. Zoe vit alors ce sur quoi l'artisan était en train de travailler.

C'était un cercueil. Le bois naturel avait été méticuleusement façonné, garni de gonds et poncé pour en lisser la surface, mais il n'était ni verni ni tapissé à l'intérieur ; il lui manquait des poignées sur le côté et un couvercle. Elle était à la fois fascinée et horrifiée. Elle se rapprocha du cercueil, s'attendant presque à y trouver un cadavre embaumé, mais il était vide.

Elle entendit quelqu'un entrer dans la maison. Elle se retourna brusquement et découvrit la silhouette de Jake qui se découpait dans l'embrasure de la porte donnant sur la salle à manger. Son visage était plongé dans l'ombre, mais ses yeux étincelaient comme des perles.

— Il fabriquait des cercueils. L'homme qui vivait ici. C'était son métier.

Jake scruta l'intérieur de la bière.

— C'est à peu près ma taille.

Il posa un pied sur l'établi.

— Non !

Ignorant les protestations de Zoe, il entra dans le cercueil et s'y allongea.

— Je sors, l'avertit Zoe.

Elle se rua à l'extérieur, l'abandonnant à son jeu morbide.

Elle l'attendit près de la bâche chargée de bûches. Il se passa un long moment sans qu'il réapparaisse, mais elle était décidée à ne pas retourner le chercher. Enfin, il revint et attrapa sans un mot un coin de la bâche pour la traîner.

Zoe se saisit d'un autre coin.

— Ce n'était pas drôle, grommela-t-elle.

Il ricana.

— Si, ça l'était. Ça l'est toujours. C'est drôle.

— Non, pas du tout. Tu te crois drôle, mais tu ne l'es pas.

— Mais c'est drôle. C'est très drôle.

— Non, pas du tout.

— Si.

Et Jake partit d'un grand rire forcé, pour lui montrer à quel point c'était drôle ; et l'écho de son rire flotta dans l'air glacé comme un spectre cruel.

Zoe pinça les lèvres.

De retour à l'hôtel, ils s'aperçurent que le courant était revenu. Dix minutes plus tard, il était de nouveau coupé.

— Il faut rire, de temps en temps, déclara Jake dans l'obscurité. Tu te souviens de mon père ? C'est obligé. De rire, je veux dire.

13

La rencontre de Jake avec la mort avait été très différente de celle de Zoe. Lorsqu'il était arrivé pour la première fois à l'hôpital, il avait découvert qu'on avait alloué à son père une chambre particulière, à l'extrémité du service. Son père, Peter, avait l'air assez affaibli, mais il parvint à soulever la tête de l'oreiller et à cligner des yeux à l'arrivée de Jake.

— Dieu merci, tu es là, Jake. Ces putains de guignols ne comprennent rien à rien. Je veux un homme armé posté devant chaque porte. Compris ?

— C'est déjà fait, papa. Tout est sous contrôle.

Peter laissa sa tête reposer sur l'oreiller.

— Putain, heureusement que tu es là, hein.

Jake n'avait jamais entendu son père prononcer le moindre juron auparavant. Il l'avait connu furieux, cynique, atterré et, de temps en temps, après un ou deux verres de cognac, joyeux ; mais il ne l'avait jamais entendu jurer, lâcher un mot grossier ni même proférer un blasphème. Peter n'aimait pas les jurons.

Un principe que Jake avait du mal à respecter, car ses années d'université lui avaient donné le goût du cocktail sacré-profane. Des jurons extrêmement grossiers, assortis de blasphèmes. Il avait un faible pour les expressions « seigneur Jésus de mes couilles » et « par la sacrée chatte de Moïse ». Un jour, une porte de placard s'était descellée dans la maison de son père, et en la réparant, Jake s'était ouvert la main avec le tournevis. Il avait hurlé « Putain de Pharisien de mes deux », ce qu'en tant qu'ancien élève du catéchisme et enfant de chœur, il avait lui-même trouvé un peu excessif et déplacé.

Son père, qui le regardait travailler, s'était contenté de ciller et de quitter la cuisine.

Quelques instants plus tard, Jake l'avait suivi et l'avait trouvé dans le séjour, les lèvres pincées, à passer l'aspirateur sur la moquette. Jake avait débranché l'aspirateur et avait montré sa balafre à Peter.

— Tu aurais voulu que je dise quoi ? « Oh, Jéhovah ! » ?

— Non, même pas cela.

— Oh, c'est juste des mots !

— Je préfère que la porte du placard soit descellée plutôt que d'entendre ce type de langage.

— Papa, tu as fait la guerre ! Tu as fait partie des forces spéciales ! Tu as vu des types se faire éventrer ! Tu sais quand même faire la différence entre ce qui est important et ce qui ne l'est pas !

Peter s'adonnait rarement au langage du corps, pas plus qu'il ne laissait échapper de mots qui n'étaient « pas convenables ». Il était le maître suprême de la retenue. Les seules fois où il se laissait aller à exprimer involontairement la surprise, l'irritation ou le plaisir, c'était sous la forme d'un réflexe qui le poussait à saisir le verre droit de ses lunettes entre son pouce et son index, comme s'il cherchait à en augmenter le niveau de grossissement. C'est ce qu'il avait fait ce jour-là.

— T'arrive-t-il de penser que c'est peut-être précisément la raison pour laquelle je n'aime pas qu'on emploie un langage grossier sous mon toit ?

Jake avait levé les paumes vers le ciel en signe de renoncement. Sous son toit, pas sous son toit… Lorsqu'on rendait visite à Peter, on avait toujours l'impression qu'on aurait dû ôter ses chaussures sur le seuil : tôt ou tard, il se débrouillerait pour vous faire sentir que vous répandiez une odeur désagréable à l'intérieur.

Si Jake s'attardait un peu, son père sortirait peut-être une bouteille de cognac du buffet et en verserait un fond dans deux énormes verres. Jake avait toujours envie de lui demander : « Pourquoi choisir un si grand verre, si c'était pour y mettre juste une larmichette ? » Prendre un verre de cognac avec son père, c'était comme être invité à boire un verre avec le directeur de la pension lors du dernier jour d'école. Il vous demandait quels étaient vos projets et faisait semblant de s'y intéresser, un vague rictus plaqué sur le visage, jusqu'à ce que vous ayez fini.

Peter et la mère de Jake avaient divorcé quand il avait douze ans, et sa mère était partie vivre en Écosse. Leur différence d'âge, qui l'avait intriguée et séduite lorsqu'elle l'avait rencontré et épousé, s'était révélée de plus en plus difficile à supporter au fil des ans. Finalement, elle avait été heureuse d'abandonner derrière elle un mari vieillissant. Jake avait été envoyé en pension, détail que Zoe ne se privait jamais de lui rappeler, et qu'il aurait de toute façon du mal à oublier.

Ce jour-là, après l'incident du tournevis, ils avaient siroté le cognac rituel, et au moment où Jake s'apprêtait à poser son verre pour lui faire ses adieux, Peter s'était ouvert au sujet des grossièretés.

— Je sais que c'est différent pour ta génération, mais moi, je trouve cela offensant. Je n'aime pas que tu blasphèmes, car c'est une insulte envers ma foi ; et je n'aime pas que tu sois grossier parce que cela représente le déclin des valeurs.

— Oui, mais quelles valeurs, papa ?

— Tu ne comprends pas. Parler, dire des choses, représente l'expression la plus ordonnée, civilisée et rationnelle de la nature humaine. Toutes ces obscénités ne sont qu'une manière de meubler le vide lorsqu'on n'a rien à dire. C'est l'inverse de la raison et de l'ordre. L'exact opposé. Cela n'a qu'un seul objectif : déstabiliser le civisme, la raison et l'ordre.

— Ouais. Mais je ne crois pas beaucoup à la raison et à l'ordre, en fait.

— Oh ! Tu penses donc que nous devrions abandonner ? Jeter le bébé avec l'eau du bain ?

— Pas du tout. Ce que je veux dire, c'est qu'on est rationnels de temps en temps, mais pas en permanence. On ne sait jamais ce qui se cache sous la raison. Les obscénités, comme tu dis, sont une expression de ça.

— Ah ! Nous sommes donc d'accord sur une chose ! C'est un appel à l'inconscient, à la mort et à l'immondice.

— Est-ce que ce n'est pas ce qui se cache sous tout le reste, justement ?

Peter avait eu un sourire dédaigneux derrière son verre de cognac.

— Tu ne connais rien à la mort, mon petit gars. Rien du tout.

Puis il ajouta, l'air contrit :

— Je suis désolé. Je me suis montré mesquin ; ça manquait de dignité masculine.

— De dignité masculine ? Papa ! Décoince-toi un peu, d'accord ? Écoute, les jurons… C'est juste une manière de relâcher la pression. Comme une valve de sécurité.

— Nous ne nous accorderons jamais à ce sujet.

Jake se leva. Il était temps pour lui de partir. Ils se serraient toujours la main, fermement, en se regardant dans les yeux : son père lui avait appris qu'on devait toujours regarder dans les yeux un homme à qui on serrait la main. Jake avait regardé Zoe et Archie s'enlacer affectueusement en se retrouvant et en se quittant. Il s'était demandé si on ne l'étreignait jamais parce qu'il était un homme, mais après quelques années, Archie lui avait ouvert les bras de bon cœur, à lui aussi. Néanmoins, Peter et Jake se serraient la main fermement depuis des années ; ils n'avaient aucune raison de commencer à s'embrasser maintenant.

Et pourtant, à présent qu'il voyait son père allongé dans ce lit d'hôpital, il avait envie de le serrer dans ses bras. Ce père qui soudainement, inexplicablement et en contradiction totale avec une vie entière de retenue, s'était mis à jurer.

Peter souleva la tête de l'oreiller.

— Tu sais qu'ils ont descendu Charlie, hein ? Pauvre gars.

— Charlie ?

— On l'a perdu. Ça me rend triste. Il savait se battre, tiens. Tu as vu l'escarpement par lequel on est rentrés ?

— L'escarpement ?

— Nom de Dieu, dans quelle langue il faut le dire !? Il y a une corniche au-dessus de la grotte, sur la falaise. Dès qu'on a un homme disponible, il faut qu'il soit posté là en permanence. Juste là, sur ce putain de rocher.

— Papa…

— Et j'ai pas l'intention d'en discuter, hein. On

n'est pas à la mairie du village, putain. Fais en sorte que ça soit fait. Putain, il va falloir que je l'annonce à la femme de Charlie quand on rentrera. Si on rentre. Tout ça à cause d'une putain de connerie, hein.

Jake avait apporté des raisins et du sirop d'orgeat au citron. Il les posa sur la table de nuit.

— Des raisins ? s'exclama Peter. Où diable est-ce que tu es allé chercher ça, en cette saison ?

— Au supermarché, papa.

Peter leva la main pour saisir le verre de ses lunettes, mais celles-ci étaient pliées sur la même table de nuit. Il s'apprêtait à dire quelque chose lorsque l'infirmière entra et décrocha le tableau qui se trouvait au bout de son lit.

— Je veux qu'on me vire toutes ces putes d'ici !

— Allons, allons, monsieur Bennett, le réprimanda fermement l'infirmière. Ça suffit, maintenant.

— Dégage-moi cette salope de là, Jake. Tu sais, si l'armée fabriquait les bottes des soldats en cuir de pute, elles ne s'useraient jamais.

— Je suis désolé, vraiment désolé, s'excusa Jake. Puis-je vous parler un instant ?

Il sortit de la chambre en compagnie de l'infirmière et ferma la porte.

— Vous savez, je ne l'ai jamais entendu parler comme ça.

L'infirmière était une femme bien charpentée, aux grands yeux bovins et aux boucles platine qui retombaient en cascade sur son front.

— Oh, vous savez ! J'ai entendu bien pire que ça.

— Ah bon ? Pas moi !

— Eh bien… Vous voyez.

— C'est comme s'il était reparti en arrière. Il se croit encore à la guerre. Comme s'il était encore en train de combattre. Est-ce que c'est les médicaments ?

— Pas vraiment. Le cancer a provoqué l'émiettement des os, et ceux-ci se sont mêlés à son sang. Le calcium lui monte jusqu'au cerveau. Il n'est pas toujours comme ça. La plupart du temps, il est charmant.

— Ah bon, tant mieux. Dites-moi, j'ai une bouteille de cognac dans mon sac, et un gobelet. Je sais que vous n'avez pas le droit, normalement, mais… est-ce qu'il peut en prendre un peu ?

— Je n'ai rien vu.

— Merci.

Les infirmières et les soldats, pensa Jake. *On ne leur épargne rien, mais ils prétendent n'avoir rien vu.*

Peter avait fait partie des forces spéciales pendant la guerre. Officier des forces d'élite SAS, il avait commandé l'Opération Pepino, derrière les lignes ennemies, dans les montagnes d'Italie du nord pendant l'hiver 1944-1945. Trente-deux hommes y avaient été parachutés en plein jour. Ils avaient pour ordre de se faire remarquer et de faire croire qu'ils appartenaient à une compagnie beaucoup plus puissante, afin de détourner l'attention des troupes ennemies qui empêchaient l'avancée des Alliés. L'opération avait été un succès et des milliers de soldats allemands avaient quitté le front.

L'hiver avait été rude, et les hommes de Peter avaient dû affronter en combat rapproché les Chemises noires en plus des troupes allemandes. Peter avait ramené dix-huit des trente-deux hommes. Ou plutôt, comme il ne se lassait pas de le rappeler, il avait perdu quatorze bons soldats. Soudain, il était de nouveau là-bas, dans les montagnes enneigées de l'Italie.

Jake rentra dans la chambre. Son père semblait dormir, à présent. Jake sortit le cognac de son sac, ainsi que deux gobelets, et les posa sur la table de nuit. Puis il s'assit sur la chaise en plastique près du lit, les mains sur les genoux, et regarda son père dormir.

Cinq minutes plus tard, Peter ouvrit les yeux et dit :

— Tu devrais contacter ton oncle Harold. Je lui ai prêté quelques milliers, il y a des années. Tu devrais les récupérer. Je n'en ai pas besoin, mais toi, tu devrais les récupérer.

— Harold est mort depuis longtemps, papa. Depuis longtemps.

Peter souleva la tête de l'oreiller.

— Vraiment ?

— Quinze ans.

— Seigneur. Personne ne me dit jamais rien. Je doute que nous récupérions cet argent un jour.

— Laisse tomber, papa.

Peter grimaça.

— J'aimerais bien du raisin, dit-il.

— Je l'ai lavé, annonça Jake. Ne t'inquiète pas pour ça.

Il tendit le raisin à son père.

Peter se laissa aller contre l'oreiller et porta les grains à sa bouche, un à un. Il mâchait très lentement en regardant le plafond. Une vingtaine de minutes s'écoulèrent. Enfin, Peter dit :

— Où est Charlie ? Je suis très inquiet pour Charlie.

— Charlie est parti, papa.

— Parti ? Il était là il y a un instant.

— Papa, écoute-moi. Tu es à l'hôpital.

— Quoi ?

— Le Warwick Hospital. Tu reçois un traitement pour ton cancer, et tu iras bientôt mieux.

— Quoi ?

— Zoe va venir te voir avec moi, demain.

— Zoe ? C'est ta femme, Zoe.

— En effet.

Peter se redressa. Ce n'était pas facile, et son visage se tordit sous l'effort. Puis il balaya la pièce du regard, comme s'il la voyait pour la première fois.

— J'ai le cancer.

— Oui, papa. Mais tu vas mieux.

— Menteur.

— Tu vas plutôt bien. J'en parlais justement

avec l'infirmière. Tiens, je t'ai apporté une goutte de cognac. Du bon.

— Du cognac. Tu es un chef, mon fils. Un chef.

Jake se leva et versa deux mesures de cognac, généreuses cette fois, dans les gobelets. Il en tendit un à son père, qui en prit une bonne goulée. Puis la porte s'ouvrit à toute volée.

Une dame d'âge moyen aux cheveux coupés court bondit dans la chambre, une écritoire dans une main, l'autre faisant cliqueter un stylo-bille à la vitesse de l'éclair. Elle portait un ensemble moulant noir sanglé d'une large ceinture cramoisie. Il y avait comme une énergie de pantomime dans les expressions qui animaient son visage.

— Bonjouuur, bonjouuur ! Comment ça va aujourd'hui ?

— Bien, répondit Jake. Merci.

— Alors ça, c'est super-chouette, s'exclama-t-elle, parce que je viens prendre les requêtes pour la WHR.

— Les requêtes ?

— Qui t'es, toi, connasse ? tonna Peter. Quel est le con qui t'a laissée entrer ?

Le visage animé de la dame se décomposa. Elle reporta toute son attention sur Jake.

— La WHR. Warwick Hospital Radio. Je dresse une liste des requêtes, et nous les diffuserons ce soir.

— Espèce de sale petite pute !

Jake indiqua :

— Mon père aime bien Sinatra. Ce genre de trucs.

Peter hurla :

— Tu connais la digue du cul ? Non ? Moi non plus, salope. Il faudrait t'enterrer dans un cercueil en forme de Y ! Sale pute !

— Il s'appelle Peter Bennett et il aimerait que vous passiez « *Love Is the Tender Trap* ».

La dame nota soigneusement.

— *Love… Is… the… Tender Trap.* J'aime bien celle-là. Fantastique ! Je vais vous laisser !

Peter avait chaussé ses lunettes, à présent, et il avait saisi son verre droit tout en plissant le nez d'un air de dédain.

— Merci, dit Jake. Il sera content.

Peter murmura, lorsqu'elle fut partie :

— Ne t'occupe pas de cette sale pute, approche-toi. Je voudrais te dire quelque chose. Approche-toi.

Jake se pencha vers le lit. Peter lui fit signe d'approcher davantage. Il voulait lui chuchoter quelque chose à l'oreille. Il pressa son pouce contre son index.

— On n'a plus de rations. On n'en recevra pas d'autres. Non. Notre seule chance, c'est de traverser la montagne.

— Tu sais…

— Boucle-la et écoute. On va laisser les BREN et les munitions aux partisans. Les boches penseront qu'on est toujours là. Charlie a la gangrène et il ne peut même pas bouger. J'adore ce type, y'en a pas deux comme lui, mais tu sais ce que je vais devoir faire.

— Non, papa.

— C'est le seul moyen, mon fils, c'est le seul moyen.

Jake vit son père grincer des dents. Peter se laissa aller dans l'oreiller en se tordant les mains. Il était visiblement au supplice.

Jake s'éclaircit la gorge.

— Papa. Je vais m'occuper de ça.

— Quoi ?

— Charlie. Je vais m'en occuper.

— Non. Certainement pas. C'est hors de question. Putain, c'est moi l'officier ici, et c'est à moi de le faire.

— Je vais m'en occuper à ta place.

— Non, certainement pas, et c'est un ordre. C'est ma responsabilité. Pas la tienne.

Peter le fusilla du regard et, pour la première fois peut-être, Jake comprit à quel point son père était féroce et déterminé.

— Tu ne peux pas bouger, dit finalement Jake. Tu es bloqué ici. Je vais le faire avec ou sans ta permission.

— N'y pense même pas, fiston. N'y pense même pas.

— Je sors de cette pièce et je vais le faire.

Peter enrageait. Ignorant les protestations de son père et toutes les obscénités qu'il déversait, Jake se leva, sortit de la pièce et ferma la porte. De l'autre côté, il entendit son père rugir : « Reviens ici, petit con ! » Jake poussa un long soupir et passa les mains dans ses cheveux. Une jolie infirmière le regarda de derrière son bureau. Il croisa les bras et resta adossé à la porte pendant environ trois minutes.

Puis il retourna à l'intérieur. Son père s'était calmé. Il lança à Jake un regard interrogateur.

— C'est fait, affirma Jake.

— Je n'ai pas entendu le coup de feu.

— Je l'ai étouffé, le coup de feu. Charlie est mort. C'est réglé.

Peter retira ses lunettes et se pinça le nez.

— Un très bon gars. Un des meilleurs.

Puis il balaya de nouveau la pièce du regard. Il observa la bouteille de cognac sur la table de nuit, les raisins, et enfin son fils.

— Jake, mais qu'est-ce que tu fais là, bordel ?

— Je te rends visite, papa.

— Mais tu ne devrais pas être là. Ça ne colle pas. Tu ne devrais pas… Bon Dieu, je ne comprends plus rien. Plus rien.

Il y avait un tremblement dans sa voix ; un tremblement que Jake n'avait jamais perçu auparavant. C'était le premier signe de vulnérabilité qu'il ait jamais décelé chez son père, et cela lui fendit le cœur. Jake se leva et voulut le serrer dans ses bras, mais Peter sembla presque dégoûté par ce geste. Jake ne l'enlaça alors qu'à moitié, et brisa l'étreinte en faisant semblant de redresser l'oreiller et de remettre les draps en place.

— Où est Zoe ? demanda Peter.

— Oh ! Elle va venir demain.

— Je veux voir ma Zoe. Ma petite Zoe. Je veux la voir.

— Bien sûr, papa. Elle sera là demain.

— Il a demandé à te voir, aujourd'hui, annonça Jake à Zoe ce soir-là.

— Il m'a appelée par mon nom ? Ça ne peut pas être si terrible, alors.

Jake lui avait raconté toute l'histoire de Peter qui se croyait revenu dans les montagnes d'Italie.

— Il fait des sauts dans le temps. Il va et vient.

— Pourquoi tu penses qu'il retourne là-bas, en particulier ?

Jake secoua la tête.

— C'est probablement la période la plus stressante de sa vie. Et puis il se sent coupable. Il a dû tuer l'un de ses propres hommes.

— Il te l'a dit ?

— C'est sorti comme ça. Je ne suis pas sûr que tu devrais y aller, demain. Avec moi, ça allait, mais dès qu'une femme entrait dans la pièce, il devenait fou et se mettait à jurer comme un charretier…

— Ça ne me dérange pas.

— Non, mais des jurons méchants. Des trucs horribles.

— Il faut que j'y aille. D'ailleurs, il m'a demandée personnellement. Je n'ai pas le choix.

Accompagné de Zoe, Jake retourna à l'hôpital le lendemain. L'infirmière d'accueil les avertit que Peter n'avait pas passé une très bonne journée. Lorsqu'ils entrèrent, Jake eut l'impression de sentir un miasme, une brume dans la pièce qu'il n'avait pas perçue la veille. De prime abord, ils crurent que Peter dormait, mais il ouvrit les yeux.

— Ça s'annonce mal, déclara-t-il.

Jake ne savait pas s'il parlait de son cancer ou de ses chances de sortir vivant des montagnes.

— Tu es un soldat, papa, dit-il. Tu as toujours été un battant.

Peter parut réfléchir à ses paroles.

Zoe s'approcha.

— Bonjour, papa.

Elle l'avait toujours appelé « papa », comme Archie, et cela avait toujours plu à Jake.

— Zoe, dit-il en acceptant son baiser. J'avais tellement envie de te voir.

— Eh bien, me voilà. Comment vous sentez-vous ?

— J'ai très mal. Même avec la morphine, j'ai mal. Et parfois je ne sais plus où je suis. Et j'ai envie de pleurer. Mais on ne va quand même pas en arriver là, n'est-ce pas ?

— J'en doute, répondit Zoe, s'asseyant sur le bord du lit et lui caressant les cheveux. Eh bien… On est là pour vous, à présent.

— Ne parlons pas de ça. J'avais quelque chose d'important à te dire, mais ça m'est sorti de la tête. Alors à quoi ça sert ?

Ils attendirent en silence tandis qu'il se creusait les méninges.

Puis Jake s'assit dans la chaise en plastique et demanda :

— Tu as écouté la radio de l'hôpital, hier soir ?

— Quoi ?

— Ils ont passé une chanson pour toi. De Frank Sinatra. Ils l'ont diffusée exprès pour toi.

Peter regarda Zoe et rit malgré la douleur qui allait de pair avec son hilarité.

— Il est fou à lier, n'est-ce pas ? Qu'est-ce qu'il est en train de raconter ? Je ne sais pas ce qui t'a pris de l'épouser.

— C'est un mystère, papa, répondit-elle.

— Ah, voilà : je me souviens de ce que je voulais dire. Reste avec lui, si tu l'aimes. Jusqu'à ce que la mort nous sépare, et tout ça. Reste avec lui. C'est toi qui l'as fait, ce garçon. C'est vraiment toi.

— Ah ?

— Voilà, c'était ça. Et pour te demander une chose encore. Que tu me serres dans tes bras. C'est tout. Rien qu'une fois.

— D'accord, Peter.

Zoe se pencha sur le lit, aussi bas que possible, et le serra dans ses bras, posant son visage contre sa joue râpeuse. Jake les regarda depuis sa chaise en plastique. Cela dura dix ou douze secondes, durant lesquelles Peter joua avec une mèche des cheveux de Zoe.

— Ça suffit, décréta-t-il enfin.

— Je n'y ai pas droit, moi ? demanda Jake.

— Ça manque de dignité masculine.
— D'accord.

Peter n'avait plus beaucoup d'énergie pour bavarder. Zoe et Jake s'épuisèrent tous les deux à tenter de lancer des conversations, déterrant des sujets d'actualité ayant une petite chance de l'intéresser. Jake était soulagé de constater que la confusion temporelle lui accordait un peu de répit. Il n'avait pas envie de sortir abattre Charlie une deuxième fois.

Peter s'endormit après un moment, et ils partirent. L'hôpital les informerait au moindre changement de son état. Zoe prit le volant pour rentrer.

— Tu as senti cette odeur ?
— Quelle odeur ?
— Rien.

Ils arrivèrent chez eux et Jake n'avait pas encore inséré la clé dans la serrure qu'il entendit le téléphone sonner. C'était l'hôpital. Peter s'était éteint durant l'heure qui précédait.

14

Jake se tenait devant la fenêtre de leur chambre d'hôtel.

— Qu'est-ce que tu regardes ? s'enquit Zoe.

— Rien.

Elle s'avança pour voir elle-même de quoi il en retournait, mais Jake pivota brusquement et lui bloqua le passage. Elle gloussa, et tenta de se faufiler, mais il l'en empêcha de nouveau.

— Qu'est-ce que tu fais ?

Sans dire un mot, il se contenta de la tenir fermement pour l'empêcher d'atteindre la fenêtre. Elle tenta de repousser ses bras, mais il l'enlaça, la faisant reculer vers le lit, pour finalement la faire basculer en arrière sur l'édredon.

— Lâche-moi, Jake ! Je veux voir.

Elle se dégagea et se releva tant bien que mal, puis se rua jusqu'à la fenêtre. Elle contempla le paysage neigeux. Le ciel présageait d'autres nuages gris et lourds. La route se déroulait jusqu'à bifurquer au loin, flanquée de part et d'autre d'une haie d'arbres semblables aux sentinelles gelées d'une guerre oubliée. Il n'y avait rien qu'elle n'ait déjà vu.

Jake vint se placer derrière elle et regarda par-dessus son épaule. Il passa un bras autour de son ventre et la caressa.

— Qu'est-ce que c'était ? insista-t-elle.

— Rien.

— Tu mens.

— Oui.

— Alors dis-moi.

— Non.

Quelque chose la fit frémir. Elle pivota, lui empoigna la mâchoire et serra fort.

— Est-ce que tu essaies de me protéger ? Je ne veux pas qu'on me protège. Quoi qu'il y ait à savoir sur cet endroit, je veux que tu me le dises.

Il saisit la main de Zoe pour l'écarter de sa bouche.

— C'était un cheval.

— Un cheval ?

— Oui, un cheval. Avec un traîneau. Il attendait en bas. Il est parti, maintenant.

— Pourquoi est-ce que tu ne me l'as pas dit ?

— Je l'ai déjà vu, au même endroit. Il me fait peur.

— Qu'est-ce que tu veux dire ? Tu l'avais déjà vu, avant ?

— Oui. Plusieurs fois.

— Moi aussi, je l'ai vu.

— Quoi ? Tu l'as vu ? Tu as vu le cheval et tu ne m'en as pas parlé ?

— Oui. Un énorme cheval noir avec une plume rouge, tirant un grand traîneau.

— Comment tu as pu me cacher ça ? Zoe, enfin, à quoi tu pensais ?

— Tu t'entends parler ? Il y a trois secondes, tu ne voulais même pas que je regarde par la fenêtre.

Jake secoua la tête et se laissa choir sur une chaise.

— Très bien. Faisons un serment. On n'essaie pas de se protéger l'un autre. Dans cet endroit. Sincèrement.

Jake fut stupéfait d'apprendre que Zoe était sortie en pleine nuit, et qu'elle s'était approchée tout près du cheval au souffle embrumé ; qu'elle lui avait caressé les flancs et avait même essayé de monter sur le traîneau. Elle lui raconta que le cheval et sa charge étaient immenses, mais que lorsqu'elle avait voulu monter sur le traîneau, celui-ci avait grossi démesurément, sans prévenir ; ou peut-être qu'elle-même avait rapetissé, comme Alice.

Ils décidèrent de sortir examiner l'endroit où le cheval attendait habituellement.

Il y avait des traces dans la neige, laissées par les patins du traîneau et les sabots du cheval. Il y avait aussi du crottin.

— Eh bien, comme ça, on est sûrs qu'il est réel, commenta Jake. Mais… regarde un peu ce truc.

Il ramassa un peu de crottin dans le creux de son gant et le lui tendit pour qu'elle l'observe.

— Waouh. Merci.

— Regarde mieux.

L'excrément avait la forme et la texture du crottin de cheval ordinaire. Mais il était traversé de reflets irisés. Il scintillait. Il étincelait d'éclats bleus, verts, rouges et violets ; il rayonnait d'une lumière qui lui était propre.

— On est en train de rêver, ou quoi ? dit Zoe. C'est une illusion d'optique ?

— Non.

Mais au creux du gant de Jake, le crottin luisant faiblit, s'émietta, se transforma en sable et disparut. Sur la neige, ce qu'il en restait s'évanouit également, tout comme les marques de sabots et les traces de rails laissés par les patins du traîneau.

— Et moi qui m'apprêtais à dire qu'on n'avait qu'à suivre les traces, regretta Jake.

— Jake, ça fait longtemps qu'on n'a pas essayé.

— De quoi ?

— De partir à pied.

— En effet.

— Pourquoi ?

— Parce que là où on est, les chevaux chient des arcs-en-ciel.

— Ah, oui.

Ils rentrèrent dans l'hôtel. Ni la lumière ni le chauffage n'étaient revenus, et la température dégringolait rapidement. La vitesse à laquelle un bâtiment de cette taille pouvait se vider de sa chaleur était impressionnante. Jake se souvint avoir trouvé une hache plantée dans une bûche, en pillant la réserve de bois de la vieille maison. Il déclara qu'il sortait couper du petit bois. S'il le fallait, ajouta-t-il, ils dormiraient devant la cheminée.

Pendant ce temps, Zoe déblaya et nettoya la cheminée en prévision de son retour. Au creux d'une niche, dans l'enceinte de pierre du foyer, elle trouva un jeu de cartes. Elle s'en empara. Il s'agissait d'une sorte de tarot. Zoe avait déjà vu des cartes destinées à la divination, et celles-ci étaient similaires, sauf que les noms des arcanes majeurs étaient en français. La plupart d'entre eux étaient les mêmes que ceux du tarot qu'elle connaissait – *La Lune*, *Le Soleil*, etc. – mais certaines cartes étaient différentes. L'une d'entre elles était baptisée « *La Montagne* », et une autre portait le dessin d'une boussole, peut-être en remplacement de la traditionnelle Roue de fortune. Une autre carte s'intitulait « *Le Chien* » ; Zoe ne se souvenait pas l'avoir déjà rencontrée auparavant. Elle découvrit alors une nouvelle carte qui lui coupa le souffle.

Le dessin représentait deux grands oiseaux noirs, chacun perché sur un poteau de part et d'autre d'un portail. L'image lui rappela les deux grands corbeaux qu'elle avait vus lorsqu'elle était partie, un matin, récupérer la voiture de police abandonnée. Elle frissonna.

Elle se mit à passer les cartes en revue, lentement, à la recherche de la Mort. Elle retournait chaque carte un peu plus lentement que la précédente, sachant qu'elle était là, quelque part. Puis elle se ravisa : quelle que soit son apparence, elle n'avait pas envie de la voir. Elle rassembla les cartes et les replaça là où elle les avait trouvées.

Lorsque Jake fut de retour avec son petit bois, elle l'aida à préparer le feu. Ils installèrent les bûches, mais n'allumèrent pas. Zoe ne fit pas allusion aux cartes.

La nourriture étalée sur le plan de travail, dans la cuisine, avait pourri. Jake fit le ménage. Il avait observé les aliments comme on guette une horloge ; mais à présent, il était assailli de pensées désagréables à base d'asticots et de chair décomposée. Il jeta donc le tout dans un sac-poubelle qu'il alla déposer derrière l'hôtel et nettoya le plan de travail à l'eau de Javel.

Il n'y avait désormais ni électricité ni gaz pour cuisiner. Ils dénichèrent donc du fromage, des biscuits et des fruits pour leur repas. Sans oublier une bonne bouteille de vin rouge. Jake prit soudain conscience que la nourriture viendrait à manquer bien longtemps avant le vin.

— On ne risque pas de manquer de péché, déclara-t-il en tirant sur un bouchon de liège.

— Quoi ?

— J'ai dit, on ne risque pas de manquer de vin, répéta-t-il en lui tendant un verre. Tiens.

— Non. Tu as dit : « On ne risque pas de manquer de péché. »

— De vin. J'ai dit de vin.

— Mais non. Tu as dit « péché ». Tu as dit : « On ne risque pas de manquer de péché. »

— Ah bon ?

— Oui.

— Ma langue a dû fourcher.

— Oui. Tu allumes le feu ?

Jake s'exécuta, et ils contemplèrent le spectacle des flammes léchant le petit bois avec fascination, comme s'il s'agissait d'un programme télévisé dont l'issue était incertaine. Mais le feu engloutit le petit bois et Jake ajouta quelques fines bûches dans l'âtre, dont les flammes s'emparèrent avidement, comme des doigts portant la nourriture à une bouche affamée. Puis il posa les grosses bûches en travers du foyer, et bientôt le feu se mit à ronfler de bon cœur dans la cheminée.

Le crépuscule tomba comme un manteau, une invasion silencieuse, une horde de créatures grouillantes encerclant l'hôtel. Jake alla chercher quelques matelas dans les chambres les plus proches, puis repartit en quête d'édredons tandis que Zoe disposait des bougies allumées sur le bureau de la réception ainsi que dans tout le vestibule. À l'extérieur, le crépuscule enfla et se mua en ténèbres.

Jake n'émit aucun commentaire lorsque Zoe barricada la porte latérale de l'hôtel. Quant aux portes de verre du vestibule, elle les condamna en glissant entre les poignées une paire de skis anciens qui décoraient le mur.

— Tu attends quelqu'un ? demanda Jake avec un demi-sourire.

— Non.

— Le Diable ?

— Non.

— Dieu ?

— Non.

— Quelque chose d'autre ?

— La ferme. Je me sens mieux quand tout est bien verrouillé et barricadé, OK ?

Ils burent deux bouteilles de vin. Jake veilla à alimenter le feu. Zoe se blottit sous les couvertures et scruta les flammes. Elle y distingua des formes. Elle s'endormit.

Pendant la nuit, elle entendit des hommes rôder autour de l'hôtel. Elle entendit leurs voix. Elle entendit leurs bottes qui martelaient et faisaient crisser la neige. Ils se lançaient mutuellement des appels, doucement. Elle n'arriva pas à comprendre ce qu'ils disaient, ni à se lever pour regarder par la fenêtre. Elle était paralysée, à la fois par la terreur et par le demi-sommeil qui l'étreignait. Lorsqu'elle voulut se redresser, elle fut incapable de bouger. Elle avait l'impression d'avoir été droguée. Elle ne pouvait remuer ni les mains, ni les pieds. Elle ne pouvait même pas cligner des yeux. Elle ne pouvait pas parler ou appeler Jake, car ses lèvres et sa mâchoire étaient immobilisées. Elle ne pouvait rien faire d'autre que contempler le feu, et assister au mouvement flou des bûches incandescentes.

15

Lorsqu'ils se réveillèrent, le feu s'était éteint. On ne distinguait rien depuis les fenêtres de l'hôtel, car un brouillard épais était descendu sur la vallée, accompagné d'une nouvelle neige. Emmitouflée dans une couette, Zoe resta immobile devant les portes de verre du vestibule. Les vieux skis les condamnaient toujours. Elle se demanda si elle devait parler à Jake des hommes qui avaient rôdé autour de l'hôtel pendant la nuit.

Elle le protégeait toujours, tout comme lui essayait de la protéger. Mais de quoi ? De quoi ? Ils faisaient déjà partie de la foule des trépassés. Quel autre danger pourrait bien les menacer ?

Elle l'entendit bouger derrière elle. Sans se retourner, elle dit :

— Il y avait des hommes, cette nuit. Ils marchaient tout autour de l'hôtel. À moins que je n'aie rêvé. Mais si j'ai rêvé, alors c'est la première fois que ça m'arrive, ici.

Il vint se placer derrière elle. Il renifla et posa une main sur son épaule.

— Je les ai entendus, moi aussi.

Elle pivota brusquement, les yeux écarquillés.

— C'est vrai ?

Il fit glisser les vieux skis hors des poignées et les appuya contre le mur. Puis il s'habilla rapidement.

— Tu ne vas pas sortir…

— Si.

— Je ne veux pas que tu sortes. Qu'est-ce que tu as entendu ? Cette nuit, qu'est-ce que tu as entendu ?

— Des hommes qui marchaient autour de l'hôtel.

— Comment sais-tu qu'il s'agissait d'hommes ? demanda-t-elle d'une voix tremblante.

— Eh bien, je n'en suis pas sûr. Mais leur pas lourd semblait plutôt masculin. J'ai entendu leur souffle. J'en ai entendu un tousser, aussi.

— Est-ce qu'ils ont essayé d'entrer ?

— Je ne crois pas. Je crois qu'ils sont venus jusque sous la fenêtre, mais qu'ils n'ont pas essayé d'entrer.

— Et si c'était autre chose que des hommes ?

— Qu'est-ce que ça pourrait être, sinon ?

— Et si c'était des démons ?

Jake ricana, moqueur.

— Tu ne crois pas aux démons, affirma-t-il.

— Peut-être que j'y crois, maintenant. Je ne veux pas que tu sortes.

Jake enfila ses bottes et les laça en silence.

— On ne peut pas s'enfermer pour toujours,

finit-il par dire, ça, c'est sûr. Je ne vais pas rester prisonnier ici. S'il y a des hommes dehors, je veux savoir ce qu'ils font. Et s'il y a des démons, eh bien, je veux savoir à quoi ils ressemblent. Tu viens ?

Il lui tendit la main. Elle ne bougea pas.

— Ils ne peuvent pas nous faire de mal.

— Si.

— Zoe ! On est morts ! Il y a quelque temps, on est morts dans une avalanche ! Qu'est-ce qu'ils pourraient bien nous faire, hein ? Nous tuer une deuxième fois ?

Zoe cilla. Elle savait exactement ce qu'ils pouvaient faire. Quelque chose que Jake ne comprenait pas. Mais elle ne dit rien. Simplement :

— Attends-moi.

Elle s'habilla à la hâte, enfilant les bottes et le blouson de ski qu'elle avait libérés de leurs rayonnages déserts. Jake l'attendit patiemment ; puis, quand elle fut prête, il lui tint la porte, et ils sortirent tous les deux.

Le froid glacial les mordit. La visibilité n'était que de quelques mètres. La brume humide leur gifla le visage et le brouillard s'infiltra dans leur gorge. La neige tombait dru, en petits flocons.

Ils firent le tour de l'hôtel, en quête de traces de bottes laissées par les hommes durant la nuit ; ou, si ce n'était des traces de bottes, de n'importe quelles traces permettant de deviner ce qui avait rôdé près de l'hôtel. Ou ce qui y rôdait toujours. Mais il n'y avait ni traces de bottes, ni traces de griffes, ni traces de quoi que ce soit. Elles avaient probablement disparu de la même façon que les marques de sabots et de rails laissées par le cheval et son traîneau géant.

Mais Jake trouva cependant quelque chose.

Il brandit le mégot de cigarette qu'il avait ramassé pour le lui montrer. Le filtre était plié, comme si le fumeur l'avait tordu entre ses doigts en l'écrasant. Il y en avait d'autres, jetés par terre à intervalles réguliers. Ils débattirent du temps que les mégots avaient pu passer là ; avaient-ils l'air récents ? Le résidu de tabac, à l'odeur, paraissait-il éventé ou non ? Le papier semblait-il blanc et neuf, ou gris et plissé ? Ils se demandèrent s'ils avaient déjà vu ces mégots de cigarette dans la neige auparavant ; ils ne pouvaient en être sûrs. Peut-être avaient-ils toujours été là, et qu'ils n'y prêtaient attention que maintenant, après le passage des intrus. Ils reniflèrent les filtres, ouvrirent et étalèrent ce qu'il restait de papier, écrasèrent le tabac entre leurs doigts. Ils se penchèrent pour étudier les mégots comme s'il s'agissait des Manuscrits de la mer Morte, des papyrus couverts d'une écriture indéchiffrable, cherchant à tout prix à en extraire du sens.

Puis, derrière l'hôtel, Zoe trouva un autre mégot sur lequel une minuscule particule de tabac scintilla avant de s'éteindre. Une volute de fumée, aussi légère qu'un miracle, s'éleva du mégot. Zoe se pencha, le ramassa, souffla dessus, et il s'embrasa.

Elle le tint à bout de bras pour le montrer à Jake qui le scruta, effaré.

Zoe se tourna et hurla dans la brume tourbillonnante.

— Houhou ! Hé ho ! Qui va là ?

Mais ses mots furent assourdis par le brouillard glacial, et parurent retomber avec fracas à ses pieds.

Jake mit ses mains en porte-voix.

— Hééééééhooooo ! beugla-t-il.

Mais sa voix ne portait pas.

— On sait que vous êtes là ! hurla-t-il de plus belle.

Il se tourna ensuite vers Zoe.

— Ce n'est pas vrai, murmura-t-il.

Ils scrutèrent tous les deux la brume avec intensité, et Zoe vit, ou crut voir, une petite lueur, passant du cramoisi à l'or, peut-être la braise rougeoyante d'une cigarette allumée sur laquelle le fumeur était en train de tirer. Mais elle était si petite, et son éclat si bref, qu'elle ne put en être certaine.

Peut-être Jake la vit-il lui aussi, car il se mit à avancer dans la brume, louvoyant légèrement, comme s'il visait un point précis non loin de l'endroit où il se trouvait. Il n'avait pas fait plus d'une dizaine de pas que sa silhouette s'estompait déjà. Incapable de dissimuler la panique qui perçait dans sa voix, Zoe lui cria de revenir.

— Je vais juste jeter un coup d'œil dans le coin.

— J'ai peur ! Tu risques de ne pas retrouver le chemin pour revenir.

— Mais non.

— Jake, tu m'as demandé ce qu'ils pourraient nous faire qui serait pire que la mort. Je vais te le dire. Ils pourraient nous séparer.

— Quoi ?

— Ils pourraient nous séparer.

Jake hésita et se retourna pour la regarder. Il n'avait pas l'air d'avoir envisagé cette possibilité. Il la rejoignit et la serra dans ses bras.

— Je ne les laisserai pas faire. Retournons à l'intérieur.

Ils rentrèrent dans l'hôtel, et une fois dans le vestibule, Zoe fit mine de repasser les skis à travers les poignées. Mais Jake lui prit doucement les skis des mains et les posa un peu plus loin. Soudain, elle frissonna. Elle se mit à grelotter, comme lorsqu'elle avait la grippe. Jake retrouva sa couette et la posa sur ses épaules.

— Tu es gelée, dit-il. Je vais rallumer le feu.

— Tu n'as pas froid, toi ?

Il secoua la tête pour dire « non ». Depuis qu'ils étaient ici, il n'avait jamais eu froid. Mais Zoe grelottait. Jake s'agenouilla devant le foyer et fit craquer une allumette. Celle-ci s'embrasa en sifflant, et quelques instants plus tard, le feu était reparti. Jake l'alimenta en petites bûches. Puis il fit de la place pour lui permettre de s'asseoir devant les flammes réconfortantes.

— Ces bûches n'ont pas fait long feu, commenta-t-il. Tôt ou tard, il va falloir que je ressorte en chercher d'autres.

— Je préférerais que tu restes à l'intérieur.

— Écoute, c'est à cent pas d'ici, sur le côté de la route. Même dans ce brouillard, je ne pourrais pas me perdre. Et vu comme tu frissonnes, il va falloir qu'on l'entretienne, ce feu.

— Je ne peux pas m'en empêcher.

— Bon, je vais prendre la bâche et aller chercher une nouvelle cargaison de bois. Et ensuite, je te préparerai un délicieux petit déjeuner, cuit au-dessus du feu dans une poêle, comme dans l'ancien temps. Ça sera pas super, ça ?

— Prendre la bâche. Poêle.

— Hein ?

Elle le regarda en papillotant des yeux. Elle n'avait pas faim du tout.

— On pourrait petit-déjeuner d'abord ? Avant que tu t'en ailles ?

Il sourit.

— Bien sûr.

Il se glissa à ses côtés, resserra la couette sur ses épaules et passa un bras autour d'elle, tentant de lui transmettre un peu de sa chaleur. Il l'étreignit bien fort mais sembla partir soudain loin d'elle, s'abîmer dans ses propres pensées.

Les frissons de Zoe s'étaient calmés. Elle sentait à présent la chaleur des flammes. Elle regarda Jake.

— Ça va ? demanda-t-elle.

— Oui. Pourquoi ?

— Tu as l'air...

— Je m'apprêtais à faire quelque chose et je n'arrive pas à me souvenir de ce que c'était.

— Tu allais préparer un petit déjeuner, et le cuire avec une poêle dans la cheminée.

— Ah bon ?

— Oui.

— Tiens, oui. C'est vrai. C'est marrant. Marrant comme ça me revient, maintenant.

Il se leva et se dirigea vers la cuisine. Zoe le suivit du regard. Il y avait quelque chose d'anormal dans son comportement. Elle se demanda s'il avait reçu un coup sur la tête, dans l'avalanche, qui lui aurait laissé des séquelles durables. Ses yeux étaient toujours injectés de sang. C'était le genre de chose qu'on allait habituellement faire examiner à l'hôpital. Mais il n'y avait pas d'hôpital, pas de médecin, pas d'infirmière. Elle ne savait même pas si, ou à quel degré on pouvait se faire mal dans cet endroit. Elle pensa au bébé qui grandissait dans son ventre.

Jake revint avec une grande poêle huilée, des assiettes, du bacon, des œufs et du pain. Il se mit à aplatir les bûches qui brûlaient dans l'âtre, pour former un lit où faire chauffer la poêle.

— Le congélateur est éteint. On devrait manger ce bacon pendant qu'on le peut encore. Tout va se décomposer et dans quelques jours, il faudra se rabattre sur les conserves.

Il disposa les tranches de bacon dans la poêle.

— Alors, affamée ? demanda-t-il.

Elle fit semblant de l'être.

— C'est comme au camping, commenta-t-il.

Elle le regarda déposer prudemment la poêle dans les flammes et dut retenir ses larmes.

Ils petit-déjeunèrent en silence, jusqu'à ce que Jake demande :

— Souviens-t'en pour moi. Souviens-toi du goût du bacon.

— Eh bien… Tu étais végétarien quand je t'ai rencontré.

— Sans blague ?

— Je t'ai converti.

— Vraiment ?

— Mais enfin, tu plaisantes ? Tu ne te rappelles pas ? Tu dois forcément t'en souvenir !

Jake parut peiné.

— On dirait que j'ai oublié tellement de choses. J'essaie de m'en souvenir, mais il n'y a rien. Je t'écoute me raconter des histoires, des choses qu'on a vécues tous les deux, et c'est comme si tu parlais de quelqu'un d'autre.

— C'était quelques mois après qu'on commence à sortir ensemble. On avait passé quarante-huit heures au lit, dans mon appartement. On n'était sortis de la chambre à coucher que pour aller aux toilettes. C'était incroyable. On n'arrivait pas à se détacher l'un de l'autre. On avait baisé toute la journée et toute la nuit, on avait un peu dormi entre les deux mais rien mangé. Et j'ai dit : « Allez, je vais me faire un sandwich au bacon », et tu as répondu : « Je peux pas, je suis végétarien et tout ça. » J'ai dit : « Tant pis, c'est toi qui vois », et je suis descendue à la cuisine me faire un sandwich au bacon dégoulinant de graisse et de sauce tomate. Je suis remontée avec et tu m'as regardée le manger, et quand j'ai eu fini, j'ai lancé : « C'est con, tu ne peux plus m'embrasser maintenant, tu aurais la bouche pleine de graisse de bacon. » « Dégueulasse, tu as dit, c'est dégueulasse », et là tu m'as embrassée. Et tu as penché la tête en arrière, tu as passé la langue sur tes lèvres et tu as fini par admettre : « OK, c'est bon. »

— J'ai dit : « OK, c'est bon » ?

— Tu as dit : « OK, c'est bon. Neuf ans de végétarisme, j'arrête aujourd'hui, tu peux m'en faire un ? » Et voilà.

— Ça devait être un sacré baiser.

— En effet. Un baiser passionné. Tu as adoré.

— Il y a d'autres choses que tu m'as convaincu d'essayer ou d'abandonner ?

— Tu ne buvais pas d'alcool.

— Tu plaisantes !

— Oui, pour ça, je plaisante. Tu ne te souviens vraiment pas, hein ?

— Oui. Non. Je ne sais pas. On dirait que j'ai oublié tellement de choses.

Elle s'inquiétait énormément à son sujet, mais elle dit :

— Ça ne fait rien. Ça ne fait rien, parce que tout ce que tu peux voir, toucher, entendre ou sentir est rattaché à une histoire ; une histoire que je peux te raconter. Si tu dis « bacon », j'ai une histoire à te raconter. Si tu dis « neige », j'en ai une bonne dizaine. C'est ça qu'on est : un recueil d'histoires communes. C'est ça qu'on est l'un pour l'autre.

Il fixa sur elle un regard intense, ses yeux injectés de sang débordants d'amour et d'admiration pour elle. Puis il se leva.

— Où tu vas ?

— Je vais chercher du bois, pour te réchauffer. Ce qu'on a là ne durera pas toute la journée, sans parler de la nuit. Je fonce directement là-bas, je prends les bûches, et je reviens.

Il se baissa pour l'embrasser, puis se figea et s'écarta.

— Qu'est-ce qu'il y a ?

— Ton goût. Il m'est revenu.

Il l'embrassa une nouvelle fois puis se releva prestement. Il empoigna un coin de la bâche et la secoua pour faire tomber les dernières bûches avant de l'enrouler et de la caler sous son bras. Puis il traversa les portes de verre et s'éloigna dans le brouillard, de petits flocons de neige tourbillonnant autour de ses oreilles.

Zoe remplit l'âtre de bûches et attendit. Elle ne fit rien d'autre que scruter les flammes. Au bout d'un moment, elle commença à s'inquiéter. Il lui semblait que Jake s'éternisait à l'extérieur. Elle emporta les assiettes et la poêle dans la cuisine et fit la vaisselle. Lorsqu'elle revint dans le vestibule, il était noir de monde.

Il s'agissait toujours de la même foule, agglutinée dans l'entrée une fois de plus. Ils parlaient avec animation. La pièce était bondée. Les nouveaux arrivants formaient une queue devant la réception. Les trois réceptionnistes étaient toujours aussi occupées, l'une au téléphone, la deuxième supervisant un paiement par carte et la troisième essayant de décrypter les paroles du responsable en costume gris malgré le brouhaha. La même scène se reproduisait dans les moindres détails.

Elle entendit le souffle des freins du bus de luxe. L'homme la dépassa, lui adressant un clin d'œil suggestif. Elle respira la bouffée d'eau de Cologne.

Tout se répétait, une fois de plus.

Zoe entendit le mot « avalanche » dans la bouche d'une femme près de la réception. Elle leva les yeux et croisa le regard du concierge au crâne chauve, qui agita la main dans sa direction, la priant de le rejoindre de l'autre côté du vestibule.

— Madame ! appela-t-il. Madame !

Mais Zoe était paralysée. Elle était incapable de bouger un muscle. La scène, qui se déroulait sous ses yeux pour la troisième fois, commençait à prendre une allure menaçante. Bien que la foule semble parfaitement enjouée, leurs gestes animés et l'enthousiasme qui perçait dans leurs voix lui nouaient l'estomac.

Le concierge en livrée gris et bordeaux vit qu'elle était bloquée. Il lui adressa un sourire encourageant. Puis il attrapa une enveloppe en papier kraft et l'agita à son intention.

Zoe secoua la tête.

Le concierge dit quelque chose à un autre client et commença à se frayer un chemin à travers la foule comme pour la rejoindre, tout en agitant l'enveloppe.

— Ce n'est pas pour moi, refusa Zoe. Ce n'est pas pour moi.

— Mais madame ! protesta le concierge en arrivant près d'elle.

Zoe ferma les yeux.

Lorsqu'elle les rouvrit, le concierge avait disparu, ainsi que tous les autres clients qui bavardaient dans le vestibule, les trois réceptionnistes, les deux Anglaises et le bus déversant un flot de nouveaux arrivants. Tous s'étaient évanouis.

Zoe ferma les yeux et compta jusqu'à dix. Lorsqu'elle les rouvrit, elle fut soulagée de retrouver le vestibule vide, entièrement désert. Quoi que cette vision récurrente tente de lui montrer, elle n'en voulait pas. Elle laissa échapper un grand soupir et, encore tremblante du choc de cette hallucination monotone mais troublante de réalisme, se rendit à la fenêtre et scruta l'extérieur. La brume semblait s'être levée, un petit peu seulement. Les tourbillons de neige s'étaient calmés, mais on n'y voyait pas grand-chose.

Elle reprit sa place devant la cheminée. Puis elle se releva et regarda de nouveau par la fenêtre. Là, dehors, elle perçut un léger mouvement.

Il était difficile de distinguer quoi que ce soit à plus de vingt ou trente mètres. La brume s'était mise à dériver, et des rafales de vent permettaient de la percer, çà et là, l'espace d'un instant. Mais Zoe entrevit une forme grise qui ressemblait à un loup, et un mouvement suggérant que quelque chose se trouvait bel et bien là.

Elle scruta la brume avec intensité. Elle aurait aimé que Jake soit revenu. Puis une nouvelle bourrasque balaya le paysage, et lorsque la brume se leva, elle vit les hommes.

Ils étaient trois. Ils se tenaient tout proches les uns des autres, et l'un d'entre eux était accroupi au sol, le coude sur le genou. La forme de loup. Il fumait une cigarette et regardait en direction de l'hôtel. Ils fumaient tous les trois. Quand la brume tourbillonna autour d'eux, elle vit une cigarette rougeoyer comme l'un d'eux inhalait la fumée ; et elle vit les panaches de fumée que soufflaient les deux autres. Tout en fumant, ils regardaient eux aussi dans sa direction. Ils ne dévisageaient pas Zoe personnellement ; ils ne l'avaient pas vue. Ils fumaient et observaient tous des côtés différents de l'hôtel.

Elle baissa la tête. Son cœur martela sa poitrine et son souffle se fit court. Elle se laissa glisser au sol. Après quelques instants, elle reprit ses esprits et rampa jusqu'à un autre endroit de la fenêtre, où celle-ci était munie d'un rideau. De là, elle observa les trois hommes dans l'interstice entre le rideau et le mur.

Mais ils ne bougeaient guère, sauf pour porter leurs cigarettes à leurs bouches ou pour souffler la fumée. L'un des hommes jeta la sienne au sol et la piétina. Quelques instants plus tard, il sortit un paquet dont il tira une autre cigarette, et il emprunta un briquet à l'un de ses compagnons. Le troisième membre du groupe demeura accroupi et continua à scruter l'hôtel, sans relâche.

Elle pensa à Jake, qui se trouvait à l'extérieur. Il allait revenir d'un moment à l'autre avec le bois. Ils le verraient. Ils le verraient revenir avec le bois.

Elle tenta de calmer les battements éperdus de son cœur. *Réfléchis*, s'admonesta-t-elle. *Réfléchis.* Il fallait qu'elle trouve un moyen de le prévenir. Un moyen qui n'indiquerait pas aux trois hommes qu'ils étaient là, qu'ils étaient barricadés dans l'hôtel. Il fallait qu'elle rejoigne Jake pour le prévenir.

La porte de derrière. Bien qu'elle ne l'ait jamais empruntée, il y avait forcément une manière de quitter l'hôtel en toute discrétion. Une issue de secours, peut-être. Ou une porte dans la cuisine… Oui, voilà. Elle avait vu une porte dans la cuisine. Jake l'avait empruntée pour sortir la poubelle. Elle pouvait sortir par cette porte et contourner l'hôtel. De là, elle pourrait rejoindre la route. C'était ça ; c'était ça qu'elle devait faire.

Elle se baissa et rampa sous les fenêtres, restant bien près du mur. Lorsqu'elle les eut dépassées, elle put se lever et traverser le restaurant, sûre de ne pas être vue. Elle franchit alors les portes battantes de la cuisine.

Il y faisait encore plus froid qu'ailleurs. Elle

s'aperçut qu'elle avait laissé son manteau près de la cheminée.

Tant pis, elle s'en passerait. Elle traversa la cuisine carrelée pour rejoindre la porte. Celle-ci n'était pas verrouillée. Une fois dehors, elle se faufila entre les bennes à ordures et les containers à poubelles. Elle put alors contourner l'hôtel à pas de loup en direction de la route.

Mais lorsqu'elle se trouva à hauteur de celle-ci, elle se rendit compte qu'il existait une zone de peut-être quinze ou vingt mètres de large, entre l'hôtel et le bâtiment d'en face, où elle serait obligée de passer à découvert. Elle voyait les trois hommes, immobiles, scrutant toujours l'hôtel, fumant toujours leurs cigarettes. C'était trop long pour traverser en courant. Ils repéreraient aisément une silhouette qui se ruerait en travers de la route.

Mais tandis qu'elle pressait le nez contre le mur, tentant de rester hors de vue tout en continuant d'épier les trois hommes, la brume tourbillonna de nouveau, les faisant disparaître presque entièrement de son champ de vision. Le brouillard dérivait devant eux comme un rideau de fumée : pendant un instant, ils étaient là, l'instant d'après, ils s'étaient volatilisés. Elle savait que si la brume était avec elle, elle pourrait se précipiter de l'autre côté de la rue sans être vue.

Elle attendit le moment propice. C'était incroyablement frustrant. La brume flottait dans l'air comme une licorne ou une chimère bondissante, cachant partiellement les hommes à sa vue, mais pas totalement. Elle voyait toujours leurs jambes, ou alors leurs têtes couvertes, comme la brume tissait ses volutes de-ci, de-là. Ils étaient d'une patience terrifiante. Ils se contentaient de scruter, d'attendre, de fumer.

Enfin, la brume retomba, accompagnée d'une nouvelle rafale de neige. Zoe baissa la tête et fonça. Elle fonça et glissa dans la neige glacée, mais elle se rétablit, se ruant de l'autre côté de la route, où les hommes ne pourraient pas la voir.

Essoufflée, elle s'adossa au mur, des panaches de vapeur s'échappant de sa bouche. Puis elle se hâta en direction de la maison où Jake était allé chercher le bois. Cela ne lui prit pas plus de deux minutes. Lorsqu'elle atteignit l'appentis désormais vidé de ses bûches, elle découvrit la bâche chargée de bois, mais aucune trace de Jake.

Elle avait peur, à présent, que les hommes décident de quitter leur poste et l'aperçoivent, aussi entra-t-elle dans la maison, espérant y trouver Jake. Comme auparavant, la porte s'ouvrit sans résistance pour révéler la cuisine plongée dans la pénombre. Une lueur sourde se reflétait sur le vieux miroir au-dessus de la cheminée. L'atelier du menuisier, avec son cercueil libre, attirait son regard. Elle fit un pas dans cette direction, puis pivota brusquement et découvrit Jake. Il lui tournait le dos et regardait le mur.

— Jake ! Il y a des hommes.

Jake se retourna vers elle et lui fit signe de se taire. Puis il se tourna de nouveau face au mur.

Elle se précipita vers lui.

— Trois hommes, ajouta-t-elle.

— Tu es sûre ?

Il avait l'air en transe.

— Évidemment !

— Regarde, ajouta-t-il sans s'intéresser à ses révélations. Regarde les photos.

Zoe hoqueta de surprise.

— Ça fait combien de temps, demanda Jake, combien de temps qu'on est venus dans cette maison ?

— C'était… hier seulement. Non. Attends, si, c'est ça. C'était hier.

— J'ai l'impression que ça fait très longtemps qu'on est venus ici. Des semaines. Des mois.

— Non ! C'était hier.

Jake contemplait toujours les cadres. Là où Zoe se souvenait d'avoir découvert des générations familiales sous forme de portraits traditionnels sépia et de clichés modernes aux teintes délavées, il n'y avait plus rien. Les photographies avaient toutes disparu. Tous les cadres étaient vides, aussi bien ceux qui étaient fixés au mur que ceux qui étaient posés sur les meubles. Zoe sentit son sang se glacer et sa peau s'enflammer.

— Les hommes, Jake ! Il y a des hommes qui regardent l'hôtel.

Jake ne parut pas ressentir la moindre peur.

— Allons leur parler, alors, suggéra-t-il.

— Non ! Il faut qu'on retourne dans l'hôtel !

— Je n'en suis pas sûr.

Il avait toujours l'air étrangement apathique. Son débit de paroles était incroyablement lent.

— S'il y a des hommes, il faut que je leur parle.

Zoe le gifla, aussi fort que possible.

— Je ne te laisserai pas faire. Je ne veux rien savoir ! Je t'interdis d'y aller !

Il la regarda et sourit. Puis il prit la joue de Zoe dans sa main, en une tendre imitation de la claque brutale qu'elle venait de lui donner. Il se détourna et sortit, Zoe sur ses talons. Dehors, le brouillard était toujours si épais que la visibilité s'était de nouveau réduite à quelques mètres. Jake agrippa le coin de la bâche chargée de bois et se mit à la traîner en direction de l'hôtel.

— Laisse ça. On n'en a pas besoin.

— Il faut qu'on te garde au chaud, dit Jake d'une voix presque distraite. Il le faut.

— On peut rentrer par-derrière. Par la porte de la cuisine. Si on arrive à traverser la route sans qu'ils nous voient, tout ira bien.

Zoe pria pour que la brume opaque leur permette d'atteindre l'entrée des cuisines sans être vus. La bâche produisait en glissant sur la neige un bruit qui n'échapperait sûrement pas aux hommes. Elle en attrapa deux coins et convainquit Jake de soulever les deux autres afin qu'ils la transportent silencieusement.

Lorsqu'ils arrivèrent à la limite de la zone à découvert, le brouillard était assez épais pour les dissimuler. Bien que Zoe ne parvienne pas à voir si les hommes étaient toujours à leur poste, elle sentait leur présence, toute proche. La cargaison de bois était lourde, rendant leur progression difficile. Heureusement, ils se trouvaient à faible distance de l'arrière du bâtiment. Quelques minutes plus tard, ils déposaient leur chargement dans la cuisine. Une fois à l'intérieur, Zoe claqua la porte et abaissa la barre de sécurité.

— Où sont-ils ? demanda Jake.

— Ils observent la façade. Ils sont trois, et ils épient nos moindres faits et gestes.

— Je dois aller leur parler.

— Non, je t'en prie ! Non !

— Il le faut.

— Mais non, Jake ! On peut rester ici ! On sera au chaud ! On a assez de nourriture ! Rien ne nous oblige à faire quoi que ce soit. S'il te plaît, n'y va pas.

Il ignora ses supplications et traversa la cuisine, puis le restaurant jusqu'au vestibule, Zoe tentant tout du long de le retenir par la manche. Il marcha jusqu'à la cheminée et y ramassa la hache dont il s'était servi pour couper du bois. Puis il se dirigea vers la sortie. Zoe se rua contre les épaisses portes de verre, le suppliant, en larmes, de ne pas sortir.

— Tu ne vois pas pourquoi je dois y aller, et leur demander ce qu'ils veulent ? Tu ne comprends pas ? Allez, écoute-moi. Tout ira bien. Tu peux venir avec moi si tu veux. Mais je pense que tu ferais mieux de rester ici. Dans une minute ou deux, je reviendrai et je te dirai ce qu'ils veulent.

Une main plaquée contre sa bouche, elle le regarda sortir et s'éloigner dans la brume devenue épais brouillard, la hache qu'il tenait fermement se balançant à son côté. Il entra dans le brouillard, qui l'engloutit.

Zoe resta derrière les portes, les yeux fixés sur ce qu'elle ne pouvait pas voir, comptant les secondes. Elle attendit une minute, deux peut-être, mais ensuite elle n'en fut plus capable, plus capable d'attendre sans rien faire. Elle se rua à sa poursuite, criant son nom, courant à travers le brouillard, jusqu'à ce qu'enfin elle le voie, immobile, sa hache toujours à la main.

Elle se précipita vers lui et se jeta contre son torse.

— Où ? demanda-t-il. Où est-ce qu'ils étaient ?

— Ils étaient juste là. Je le jure. Ici même. L'un d'eux était adossé à ce rocher. Un autre avait posé le pied sur ce caillou. Regarde ! Voilà une de leurs cigarettes ! Elle fume toujours. Ils sont ici, Jake, ils sont ici !

Zoe ramassa le mégot encore fumant et le lui montra. Le reste de tabac rougeoya faiblement sous les tourbillons de vent glacial.

— Eh bien, ils étaient peut-être ici, mais ils n'y sont visiblement plus.

Jake cala la hache sous son bras et mit de nouveau ses mains en porte-voix.

— Montrez-vous ! hurla-t-il en direction du brouillard. Montrez-vous !

Mais son cri n'eut aucune portée, aucun écho dans la brume glacée, et il s'écrasa au sol. Jake reprit sa hache par la poignée et fit quelques pas en avant. Le vent glacial caressa ses cheveux et la brume s'éleva en spirales.

— Reste à portée de vue ! cria Zoe.

Mais il avança de quelques mètres sur la gauche, scrutant la brume opaque. N'y trouvant rien, il traversa et disparut presque du champ de vision de Zoe, la brume s'entortillant autour de lui. La jeune femme se retourna pour regarder l'hôtel. Un visage surgit près d'elle, à quelques centimètres de sa joue. La bouche était en partie dissimulée par une écharpe. Enfoncés dans de profondes orbites, les deux yeux la regardaient avec insistance. La bouche qui ressemblait à une plaie laissa s'échapper une haleine qui givra sur la joue de Zoe.

Elle hurla.

Elle revint à elle devant la cheminée, dans le vestibule de l'hôtel. Jake lui soutenait la nuque et tentait de lui faire boire de l'eau, qui lui dégoulinait sur le menton. Elle se redressa, regarda à droite et à gauche, toujours sous l'emprise de la terreur, prête à s'enfuir.

— Tu t'es évanouie, dit Jake.

— J'en ai vu un.

— Tu as crié et tu t'es évanouie.

— Tu l'as vu ?

— Non.

— Il était tout près, presque à me frôler. J'aurais pu tendre la main et le toucher.

— Il n'y avait personne, mon amour.

— Je l'ai vu.

— J'ignore ce que tu as vu. Tu étais certainement terrifiée. Quand on a peur, on voit et on entend toutes sortes de choses. Il n'y a personne. J'ai regardé partout. Il n'y a personne.

Elle frémit, et se remit à grelotter.

— Tu as froid. Je vais te rallumer un feu.

Elle rajusta la couette autour d'elle et en tira une deuxième sur ses genoux. De violents frissons la secouaient. Jake se mit aussitôt au travail, fendant un petit bois d'une finesse incroyable à l'aide de sa hache, puis le dispersant sur les cendres du foyer. Il alluma les minces brindilles et, d'une main experte, édifia une pyramide de bâtons plus épais au-dessus des flammes. Le tout brûlait facilement. Bientôt, le feu ronflait de nouveau dans l'âtre, diffusant une chaleur bienvenue.

— Tu n'as pas froid, Jake ?

Il ne répondit pas, continuant d'attiser le feu.

Après un moment, ses frissons diminuèrent. Elle prétendit qu'elle avait besoin d'aller aux toilettes, mais elle ressentait en réalité le besoin impérieux de faire un nouveau test de grossesse. L'idée que le choc qu'elle venait de subir lui fasse perdre son bébé la terrifiait. Elle avait disséminé sa réserve de tests partout à travers l'hôtel. Il y en avait derrière le comptoir de la réception ; emmitouflée dans sa couette, elle alla donc en chercher un et l'emmena aux toilettes, dont elle verrouilla la porte derrière elle.

Elle déballa le test, baissa sa culotte, glissa le petit bâton entre ses jambes et urina dessus. Elle attendit. Deux lignes bleues, minces mais bien visibles, apparurent. Elle savait qu'il était encore trop tôt pour déterminer si le choc de son évanouissement et de sa chute lui avait fait perdre son bébé, et qu'il lui faudrait se tester encore et encore, mais pour le moment, elle se sentait rassurée.

Ce bébé ira bien, se promit-elle. *Ce bébé ira bien.*

Elle jeta le test, remonta sa culotte et son jean et entreprit de se laver les mains. Le robinet émit un gargouillis maladif, mais pas une goutte d'eau n'en sortit. Elle se dirigea vers un autre lavabo, tournant les deux robinets, sans résultat. L'arrivée d'eau avait été coupée, ou elle avait gelé. Elle entendait l'air circuler en chantant le long de la tuyauterie, à travers le robinet ouvert. Elle colla son oreille au goulot. Le souffle du tuyau ressemblait tellement à de la musique qu'elle dut tendre l'oreille comme jamais auparavant afin de se convaincre que ce n'en était pas. Puis, au bout d'un moment, elle fut certaine du contraire : c'était bien de la musique qu'elle entendait sortir du robinet, une mélodie faible mais bien réelle. C'était une musique orchestrale, qui enfla avant de retomber ; puis elle se mua de nouveau en un souffle de tuyauterie.

Elle ouvrit la porte de la salle de bains et marcha droit sur Jake.

— Oh !

— Ça va ? Tu es partie depuis un bon moment.

— Oui, ça va.

— Tout va bien, tu es sûre ?

— Oui, oui.

Il lui lança un regard étrange.

— Reviens donc te reposer près du feu.

Jake passa un bras autour de ses épaules et la frictionna un peu pour la réchauffer tout en la ramenant devant la cheminée. Là, il lui prépara un lit et alimenta de nouveau le feu, se plaignant de la vitesse à laquelle les bûches se consumaient et de la fréquence à laquelle il fallait les remplacer. Zoe se blottit aussi près du feu qu'il était possible sans que les flammes ne se mettent à ronger sa couette.

Elle lui parla de l'eau.

— Elle est peut-être gelée, suggéra-t-elle.

— Peut-être que les générateurs du village ont arrêté de la pomper. Ne t'inquiète pas pour ça. On boira du vin rouge.

Jake était déjà en train d'en boire. Quelque quantité qu'il en ingurgite, il ne semblait jamais en subir les effets. Zoe, en revanche, n'était pas si sûre d'être immunisée. Précédemment, elle s'était jointe avec bonheur à ses dégustations de luxe, mais désormais, elle préférait se montrer prudente. Trop d'événements étranges se produisaient, et elle tenait à garder la tête froide. De plus, elle devait aussi prendre soin de son bébé, même dans ce monde.

Elle cacha son anxiété. Tant que Jake fut près d'elle, elle déploya des efforts surhumains pour feindre l'insouciance ; mais dès qu'il eut le dos tourné, peut-être pour aller chercher une autre bouteille de vin, elle se leva et se rendit derrière les portes de verre de la réception pour scruter la brume, en quête du moindre mouvement.

Et elle en perçut un. Ou alors, si ce n'était pas un mouvement, il s'agissait de nouvelles silhouettes d'un gris plus sombre. La brume tournoya, flotta, et elle les vit de nouveau. Les hommes. Mais désormais, ils étaient six. Tous réunis au même endroit qu'auparavant. Tous scrutant intensément l'hôtel, et fumant sans relâche.

— Viens vite, dit-elle à Jake lorsqu'il revint avec une bouteille de bon bordeaux. Mais fais en sorte qu'ils ne te voient pas.

Il s'avança derrière elle, l'enlaça et regarda par-dessus son épaule. Elle pointa un doigt en direction de la forme vague du groupe d'hommes, qui attendaient tous comme des corbeaux ou des oiseaux de proie d'une patience infinie, scrutant l'hôtel.

— Quoi ?

— Six. Ils sont six, maintenant.

— Où ça ?

— Mais tu les vois, quand même, Jake ! Tu vois leurs silhouettes dans la neige !

— Je ne vois rien. Où est-ce que tu regardes, toi ?

— Là ! Et là ! Et là !

Jake sonda la brume en plissant les yeux. Il secoua la tête presque imperceptiblement. Il fronça les sourcils.

— Jake, dis-moi que tu vois six formes grises ! Là-bas, droit devant nous !

Jake la fit pivoter face à lui.

— Je crois que tu es victime d'hallucinations.

— Mais regarde ! Regarde ! Ce n'est pas une hallucination ! Ils sont tous là à fumer des cigarettes, et à nous observer ! Tu as bien vu les mégots : c'est de là qu'ils viennent !

— J'ai vu les mégots, ma chérie, mais je ne vois rien ni personne d'autre. Il n'y a rien. Je vais sortir vérifier, si ça peut te rassurer.

— Je t'interdis d'y aller !

— D'accord, d'accord, calme-toi. On reste là.

Jake l'installa de nouveau près du feu, non sans qu'elle continue de lancer des regards haineux par-dessus son épaule en direction de la brume, et des formes grises qu'elle distinguait à l'extérieur. Il s'assit près d'elle, serrant ses mains glacées dans les siennes, l'étudiant, cherchant sur son visage les signes de sa profonde détresse.

Puis il demanda :

— Est-ce qu'on a toujours deux lignes bleues ?

— Quoi ?

Il acquiesça.

— Tu es au courant ?

— Bien sûr que oui.

Elle laissa échapper un long soupir et enlaça son propre ventre.

— Tu croyais vraiment, dit-il, que tu arriverais à me cacher un truc pareil ? Alors que nous sommes seuls au monde ?

Il souriait.

— Tu n'es pas fâché ?

— Jamais. J'attendais juste que tu m'annonces toi-même la bonne nouvelle.

Il la regarda, les yeux pleins de colère, de pitié et d'amour éperdu. Il lui prit la main et l'embrassa. Ils demeurèrent un long moment sans parler.

— Comment tu l'as su ?

— Tu as dû cacher environ cent cinquante tests de grossesse, rien que dans cette pièce.

— C'est vrai. Peut-être que je voulais que tu tombes dessus. J'ai passé le test plusieurs fois par jour. Toutes les heures, parfois. J'attends que le résultat change, mais je le redoute aussi. Est-ce que tu aurais été heureux, si tu l'avais su avant ? Avant tout ça ?

— Vu comment je me sens maintenant ? Oui, j'aurais été très heureux. Ça aurait été l'extase pure et simple.

— Et maintenant ?

— Je t'ai bien observée, sachant que tu portais notre bébé. Et je préfère t'avouer que je suis très inquiet.

— Au sujet du bébé ?

— Oui. Et au sujet de sa mère. Tu as froid, pas

moi. Tu as faim, pas moi. Tu as peur de tout, pas moi.

Zoe jeta un coup d'œil involontaire en direction des portes de verre.

— Tu veux dire que tu n'as pas peur ? Pas peur de ce qui nous attend, dehors ?

Il secoua la tête en signe de dénégation.

— Ce n'est pas possible, protesta-t-elle. Je t'ai vu prendre la hache avec toi quand tu es sorti.

— C'était pour te rassurer, toi. Pas moi.

— Pourquoi est-ce que tu n'as pas peur, Jake ? Cet endroit me terrifie. Je voudrais savoir ce qui va nous arriver, à nous et à notre bébé.

— Je ne peux pas expliquer pourquoi je n'ai pas peur. Tout ce que je sais, c'est que je dois m'occuper de toi.

— Qu'est-ce qui va arriver à notre enfant ? Qu'est-ce qui va se passer ?

Jake soupira. C'était le soupir de quelqu'un qui n'a aucune réponse à offrir. Il ouvrit la bouche pour parler, puis se ravisa. Ses lèvres formèrent un O, comme s'il s'apprêtait à réessayer. Mais il fut interrompu. Le téléphone portable de Zoe se mit à sonner.

Il sonnait dans la poche de son manteau, qu'elle portait sous sa couette. Elle l'arracha presque de sa poche.

Jake lui arracha l'appareil des mains.

— Laisse-moi répondre.

Il pressa le bouton et porta le téléphone à son oreille. Son visage ne changea pas d'expression. Il ne dit rien. Puis il raccrocha le téléphone et le lui rendit.

— Qui c'était ? Qu'est-ce qu'il a dit ?

— Pareil qu'avant.

— Est-ce que la voix a parlé de *la zone* ? C'était ça ? La zone ?

— C'était très difficile à décrypter, mais je ne crois pas qu'il ait parlé de la zone. Il a dit *laissez sonner*. Laissez sonner. Puis ça a coupé.

— Il veut que je laisse sonner ?

— C'est ce qu'il a dit.

— Mais pourquoi est-ce qu'il dirait ça ? *Laissez sonner*... Pourquoi est-ce qu'il te dirait de laisser sonner ?

— Aucune idée, répondit Jake en vérifiant le niveau de la batterie. Il est presque déchargé. Mais je pense qu'on devrait le mettre de côté et s'il sonne, on n'y touche pas.

— Pourquoi ?

— Parce que c'est ce qu'il nous a demandé de faire.

— Mais comment savoir si c'est un bon conseil ? Comment savoir si ce n'est pas quelqu'un qui nous veut du mal ? Peut-être qu'en répondant, on l'empêche d'arriver jusqu'à nous. Tu y as pensé, à ça ?

— Personne ne va nous faire du mal.

— Tu ne peux pas dire ça. Tu n'en sais rien !

— Là où nous sommes, personne ne peut plus nous faire de mal.

Zoe posa une main sur son ventre.

— J'aimerais bien pouvoir te croire. Mais je n'y arrive pas. Qui nous appelle ? Qui sont ces gens, dehors ?

— Tu as de la fièvre. Allez, reste bien au chaud, conseilla-t-il en jetant d'autres bûches dans le foyer. Saloperies de bûches ! Elles ne durent même pas cinq minutes !

Jake se leva et posa le téléphone de Zoe sur le bureau de la réception. Puis il revint s'asseoir à côté d'elle, et ils observèrent le téléphone comme s'il risquait de s'enflammer spontanément, déclenchant un petit feu d'artifice.

Il ne sonna pas.

Zoe grelottait de plus belle. Elle avait de la fièvre, mais c'était une fièvre froide ; elle ne parvenait pas à se réchauffer. Jake l'enfouit sous les couvertures et alimenta le feu. Pendant qu'il avait le dos tourné, Zoe regarda par la fenêtre.

Il était revenu. Le visage. Une écharpe lui enveloppant le menton. Des yeux perçants, des lèvres comme une tache rouge dépassant à peine de l'écharpe. Ses yeux étaient comme des perles enflammées, des grains de lumière ; ses lèvres à demi masquées bougeaient, formant des mots qu'elle n'entendait pas.

Elle était sur le point de prévenir Jake lorsque la vitre s'effondra, et une pluie d'éclats de verre s'abattit sur la pièce. L'air contenu dans le vestibule s'échappa dans les ténèbres et un vent venu de l'extérieur s'engouffra dans l'autre sens, rugissant et hurlant, diffusant un air glacial à travers la pièce, soufflant sur le feu, menaçant de l'éteindre. Le vent gémit et la brume s'agita à la fenêtre comme une armée de spectres soudain libérés ; maléfiques, espiègles, inquisiteurs.

Jake bondit sur ses pieds et saisit un matelas. Il le traîna jusqu'à la fenêtre et le jeta sur l'ouverture, bourrant jusqu'à ce qu'il comble le trou et étouffe les gémissements du vent.

Elle frissonnait à présent, trop violemment pour parler, pour lui expliquer ce qu'elle avait vu derrière la vitre avant qu'elle ne se brise.

Il dit :

— Je vais te ramener un peu de cognac.

Elle avait beau savoir qu'il n'était parti que depuis une minute, deux minutes peut-être, durant ce temps elle vit le jour décliner à l'extérieur, graduellement, comme si la visibilité était réglée par une machine. Pendant ces quelques instants, les bûches du foyer flamboyèrent, brûlèrent, se fendirent, s'émiettèrent et s'éteignirent.

Jake revint avec le cognac. Avant de servir Zoe, il alluma deux bougies et les posa près d'eux. Puis il leur versa un verre à chacun. Elle se mit à le siroter ; Jake aussi, mais il se plaignit qu'il n'avait le goût de rien.

— D'après la carte, déclara-t-il, on ne pourrait jamais se le payer. Il va falloir que tu t'en souviennes pour moi.

— Qu'est-il arrivé à la vitre, Jake ?

— Souviens-toi pour moi.

— Comment est-ce que je pourrais me rappeler le cognac ?

— Procède par approximations.

Elle prit une gorgée.

— Notre premier baiser, dit-elle. Tu étais un peu soûl.

Jake but de nouveau dans son verre, sans détacher son regard du sien.

— Je t'aime, Zoe. N'abandonne jamais quelque chose de si profond.

— Quoi ?

— Quoi, quoi ?

— Ce que tu viens de me dire. « N'abandonne jamais quelque chose de si profond. »

— J'ai dit ça ?

— Oui.

— Je ne m'en souviens pas. C'est de pire en pire, je ne me souviens même plus de ce que je t'ai dit deux secondes plus tôt. Regarde le feu. J'ai l'impression d'avoir mis ces bûches dans la cheminée il y a quelques minutes seulement, et elles ont déjà brûlé.

— C'est le cas.

— Et regarde les bougies, lança Jake en désignant du menton la flamme jaune et vacillante.

La bougie se consumait rapidement, si rapidement que l'on pouvait la voir diminuer à vue d'œil, comme la cire fondue reculait devant la mèche incandescente.

— Qu'est-ce qui se passe, Jake ?

— On dirait que le temps… Notre temps si

précieux… Je ne sais pas, ma chérie, je n'arrive même pas à suivre une pensée le temps de finir une phrase. C'est drôle, non ?

— J'ai très peur.

Jake se détourna et jeta de nouvelles bûches dans l'âtre. Elles s'enflammèrent aussitôt. Le crépuscule s'était déjà mué en ténèbres, à l'extérieur. Elle s'allongea sur son lit et se sentit sombrer. Elle était si épuisée qu'elle ne résista pas.

Elle fut réveillée par ce qu'elle pensait être le hurlement d'un loup dans la montagne. L'air givrait sur ses joues et une forte bise faisait voleter ses cheveux. Le cri de l'animal retentit de nouveau : un trille soutenu qui perça le silence, éploré, mélancolique et pourtant étrangement doux dans l'air froid de la nuit. Elle s'assit pour regarder par la fenêtre et fut stupéfaite de constater qu'il n'y en avait plus.

Non seulement la fenêtre avait disparu, mais c'était également le cas des portes de verre. Deux des murs de l'hôtel avaient été tout simplement abattus pendant qu'elle dormait. Elle regarda tout autour d'elle pour tenter de comprendre.

Deux murs l'abritaient encore, mais seulement ces deux murs : le feu brillait toujours vivement sur l'un d'eux, les bûches crépitant joyeusement, les flammes s'élevant et dansant dans l'âtre. Mais la paroi sud de l'hôtel, de même que la cloison à l'est, avaient disparu, bien que le toit soit demeuré en place au-dessus de sa tête. À présent, la vue donnait directement sur le versant de la montagne, avec son étendue terrifiante de blancheur qui luisait au clair de lune, semblable à l'aile ou à l'épaule d'un esprit de la nature.

Jake était en train d'allumer une autre bougie. Il lui sourit. Une rafale de vent parcourut leur abri et il mit sa main devant la flamme pour l'empêcher de vaciller. Même vacillante, la flamme descendait bien vite aux yeux de Zoe ; trop vite pour une bougie, plus vite que ne le dictait le bon sens.

Un autre hurlement traversa la grande étendue neigeuse, à l'est, où elle ne distinguait plus la moindre trace du village. Mais dans l'obscurité, pendant un instant, elle crut apercevoir les deux points rouges des yeux de l'animal ; puis elle distingua d'autres petites braises. L'une d'elles rougeoya brièvement avant de s'éteindre. Puis ce fut au tour d'une autre. Elle comprit qu'il ne s'agissait pas d'yeux, mais bien de cigarettes. Ils s'étaient rapprochés des parois ouvertes de l'hôtel. Deux d'entre eux s'étaient accroupis, leurs doigts frôlant la neige devant eux. Un troisième désignait de la main la cheminée. Les autres portaient leur regard vers le plafond.

— Les hommes ! dit-elle à Jake. Ils sont là, dehors.

— Où ça ? demanda-t-il.

— Là ! Regarde les lumières ! Les petites lumières.

Il jeta un regard nonchalant sur les ténèbres, scrutant les étendues pâles de neige implacable.

— Oui, dit-il. Je les vois. Je vais aller leur parler.

Mais quelque chose dans sa voix trahissait le fait qu'il ne les voyait pas du tout, en réalité ; qu'il cherchait simplement à l'amadouer.

— Non ! cria-t-elle, horrifiée. Ne fais pas ça. Reste ici. Reste.

— Tout va bien. Reste ici, dit-il d'un ton apaisant. Reste ici.

Sa voix était étrangement sereine. Il murmurait presque.

Il se leva et sortit de leur abri. Cette fois, il ne prit même pas la peine de s'armer de la hache. Zoe se hissa sur la pointe des pieds pour le regarder, manquant d'entrer en hyperventilation tandis que Jake traversait la neige en direction des hommes. Il n'était plus qu'une silhouette, cheminant sans bruit. À quelques mètres des fumeurs, il s'accroupit dans la neige.

Les hommes se mirent à parler et à esquisser des gestes animés. Elle n'entendait rien de ce qu'ils disaient. Elle avait beau tendre l'oreille, leurs paroles étaient couvertes par le vent qui secouait ce qu'il restait des parois de l'hôtel. Il y avait aussi quelque chose de bizarre dans la façon dont Jake s'adressait à eux. Il ne les regardait pas. Il n'était même pas tourné dans leur direction. Il parlait, et il acquiesçait ou secouait la tête de temps en temps comme s'il menait une sorte de négociation, mais ils donnaient l'impression d'appartenir à deux mondes différents ; et tout comme il ne pouvait les voir, eux ne le voyaient pas non plus.

Ces étranges pourparlers se poursuivirent pendant un long moment, durant lequel les bougies fondirent jusqu'à ne plus former que des flaques, et le feu s'éteignit.

Lorsque Jake revint, son expression était grave. Il ne répondit à aucune de ses questions. Il se contenta de remettre des bûches dans l'âtre et de les disposer soigneusement.

— Qu'est-ce qu'ils ont dit ? demanda-t-elle.

— L'important, déclara-t-il en resserrant autour d'elle le monticule de couettes qui l'entourait, c'est que tu aies bien chaud.

— Tu sais ce qu'ils veulent ?

— Qui ?

— Les hommes ! Ils ont dit ce qu'ils voulaient ?

— Oui. Mais c'est difficile pour moi de m'en souvenir. Très difficile.

Il lui servit un autre verre de cognac et refusa de répondre à toute autre question tant qu'elle ne l'aurait pas bu. Exaspérée et épuisée, elle le vida d'un trait et s'allongea de nouveau. Sa lassitude prit le pas sur sa peur, et elle se sentit glisser de nouveau dans le sommeil.

Lorsqu'elle se réveilla, cette fois, les ruines de l'hôtel avaient disparu, de même que le vestibule tout entier. Il y avait toujours un feu, mais il crépitait joyeusement sur la neige elle-même ; le pourtour en briques de la cheminée, le manteau et même l'âtre s'étaient envolés. Jake prenait des bûches sur une pile à présent bien maigre pour en nourrir les flammes, qui les dévoraient à une vitesse surnaturelle.

— Il n'y a plus de bougies, dit-il avec un sourire penaud.

C'était le sourire d'un homme qui tentait de voir le bon côté d'une situation difficile.

Zoe se redressa immédiatement et chercha les signes de la présence des hommes ; leurs braises étincelantes caractéristiques dans l'obscurité, le moindre soupçon de mouvement. Elle n'en trouva aucun. Elle leva les yeux vers la voûte céleste. Les étoiles y formaient une cascade gelée, multitude scintillante, comme une armée de divinités presque immortelles. Zoe hoqueta, son souffle se cristallisant dans l'air glacial.

Puis elle entendit encore ce hurlement, suivi de trois aboiements sonores, et portant son regard sur l'étendue neigeuse, elle vit un chien se précipiter vers eux. Jake se leva d'un bond.

— C'est Sadie ! s'écria-t-il. Elle est revenue !

Le chien fonça sur Jake comme une fusée, et l'homme courut à sa rencontre. Sadie bondit sur lui, remua furieusement la queue, et poussa de petits gémissements ravis tout en lui léchant le visage. Ils roulèrent ensemble dans la neige.

— C'est Sadie ! cria Jake à Zoe. Tu te rends compte, elle est revenue !

L'enthousiasme du chien finit par s'apaiser. Jake s'assit dans la neige comme Sadie lui reniflait l'oreille. Il sembla presque à Zoe qu'ils étaient en train de se faire des confidences, tous les deux. Sadie étira le cou et pointa sa truffe humide vers la lune tandis que Jake la grattait derrière le crâne. Puis elle lui renifla encore l'oreille.

Il cessa de la caresser et se figea.

Le chien lui renifla l'oreille une troisième fois. Jake laissa tomber sa tête vers l'avant. Il demeura ainsi sans bouger, sa paume à plat contre le flanc de Sadie. Ils restèrent ainsi un long moment et Zoe songea que quelque chose n'allait pas, mais après un moment Jake se ranima, caressa le flanc de l'animal et lui chatouilla le point sensible derrière les oreilles. Finalement, il se leva et mena le chien jusqu'à Zoe.

Sadie vint s'écrouler sur la neige à côté de Zoe. Mais lorsque celle-ci leva les yeux vers Jake, le visage de son mari était ruisselant de larmes.

— Qu'est-ce qu'il y a ?

Il secoua la tête, puis s'installa près de Zoe, l'enlaça et l'embrassa dans le cou.

— Jake ?

— Sadie m'a tout expliqué.

— Tout ?

— Oui. Elle m'a tout dit.

— Qu'est-ce qu'elle t'a dit ?

— Eh bien, c'est un chien et bien sûr elle ne peut pas tout expliquer. Mais elle m'a permis de comprendre certaines choses. Et je vais te les dire, mais ça va me faire pleurer, ma chérie.

Zoe prit son visage dans ses mains. De grosses

larmes, des cristaux où se reflétait la neige, coulaient déjà sur ses joues. Sadie se rapprocha de lui en remuant la queue, pour les lécher. Il rit tout en la caressant.

— Tu vois, on a trompé la mort.

— Ah ?

— Oui.

— Est-ce que ça veut dire qu'on est en sécurité ?

— On l'a toujours été. Mais on a trompé la mort, et parce qu'on n'arrivait pas à se détacher l'un de l'autre, on a réussi à obtenir un délai supplémentaire.

— Non.

— Si. On a eu droit à du rab. Le rêve de l'instant présent s'est interrompu pour nous. On regarde tout ça à travers les mailles qui relient la vie à la mort.

— Qu'est-ce que tu dis ?

— Notre amour. Il nous a offert un sursis. Il a trompé la mort.

— Mais c'est une bonne chose, ça, non ? Ce n'est pas une bonne chose, Jake ?

— Si, si, bien sûr.

Retentit alors, dans les montagnes, un minuscule frissonnement, faible et distant, presque imperceptible à ce moment-là, mais bien qu'ils ne le sachent pas encore, ce son ne leur avait pas échappé.

— Non, dit-elle en secouant la tête. Non. Je crois que je n'aime pas ce que tu es en train de dire.

— Parce que tu sais ce que tu vas entendre ?

— Non.

— Si. C'est parce que tu sais ce que tu vas entendre. Écoute ça.

Un fracas rythmique et régulier, comme de la glace pilée s'agitant dans un shaker, ou peut-être les crachotements d'une vieille locomotive grimpant le long d'une côte, retentit dans le lointain.

— Qu'est-ce que c'est, Jake ?

— Tu sais ce que c'est.

— Non. Non. Je ne veux pas le savoir.

— Ne t'inquiète pas, tout va bien. Tout va bien.

— Comment ça pourrait aller bien ?

— Je te retiens ici. Je pensais que je te gardais au chaud, mais je te retenais ici. Notre amour. Il nous retenait.

— On sera bien dans cet endroit. On s'est bien débrouillés jusqu'ici. Le bébé.

— Non. C'est déjà en train de s'enfuir. On a trompé la mort, mais seulement l'espace d'un instant.

Le fracas régulier, une sorte de sifflement dans l'air froid et coupant, se rapprochait. Et Zoe reconnut ce bruit.

— Tu m'abandonnes, Jake ? Tu me laisses toute seule ?

— Écoute-moi. Tout ce qu'on est, on l'a construit à partir de tout ce qu'on a vécu ensemble. Si on buvait un verre de vin et qu'on se disait qu'il avait tel ou tel goût, alors ça devenait son goût. L'un doit aider l'autre à se souvenir.

Le son s'était intensifié et s'accompagnait désormais d'un martèlement dans la terre, sous la neige. Le martèlement était un bruit de sabots, et le fracas, le tintement des clochettes sur un harnais.

— Non. S'il te plaît, ne me laisse pas ici.

— Tout, tout ce qui a constitué nos vies, n'est qu'une série de joies et de peines qui sont perdues pour toujours ; perdues, sauf si on se les remémore l'un pour l'autre.

Le tintement des clochettes se fit plus clair, et le grand cheval noir surgit des ténèbres, ses vastes flancs luisants de sueur, son souffle s'élevant en panaches dans l'air glacé, sa grande plume rouge, comme le vin dans une coupe ouvragée ou le sang dans un calice d'argent, s'agitant devant lui et tranchant le tissu délicat de l'air.

— Tu ne peux pas me livrer à la neige ! Tu ne peux pas. Tu ne peux pas.

— C'est moi le chef, aujourd'hui, ma puce. Et il n'y a de place que pour une seule personne.

— Non. Je refuse, Jake.

— Tout ce que tu as à faire, c'est refuser d'oublier.

Elle s'agrippa à son col et s'agrippa fermement à lui.

— Ça ne va pas se passer comme ça.

— Tu sais le faire, n'est-ce pas, Zoe ? Tu sais comment on refuse d'oublier ?

Il fit flotter son index au-dessus des poings crispés de Zoe et lui effleura doucement le milieu du front.

— Tu gardes juste cet œil-là ouvert. Et tu me verras partout. Partout.

Il s'arracha à elle.

Le grand cheval noir et son traîneau s'approchaient à un rythme régulier, suivant une courbe qui les contournait tous les deux. Jake s'était retourné et s'était mis à marcher, à grandes enjambées déterminées, en direction du cheval, afin d'intercepter sa route.

— Jake ! hurla Zoe en se levant d'un bond, hagarde, incrédule de le voir s'éloigner d'elle.

Mais cela ne l'arrêta pas. D'un pas résolu, il poursuivit sa progression dans la neige. Déjà, le cheval ralentissait comme il entamait la montée du versant. Jake avait bien avancé lorsque Zoe se lança à sa poursuite en courant. Mais elle était à bout de forces. Jake s'apprêtait à atteindre le cheval, et même si lui ne faisait que marcher d'un pas régulier tandis que Zoe courait, c'était elle qui perdait du terrain. Elle courut plus vite, mais la distance irrationnelle qui les séparait ne fit qu'augmenter au lieu de se réduire. Elle tomba et se releva pour reprendre sa course, glissant sur la neige, ses pas se dérobant sous elle.

Pendant un instant, on aurait dit que Jake ne parviendrait peut-être pas à rattraper le cheval ; mais comme il s'approchait de lui et des nuées impressionnantes qui s'élevaient de ses flancs, l'animal parut ralentir délibérément, changeant son trot en un pas rapide. Jake en profita pour rejoindre le traîneau, prendre appui sur le marchepied, et de là il se hissa dans la bulle confortable des coussins de cuir noir. Le cheval secoua la tête et reprit aussitôt son trot, qu'il accéléra en trouvant un chemin plat.

Zoe leur courut après, appelant Jake, luttant pour les rattraper. Elle parvint même à hauteur du grand traîneau, et tendit la main dans sa course, mais le marchepied sembla s'élever pour lui échapper tandis qu'elle redoublait d'efforts, et la porte de l'attelage esquiva ses doigts tendus. Le traîneau parut enfler jusqu'à ce que le marchepied se trouve hors de sa portée, ou jusqu'à ce qu'elle soit devenue incroyablement petite. Elle tomba à genoux dans la neige, appelant Jake.

Sadie, qui accompagnait la course du traîneau, s'arrêta le temps de lancer un regard en arrière sur Zoe. Puis le chien fila à travers la neige pour suivre son maître, rattrapant vivement le traîneau et le cheval avant qu'ils ne s'évanouissent dans les ténèbres.

16

Zoe était engourdie par le choc et le froid. Il ne lui était jamais venu à l'idée que Jake pourrait l'abandonner. Elle regarda autour d'elle et ne vit rien d'autre qu'une immense étendue de neige donnant d'un côté sur le versant de la montagne, et de l'autre sur les flaques sombres des bosquets de pins. Le village, ainsi que le confort et les ressources qu'il leur avait naguère prodigués, s'étaient volatilisés. D'après ce qu'elle savait, elle était seule dans cet endroit, et enceinte.

Elle sc retira près des braises faiblissantes du feu, mais cela ne servit qu'à lui rappeler qu'elle était transie de froid. Il ne restait qu'une demi-douzaine de bûches, les tout derniers restes de la réserve. Elle en ramassa une qui lui parut étonnamment légère et peu substantielle ; lorsqu'elle la plaça sur le foyer, elle s'embrasa avec une facilité anormale. Elle se rapprocha des flammes, envahie par un sentiment de faiblesse. Elle resserra la couette sur ses épaules, et frissonna de douleur comme le froid raclait de ses doigts de cristal son cœur palpitant.

Elle leva les yeux vers les étoiles qui constellaient le ciel hivernal. Jamais dans sa vie elles ne lui avaient semblé si nombreuses. Les étoiles ne la regardaient pas, d'en haut. Elles paraissaient presque se détourner d'elle avec froideur et indifférence.

La bûche qui brûlait se fendit et tomba en morceaux. Elle en posa deux autres sur les flammes et les regarda se consumer à toute vitesse. Le temps s'enfuyait, lancé à la poursuite de sa vélocité naturelle. Les bûches s'embrasaient comme des boules de papier. Elle posa tout ce qu'il restait de bois sur le feu, souhaitant presque découvrir ce qu'il adviendrait de cette existence de passage lorsqu'il se serait consumé, lorsque toutes les ressources auraient disparu. Elle savait qu'elle ne pourrait survivre dans ce froid. Elle caressa son ventre et regarda brûler les bûches.

La mort viendrait ; la vraie mort, le néant. Mais elle se demandait si même ce néant viendrait à bout de la solitude cinglante infligée par la trahison de Jake.

Elle sentit son esprit s'éteindre comme la dernière bûche se consumait. C'est alors qu'elle les vit. Des figures émergeant de la neige pour s'approcher d'elle. Des formes, des ombres qui s'avançaient. Elles paraissaient vaguement humaines, rien d'autre que des silhouettes se découpant sur la neige illuminée par les étoiles. Certaines avaient des trompettes.

L'une d'elles porta l'instrument à sa bouche et lança un appel long et grave. D'autres avaient des sifflets argentés, dans lesquels elles se mirent à souffler. Le son d'autres trompettes retentit. Elles l'encerclaient, de plus en plus près.

C'était donc ainsi qu'elle serait prise. Peut-être étaient-ils des démons qui venaient la chercher. Parmi les trompettes et les coups de sifflet, elle les entendit crier, jusqu'à ce que tous élèvent la voix. Ils étaient tout près.

Ces êtres avaient pour chefs les silhouettes qu'elle avait aperçues devant l'hôtel. Des hommes tout de noir vêtus, la bouche partiellement recouverte par une écharpe. Les hommes qui fumaient. Ils fumaient toujours, en ce moment même. C'était comme s'ils avaient attendu que les dernières braises de la dernière bûche se soient éteintes avant de commencer à jeter leurs cigarettes pour s'approcher d'elle.

Elle n'eut pas la force de résister lorsqu'ils tendirent les mains et l'attrapèrent de leurs doigts crochus. Une torpeur l'envahit et la paralysa. Si c'était ainsi qu'elle devait être emportée en enfer, elle n'avait plus la force de se battre. Elle ne pensait qu'à Jake, et à l'enfant qui grandissait en elle.

17

Je suis tout au fond. Et pourtant je vois tout du dessus. Des plaques de cristaux à six branches de neige douce, très douce. Les cristaux s'emboîtent pour former un mur. Si j'arrive à traverser le mur. Si j'y arrive.

Puis les cristaux changent et défilent sous mes yeux, comme un code complexe sur un écran d'ordinateur. Non, c'est de l'ADN. Des rubans d'ADN qui passent, qui nagent. Non, ce sont des formules mathématiques complexes, des chiffres minuscules qui tournent sous mes yeux. À présent, ce sont des graines de coton blanches portées par la brise, mais dans un ralenti étourdissant. C'est un mince courant, un tourbillon dans le temps. Voilà : ce sont de nouveau des flocons de neige.

Seulement des flocons de neige.

Les flocons sont dans mes oreilles, dans ma bouche, dans mon nez, comme de la cocaïne. J'ai essayé, une fois. Tu peux la refiler à ta mère : ça n'arrive pas à la cheville de l'amour, dans le genre.

Le sang dans mes veines est gelé, mais il chante l'amour.

J'entends l'épée d'un ange qui cingle le vent. Tchac, tchac, tchac. Oh, viens. Je sens les vibrations de la terre, les troubles des courants aériens, la terreur glacée de la lame, le feu résiduel de mon sang.

C'est très agréable. Je peux me laisser aller.

Je peux tomber dans un endroit bondé. Leurs voix forment un brouhaha agréable, et le souffle de leurs nombreuses bouches s'élève pour amortir ma chute comme je descends doucement parmi eux. Beaucoup de gens vont et viennent. J'en reconnais certains. Deux femmes se tiennent près du bureau. On dirait que je les connais. Je connais leur langue. Je sais de quoi elles parlent. Un homme passe près de moi et me fait un clin d'œil. Dragueur. Je sens son eau de Cologne. Trois femmes en uniformes travaillent derrière un large bureau. Elles sont toutes les trois très occupées. L'une est jeune, les cheveux tirés en une jolie queue de cheval. Elle presse un téléphone contre son oreille. Sa collègue plus âgée a une chevelure flamboyante. Elle porte des lunettes à monture noire. Elle supervise un paiement par carte de crédit. Son autre collègue s'adresse à un homme en costume gris, luttant pour comprendre ce qu'il dit, car la pièce résonne d'éclats de voix. Des gens font la queue devant le bureau, parce qu'ils arrivent ou parce qu'ils partent.

J'aperçois le concierge, dans sa belle livrée gris

et bordeaux. Il me voit et il hausse les sourcils vers moi. Il me fait signe. J'ai l'impression de le reconnaître. Il me fait signe de nouveau, m'encourageant à traverser le vestibule bondé. Mais je ne peux pas bouger. Le concierge murmure quelque chose à quelqu'un d'autre, puis il ramasse une enveloppe sur son bureau de bois clair.

— Madame ! Madame ! m'appelle-t-il en agitant l'enveloppe dans ma direction.

« Ce n'est pas pour moi », ai-je envie de dire.

Je n'ai pas peur du concierge. Son crâne chauve est illuminé par les lampes puissantes qui le surplombent. La sueur perle sur son front luisant. Il se fraie un chemin jusqu'à moi, à travers la foule agglutinée dans le vestibule.

— Madame ! appelle-t-il de nouveau.

Je rassemble mon courage et dis d'une voix claire :

— Mais ce n'est pas pour moi.

— Mais madame…, commence le concierge.

Il me rejoint avec un sourire et me glisse l'enveloppe dans la main.

— C'est bel et bien pour vous, madame.

Il reste là, son gentil sourire toujours sur les lèvres, comme s'il attendait que j'ouvre l'enveloppe.

J'ai peur de l'ouvrir. Mais, les doigts tremblants, je la déchire et je passe une main à l'intérieur. Il n'y a rien. Du moins pas grand-chose : c'est une carte. C'est une sorte de carte de tarot, mais elle ne ressemble pas à celles que je connais.

Elle représente un arbre. En bas figure la légende « *L'Arbre de Vie* ». Mais celui-ci ne ressemble pas aux arbres de vie que j'ai déjà vus. Il ressemble plutôt à un sapin de Noël, décoré avec des objets bizarres et des fruits improbables.

Je regarde le concierge parce que j'ai envie de demander : « Qu'est-ce que ça veut dire ? ». Mais le concierge est parti. Tous, tout le monde, tout. Il n'y a plus rien.

18

En ouvrant les yeux, Zoe découvrit une étendue blanche. Elle sentit la soie et le miel de la chaleur dans ses veines. Une odeur de désinfectant. Une pièce brillamment éclairée. L'étendue blanche était constituée de draps de coton et d'une taie d'oreiller.

Une infirmière la regardait. Elles cillèrent toutes les deux. L'infirmière s'éloigna d'un pas rapide et revint quelques secondes plus tard accompagnée d'une autre femme, dont la blouse blanche indiquait qu'elle était médecin.

La femme se pencha sur elle.

— Zoe ? dit-elle.

— Oui.

— Vous savez ce qui vous est arrivé ?

— Avalanche.

— Oui.

— Mon mari ?

Le médecin s'assit sur le lit et lui prit la main.

— Nous ne l'avons pas encore retrouvé. Nous

vous avons trouvée juste avant qu'il ne soit trop tard. Je suis désolée.

Zoe pencha la tête en arrière, ouvrit la bouche en un cri silencieux et laissa les larmes amères et salées inonder ses joues. Le médecin attendit patiemment que ses sanglots et ses spasmes s'apaisent. Mais ce ne fut pas le cas. Elle dit quelques mots, en français, à l'infirmière, et celle-ci lui tendit une seringue en réponse.

— Non, refusa Zoe. Non. Je ne veux pas me rendormir. Je ne veux pas.

Le médecin acquiesça. Elle posa la seringue dans un récipient.

— Comme vous le souhaitez. Dites-moi si vous changez d'avis.

Zoe balaya la pièce du regard. Le médecin et l'infirmière l'observèrent avec insistance, comme si elles attendaient qu'elle dise quelque chose d'autre.

— Vous ne le savez peut-être pas, commença le médecin, mais vous avez eu de la chance. Beaucoup de chance. Vous étiez aux portes de la mort. Savez-vous que vous êtes enceinte ?

Zoe acquiesça.

— Le bébé semble bien se porter, annonça le médecin. Nous surveillerons cela de près.

Zoe sentit sa gorge se serrer. D'énormes sanglots luttaient pour s'échapper de sa poitrine, mais elle les repoussa.

— Comment vous sentez-vous ? Physiquement, je veux dire ?

Zoe secoua la tête. Le chagrin qu'elle ressentait était aussi physique.

— Hormis quelques bleus, je n'ai pas trouvé de problème, affirma le médecin. Vos yeux sont injectés de sang, mais cela passera. C'est dû à la pression de la neige qui pesait sur vous.

Zoe parvint à articuler :

— Je peux voir ?

Le médecin demanda à l'infirmière de lui trouver un miroir.

Zoe tint le miroir devant elle. Le blanc de ses yeux avait en effet viré au rouge. Comme les yeux de Jake.

— Cela passera. Vous avez besoin de vous reposer. Les pensées doivent se bousculer dans votre tête, dit le médecin en se levant. Écoutez, il y a un homme qui attend à l'extérieur. C'est lui qui vous a trouvée. Il vous a extraite de la neige. Il aimerait vous parler et il attend dehors depuis qu'on vous a amenée. Mais si vous n'êtes pas prête, je peux le renvoyer chez lui. Il reviendra plus tard.

— Non, laissez-le entrer, s'il vous plaît.

Le médecin fit un signe de tête à l'infirmière, qui sortit de la chambre. Quelques minutes plus tard, elle revint accompagnée d'un homme âgé au visage tanné comme du cuir et à la peau parcheminée. Ses cheveux gris étaient tondus très court sur son crâne. Il portait une moustache incroyablement fine et nette. Il souriait, mais ses yeux étincelaient de compassion pour elle, pour la perte qu'elle venait de subir. C'était comme les rayons du soleil sur le givre.

Naturellement, Zoe tendit les bras pour y serrer l'inconnu qui l'avait sauvée. Le médecin s'écarta pour qu'il puisse se pencher sur le lit et accepter son étreinte.

— *Dieu vous bénisse ! Dieu vous bénisse !* dit-il.

Il sentait le tabac à plein nez.

— Merci, merci, merci.

Il recula et se mit à lui parler français, sans se préoccuper de savoir si Zoe le comprenait ou non. Le médecin traduisit.

— Il dit que vous êtes la troisième personne qu'il sauve de la neige, mais vous êtes celle pour laquelle il nourrissait le moins d'espoir.

— Vous voulez bien lui demander combien de temps je suis restée sous la neige ?

— Il dit vingt minutes environ, peut-être plus. Votre responsable de séjour vous avait vus partit tôt dans la matinée et a pu donner votre numéro de téléphone aux sauveteurs. Ils n'étaient pas loin et sont arrivés très vite. Mais tous les autres cherchaient au mauvais endroit. Il dit qu'il a écouté la neige.

— Écouté ?

— C'est ce qu'il dit. Ses collègues utilisaient des outils à senseurs thermiques, mais ils avaient tort. Il est allé ailleurs et il vous a trouvée. Il dit qu'ils ont rapidement obtenu votre numéro de téléphone et essayé d'appeler. Il a entendu votre téléphone sonner sous la neige. Mais il s'arrêtait sans cesse, et il priait pour qu'il continue de sonner.

— *Laissez sonner.*

— *Oui. Laissez sonner*, acquiesça le vieil homme.

Elle reconnaissait sa voix. Mais il était impossible qu'enfouie sous la neige, elle ait pu décrocher son téléphone.

Il lui tendit ensuite une carte. Elle était humide, presque entièrement émiettée, et faisait à peu près la taille d'une grande carte à jouer. Sur l'un des côtés était imprimée l'image d'un sapin de Noël, derrière un monceau de cadeaux. Elle l'avait déjà vue. Mais cette fois, il n'y avait rien d'écrit sur la carte.

— Qu'est-ce que c'est ?

L'homme parla et le médecin traduisit :

— Il dit que vous la serriez dans votre poing.

L'homme parla de nouveau au médecin, désignant ses propres grandes oreilles et souriant à Zoe.

— Il dit qu'il a toujours eu une excellente ouïe. Ses amis le taquinent à ce sujet. Et il dit qu'il a entendu quelque chose bouger sous la neige. Un tout petit grattement. Alors il a su que vous étiez là, il a appelé les autres… Et ils sont tous venus.

— Qu'est-ce qu'il vient de dire, là ? demanda Zoe.

— Il n'aime pas beaucoup les nouvelles techniques. Il affirme qu'il vous a donné du cognac quand il vous a trouvée, même si c'est interdit, maintenant.

— Je me souviens du goût du cognac.

Le médecin traduisit et les sourcils du vieillard dansèrent sur son visage. Il parla avec animation, puis il devint sombre et se tourna vers le médecin.

— Il vient de dire qu'il ne voulait pas vous regarder pendant qu'il s'excusait de ne pas avoir trouvé l'autre personne.

Malgré cela, le vieil homme se tourna vers Zoe et lui adressa un signe de tête.

— S'il vous plaît, dites-lui qu'il a quand même sauvé quelqu'un d'autre, en réalité. C'est vrai.

Le médecin expliqua tout cela au vieillard. Celui-ci s'avança près du lit et tendrement, il posa une main ridée sur les draps de coton qui recouvraient son ventre. Il laissa reposer sa main un moment, et de nouveau Zoe sentit sa forte odeur de tabac.

— Il est très heureux, annonça le médecin. Il est menuisier au village, il fabrique les cercueils, et il dit qu'il est heureux de jouer un rôle dans la vie plutôt que dans la mort.

Zoe sentit ses yeux se remplir de larmes. L'homme lui souhaita bonne chance avant de prendre congé.

Le médecin proposa encore à Zoe de l'aider à s'endormir. Zoe refusa. Elle aurait beaucoup à penser dans les jours à venir, et fort à faire. Elle se laissa aller contre l'oreiller, une main sur le ventre. Elle se demanda si Jake avait passé un pacte, dans quelque lieu obscur ; un échange qui lui avait permis non pas de l'abandonner, mais de la sauver ; et si une telle chose était possible.

Elle entendit comme un léger frisson sur la fenêtre, et en levant les yeux, elle vit de grands flocons délicats, à six branches comme dans les livres d'images, qu'une brise poussait contre le carreau. Il neigeait de nouveau.

REMERCIEMENTS

Pour leur soutien et leur amitié indéfectibles : Anne Williams, Pete Williams, Simon Spanton, Luigi Bonomi, Pete Coleborn, Julie-Anne Hudson, Brig Eaton, Chris Fowler, Julie Flanders, Daniel Hanson, Julie Hanson, Helen et Tim Bennet.

Bravo et merci, également, à Lisa Rogers pour son merveilleux travail de correction.

Enfin, à la mémoire de Robert Holdstock, qui nous inspira tous.

DU MÊME AUTEUR

Aux Éditions Bragelonne

LIGNES DE VIE (Folio Science-Fiction nº 503)

EN ATTENDANT L'ORAGE

LES LIMITES DE L'ENCHANTEMENT (Folio Science-Fiction nº 532)

REQUIEM

LA FÉE DES DENTS

COMME UN CONTE

Aux Éditions Milady

AU CŒUR DU SILENCE (Folio Science-Fiction nº 538)

Chez d'autres éditeurs

L'ENFER DU RÊVE

SORCIÈRE, MA SŒUR

INDIGO

RÊVES ÉGARÉS

FUMÉE D'OPIUM

Dans la même collection

382. Hal Duncan — *Évadés de l'Enfer !* (INÉDIT)
383. Daniel F. Galouye — *Le monde aveugle*
384. Philip K. Dick — *Le roi des elfes*
385. Poppy Z. Brite — *Contes de la fée verte*
386. Mélanie Fazi — *Notre-Dame-aux-Écailles*
387. J. G. Ballard — *Le monde englouti*
388. Jean-Philippe Jaworski — *Gagner la guerre*
389. Mary Gentle — *L'énigme du cadran solaire*
390. Stéphane Beauverger — *Le Déchronologue*
391. Robert Charles Wilson — *La cabane de l'aiguilleur*
392. Christopher Priest — *L'Archipel du Rêve*
393. McSweeney's — *Anthologie d'histoires effroyables*
394. Robert Heinlein — *Marionnettes humaines*
395. Norbert Merjagnan — *Les tours de Samarante*
396. Jean-Philippe Depotte — *Les démons de Paris*
397. Stephen Fry — *Le faiseur d'histoire*
398. Kelly Link — *La jeune détective et autres histoires étranges*
399. J.G. Ballard — *Sécheresse*
400. Fabrice Colin — *Comme des fantômes*
401. Ray Bradbury — *Les pommes d'or du soleil*
402. Laurent Genefort — *Mémoria*
403. Maïa Mazaurette — *Rien ne nous survivra*
404. Eoin Colfer — *Encore une chose… (H2G2, VI)*
405. Robert Charles Wilson — *Mysterium*
406. Serge Lehman — *Le Haut-Lieu et autres espaces inhabitables*
407. Isaac Asimov — *L'homme bicentenaire*
408. Catherine Dufour — *L'accroissement mathématique du plaisir*

409.	Ian McDonald	*Brasyl*
410.	James Patrick Kelly	*Regarde le soleil*
411.	Alfred Bester	*L'homme démoli*
412.	Jack Vance	*Les chroniques de Durdane*
413.	Alfred Bester	*Terminus les étoiles*
414.	Isaac Asimov	*Cher Jupiter*
415.	Carol Berg	*L'Esclave* (Les livres des rai-kirah, I)
416.	Ugo Bellagamba	*Tancrède*
417.	Christopher Priest	*Le Glamour*
418.	Catherine Dufour	*Outrage et rébellion*
419.	Robert Charles Wilson	*Axis*
420.	Nick DiChario	*La vie secrète et remarquable de Tink Puddah*
421.	Thomas Day	*Du sel sous les paupières* (INÉDIT)
422.	Pierre Pelot	*La guerre olympique*
423.	Jeanne-A Debats	*La vieille Anglaise et le continent*
424.	Karl Edward Wagner	*Kane* (L'intégrale, I)
425.	Karl Edward Wagner	*Kane* (L'intégrale, II)
426.	Karl Edward Wagner	*Kane* (L'intégrale, III)
427.	Jean-Claude Dunyach	*Le jeu des sabliers*
428.	Jean-Michel Truong	*Le Successeur de pierre*
429.	Ray Bradbury	*Un remède à la mélancolie*
430.	Roger Zelazny	*Seigneur de Lumière*
431.	Clifford D. Simak	*Voisins d'ailleurs*
432.	Ian McDonald	*Roi du Matin, Reine du Jour*
433.	Thomas Day	*Sympathies for the devil*
434.	Hal Duncan	*Velum* (Le Livre de Toutes les Heures, I)
435.	Hal Duncan	*Encre* (Le Livre de Toutes les Heures, II)
436.	Steven Amsterdam	*Ces choses que nous n'avons pas vues venir*
437.	Serge Lehman présente	*Retour sur l'horizon*

438.	Carol Berg	*L'insoumis* (Les livres des rai-kirah, II)
439.	Henri Courtade	*Loup, y es-tu ?*
440.	Lord Dunsany	*La fille du roi des Elfes*
441.	Maurice Leblanc	*Le formidable événement*
442.	John Varley	*Le système Valentine*
443.	Philip K. Dick	*Le dernier des maîtres*
444.	Pierre Pevel	*Les Lames du Cardinal* (Les Lames du Cardinal, I)
445.	George R. R. Martin, Gardner Dozois & Daniel Abraham	*Le chasseur et son ombre*
446.	Loïc Henry	*Loar*
447.	Ray Bradbury	*Léviathan 99*
448.	Clive Barker	*Hellraiser*
449.	Robert Charles Wilson	*À travers temps*
450.	Serge Brussolo	*Frontière barbare* (INÉDIT)
451.	L. L. Kloetzer	*CLEER*
452.	Cédric Ferrand	*Wastburg*
453.	Jean-Claude Marguerite	*Le Vaisseau ardent*
454.	Jean-Philippe Depotte	*Les jours étranges de Nostradamus*
455.	Walter M. Miller Jr.	*L'héritage de saint Leibowitz*
456.	Carol Berg	*Le vengeur* (Les livres des rai-kirah, III)
457.	Philip K. Dick	*Question de méthode*
458.	Leandro Ávalos Blacha	*Berazachussetts*
459.	Alden Bell	*Les faucheurs sont les anges*
460.	Pierre Pevel	*L'Alchimiste des Ombres* (Les Lames du Cardinal, II)
461.	Xavier Mauméjean	*Rosée de feu*

462.	Arkadi et Boris Strougatski	*Stalker*
463.	Ian McDonald	*Le fleuve des dieux*
464.	Barry Hughart	*La magnificence des oiseaux* (Une aventure de Maître Li et Bœuf Numéro Dix)
465.	Serge Brussolo	*Trajets et itinéraires de la mémoire*
466.	Barry Hughart	*La légende de la Pierre* (Une aventure de Maître Li et Bœuf Numéro Dix)
467.	Jack McDevitt	*Seeker*
468.	Glen Duncan	*Moi, Lucifer*
469.	Barry Hughart	*Huit honorables magiciens* (Une aventure de Maître Li et Bœuf Numéro Dix)
470.	Daniel Polansky	*Le baiser du rasoir*
471.	Thomas Geha	*Le sabre de sang*, 1
472.	Thomas Geha	*Le sabre de sang*, 2
473.	Pierre Pevel	*Le dragon des Arcanes* (Les Lames du Cardinal, III)
474.	Alain Damasio	*Aucun souvenir assez solide*
475.	Laurent Genefort	*Les opéras de l'espace*
476.	Roger Zelazny	*Dilvish le Damné* (L'intégrale)
477.	Thomas Day	*Dæmone*
478.	Philip K. Dick	*Ne pas se fier à la couverture*
479.	Léo Henry	*Le casse du continuum*
480.	Frank M. Robinson	*Destination ténèbres*
481.	Joël Houssin	*Le Temps du Twist*
482.	Jean-Marc Ligny	*La mort peut danser*
483.	George R. R. Martin	*Armageddon Rag*
484.	Lewis Shiner	*Fugues*
485.	Collectif	*Alternative Rock*
486.	Arnaud Duval	*Les Pousse-pierres*
487.	Christian Léourier	*Le cycle de Lanmeur*, I

488.	Lisa Tuttle	*Ainsi naissent les fantômes*
489.	Pablo de Santis	*La soif primordiale*
490.	Norbert Merjagnan	*Treis, altitude zéro*
491.	Robert Charles Wilson	*Julian*
492.	Patrick Ness	*La voix du Couteau* (Le Chaos en marche, I)
493.	Patrick Ness	*Le Cercle et la Flèche* (Le Chaos en marche, II)
494.	Patrick Ness	*La guerre du Bruit* (Le Chaos en marche, III)
495.	S.G. Browne	*Comment j'ai cuisiné mon père, ma mère… et retrouvé l'amour*
496.	Glen Duncan	*Le dernier loup-garou*
497.	Christian Léourier	*Le cycle de Lanmeur*, II
498.	Mira Grant	*Feed* (Feed, I)
499.	R. Matheson	*Par-delà la légende*
500.	Dan Simmons	*L'échiquier du mal*
501.	Mira Grant	*Deadline* (Feed, II)
502.	Robert Holdstock	*Avilion*
503.	Graham Joyce	*Lignes de vie*
504.	Mira Grant	*Red Flag* (Feed, III)
505.	Jean-Philippe Jaworski	*Même pas mort*
506.	Arkadi et Boris Strougatski	*Il est difficile d'être un dieu*
507.	Laurent Genefort	*Omale*, 1
508.	Laurent Genefort	*Omale*, 2
509.	Laurent Whale	*Les étoiles s'en balancent*
510.	Robert Charles Wilson	*Vortex*
511.	Anna Starobinets	*Je suis la reine*
512.	Roland C. Wagner	*Rêves de Gloire*
513.	Roland C. Wagner	*Le train de la réalité*
514.	Jean-Philippe Depotte	*Le chemin des dieux*
515.	Ian McDonald	*La maison des derviches*
516.	Jean-Michel Truong	*Reproduction interdite*

Composition : IGS-CP à L'Isle-d'Espagnac (16)
Achevé d'imprimer par Novoprint,
le 25 janvier 2016
Dépôt légal : janvier 2016

ISBN : 978-2-07-045912-4/Imprimé en Espagne

267619